U0895681

Staread
星文文化

陈果 著

MY
BEAUTIFUL
FRIEND

我的漂亮朋友

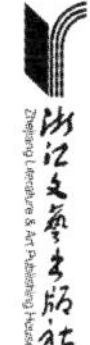
浙江文艺出版社
Zhejiang Literature & Art Publishing House

图书在版编目（CIP）数据

我的漂亮朋友 / 陈果著 . -- 杭州：浙江文艺出版社，2020.01

ISBN 978-7-5339-5894-7

Ⅰ．①我… Ⅱ．①陈… Ⅲ．①长篇小说－中国－当代 Ⅳ．① I247.5

中国版本图书馆 CIP 数据核字 (2019) 第 222938 号

WODE PIAOLIANG PENGYOU

我的漂亮朋友

陈果　著

出版发行　浙江文艺出版社
地　　址　杭州市体育场路 347 号（邮编 310006）
网　　址　www.zjwycbs.cn

责任编辑　张小苹
责任印制　张丽敏
封面设计　80零·小贾
版式设计　刘　粤
封面插画　阿　鬼

印　　刷　北京盛通印刷股份有限公司
经　　销　浙江省新华书店集团有限公司
开　　本　880 毫米 ×1230 毫米　1/32
字　　数　227 千字
印　　张　9.25
版　　次　2020 年 1 月第 1 版
印　　次　2020 年 1 月第 1 次印刷
书　　号　ISBN 978-7-5339-5894-7
定　　价　39.80 元

目录

CONTENTS

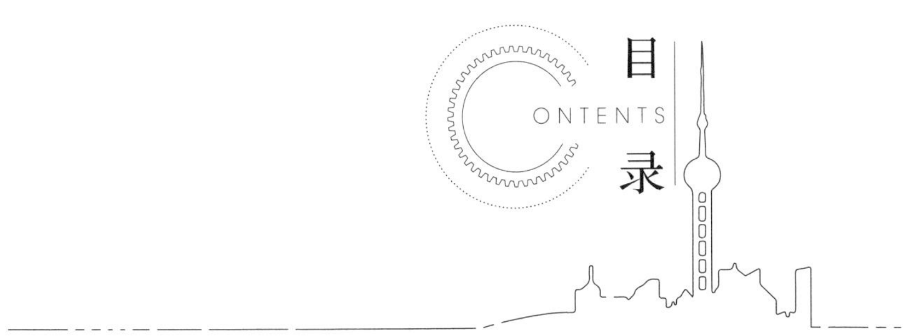

Chapter 1 圈层 001
Chapter 2 现实 033
Chapter 3 消息 075
Chapter 4 暴发户 103
Chapter 5 混沌 137
Chapter 6 金钱 167
Chapter 7 家人 201
Chapter 8 创业 235
Chapter 9 超越 259
后记 287

圈层

Chapter1

01

我第一次见到刘文静，是在朋友聚会上，她是以耗子女朋友的身份出现的。

我在上海有一帮很好的朋友，我们常常聚会，耗子是其中之一，而那时，刘文静还不是我们的朋友。

说刘文静之前，我先说说耗子。

耗子是个男孩子，身高一米八多一点，肤色有点黑，人很瘦，头发微微有些卷。他整个人瘦瘦高高的，从头发到脚后跟都透着一股带着喜感的机灵气儿。

耗子生性单纯，性格又活泼，聚会的时候笑话连绵不绝，特别是有女孩子在的场合，他段子一个接一个，总能逗得女孩们笑得花枝乱颤，他又惯会在女孩子面前做小伏低，做朋友真没的说。然而不知是什么原因，可能是没什么钱，我们认识这么多年，除了交往过刘文静这一个女朋友之外，他连绯闻几乎都没有闹过，拿他当男闺密的女人倒是不少。

耗子嗓音喑哑，听起来像正处于变声期的初中生，却总是喜欢大声说话、大声笑闹，尖叫时的塞音听起来很痛苦。插销开他玩笑，说他像是耗子被踩住了尾巴。他听了也不生气，学着耗子“吱吱”地叫，逗得我们又一阵大笑。后来，大家就忽略了他原本的名字，只叫他耗子。

耗子单身，事情相对少，之前每次聚会，他总是早早就到了，然而那一天，菜都上齐了，他还没来。插销接连给他打了好几个电话，他都支吾着“马上到”，却很久没到。

等待的过程中，插销开玩笑似的跟我们开了个局，赌耗子是拉肚子找不到厕所，还是被哪个妞给绊住了。女孩子们不喜欢参与这种无聊的游戏，都微笑着没作声。看花花和薇薇的表情，我就知道她俩心里有着同样的判断：很可能被什么事儿给耽误了，但一定不会是被女孩子绊住了。

然而我们都猜错了。

耗子姗姗来迟，急匆匆却一副欲言又止的样子。插销拉住他，说要罚酒。他第一次没跟插销闹，而是有些羞赧，支支吾吾地解释：“在等人，所以来晚了。”

我们都很惊讶，看他这表情，越看越像是恋爱了。

“难道刚刚是在等女孩子？”插销刚问出口，他就重重地点了点头。我们还没说出“是骡子是马拉出来遛遛”诸如此类的玩笑话，他已经迫不及待地向身后招了招手，把刘文静唤了出来：“我女朋友，刘文静。”

刘文静怯怯地从不远处某个角落里走了出来。顿时，鸦雀无声。

时间仿佛就这样定格，大家都盯着她，不知道该说什么好。

怎么说呢？刘文静的出场实在太震惊了——并不是倾国倾城美得让人震惊，而是她全身上下打扮之怪异让人震惊。

她穿着粉色的棉服，白色的棉质裤子，黑色的尖头高跟鞋明显大了一号，还配了双图案怪里怪气的短棉袜。

她的脸上搽了粉，但很显然，她化妆手法拙劣，就像是根本没有洁面、没有涂抹妆前乳，就直接把散粉扑在了脸上。一眼望过去，脸和粉之间隔了一层油，给人的感觉就像戴着一款花红柳绿的劣质面具。

她的头发像是很久没有洗过了，油腻腻的刘海贴在脑门上，一绺一绺的。脸蛋上还有两坨高原红，这是经常风吹日晒且不保养的女孩子才有的皮肤。她的嘴巴虽然涂了唇彩，却溢出了唇线之外，看起来有些脏。

最关键的是她的表情，像大部分第一次进城的农村女孩子一样，她始终怯怯的，不敢正眼看人，偶尔抬头偷瞄一眼，见我们在看她，便从额头到脖子都红了。她的手脚更是没地方放，一只手绞着棉服的边儿，另外一只则紧张地挠着绞棉服边儿那只手的手背。

她就像一个突如其来的闯入者，带着强烈的违和感，很突兀地进入我们的圈子，刹那间我们不知该说什么好。

薇薇反应最快，见我们都愣着，最先出声："快过来坐！"又叫服务员："在这里再加一个座位！"

我因为到得晚，就坐在门口，耗子的座位在我旁边。加了一个座位之后，就变成刘文静坐我旁边了。他们坐下之后，教授边给耗子倒酒边不经意地问耗子怎么来这么晚，就像是刚刚的尴尬根本不存在一样。

耗子打了个哈哈："堵车。"

插销揭穿他："平时不都坐地铁吗，今天打车啊？"

耗子笑："今天地铁堵车。"

地铁不会堵车，他只是不想让我们追问罢了。耗子最大的优点之一就是会自嘲，用大家都能听出来的谎言化解尴尬，这让跟他做朋友的人没有任何负担。我喜欢会自嘲的人，当然我自己也是。

然而他的女伴并不能体会他的苦心，刘文静的嘴唇动了动，用蚊子似的声音说："我一定要化个妆才出门，他等我，才等得晚了。"

多实诚的孩子啊！我在心里默默地为这个女孩点了个赞。

耗子尴尬地笑笑，维护她："她平时基本不化妆，才会耽误这么多时间。不过，这说明她对你们重视。感不感动？就说你们感动不感动吧？"

耗子做作的表情，逗得我们哈哈大笑，纷纷说："感动，感动。"说完之后，又都跟刘文静打了招呼，介绍自己。但是很显然，我们的自我介绍简短了些，耗子又按顺序重新介绍我们："我跟你说过的教授，读书的时候曾以博学多才闻名于赫赫有名的T大，现在在建筑设计院做建筑师，兼职帮人买股票、买基金。"

教授笑："助理、助理，离建筑师还差得远呢！"

耗子继续介绍："插销，东北纯爷们儿，24K铂金都没他纯，平面设计师。"

插销做了个鬼脸，没说话。

"薇薇，英国华威金融系研究生，才回国一年，已经是某世界五百强企业资金审核部的经理了。"

薇薇露出八颗牙，笑得无懈可击。

"花花，跟你一样，都来自江西。自古江西出美女，看你们俩就知道了。"

耗子每介绍一个人，刘文静的头就转向这个人，听得很认真，并报以羞赧的微笑。

花花听到耗子介绍刘文静来自江西，问刘文静：“我是南昌人，你呢？”

刘文静的声音有些嗡嗡的，我始终没听清楚她家究竟在哪里，只隐约知道她来自某个不知名的小城。花花追问了两句，问到县城就没再问了。县城之下，想必花花也不熟悉。

按座位顺序介绍，最后一个是我，耗子歪着头想了想，说：“果子，女文青、作家。你的事儿不要轻易跟她说，一不小心她就给你写书里了。”

我笑着打趣：“除非本人授权，否则我才不会轻易写出来呢！”

经过这样的插科打诨，刘文静的紧张感减轻了许多，而耗子在介绍的同时，已经细心地在刘文静的碗里堆满了菜。她在我们的招呼下，颤颤巍巍地拿起了筷子，却始终没有开吃。

插销开玩笑：“哟，耗子，在哪儿遇见你女神的呀？”插销这个人，嗓门大、嘴巴直，肚里没有花花肠子，想到哪儿说到哪儿。这句明显带有揶揄口吻的话，惊得刘文静差点掉了筷子。

耗子认真解释：“有一次在一家小饭馆吃饭，那天天挺冷的，人不多，她一个人在门口弄个大盆子洗菜，小手冻得通红通红的，我关心了几句，就这样认识了。”

这下子我们全明白了，这个女孩，是某家小饭馆的服务员。

虽然我们大部分人都来自普通家庭，在上海上着普通的班，但是我们的工作地点基本都在写字楼。中央空调一年四季、一天八小时开着，上班用电脑，下班宅在家，几乎五指不沾阳春水。我们的朋友圈，大部分都是和我们类似的人。

所以，我们看到刘文静的时候，会觉得有一丝违和感，而她看到我们的时候，一时之间也找不到什么话题。

好在年轻人的违和感从来不会持续太久，就像无数次朋友聚会一样，大家跟耗子边喝酒边闹了起来。耗子给我使了个眼色，让我帮他照顾女朋友。

我夹了一筷子菜放在刘文静已经堆得如小山一样的碗里，跟她说："这群朋友都挺闹腾的，你别理他们，咱们先吃饱，待会儿一起去唱歌。"

刘文静拿稳筷子，开始埋头吃菜。当我的目光扫向她的手时，忍不住心里一惊。她的手红红肿肿的，还有裂口，指甲缝里有黑色的泥，拿筷子的动作有些僵硬，不知道是冷，还是紧张。

我突然有些心疼，忍不住又帮她夹了块鱼。她抬头看了我一眼，目光定格在我的手上，嘴唇动了动，低着头却什么都没说。但是，她的手开始颤抖。她悄悄放下筷子，把手缩到了衣服里。之后，她始终很沉默，几乎什么都没吃。

我有些不好意思，拉了拉袖子，想把手藏起来。

我的家境很一般，但作为一个"80后"，从小到大，很少做家务，基本靠智能家电帮忙，实在需要自己动手，也会戴上手套。

我的这双手，很少会浸在冷水里，指甲修剪得整整齐齐，指甲缝洗刷得干干净净，每次洗完手，还会仔细地涂抹护手霜。

我的手上，有两个薄得几乎看不见的茧子。一个在右手中指旁，是常年握笔导致；一个在右手手腕处，是常年握鼠标在桌上磨出来的。

再看刘文静的手，单单手背就已是满目疮痍，伤痕累累。

整顿饭，刘文静一直低着头，如坐针毡。我坐在她旁边，虽拼命找话题，却依然感觉别扭。她的自尊心比表面上看起来更强，很轻易就在我们之间筑了一道防卫的墙，即使我率先表现出友好来，她也始终无法融入。

02

在刘文静加入之前，我们这个朋友圈一共六个人：男孩子有三个，耗子、插销、教授；女孩子有三个，薇薇、花花和我。

从地域上看，只有教授一个人是上海土著，插销是东北人，耗子是湖南人，花花已经自我介绍过，她来自江西南昌，而我，是湖北人。从户口看，薇薇和教授是上海户口，其他人都还是外地户口。

为什么薇薇也是上海户口，而我们都不是呢？这个需要解释一下。薇薇毕业于英国华威大学[1]，回国后就进了世界五百强企业，虽不是上海土生土长的，但她做生意的父母在上海认识不少人。她回国到上海工作，家里就给她在市里的核心地段买了套大房子，而且托人以人才引进的名义帮她办好了上海户口。

而我们其他人，既没有好的资历，又没有更强的能力，更没有强势的家庭，只能拿着“暂住证”，在沪上漂着。

从这个角度来说，薇薇和我们是不同的。我们是一群普通人，而薇薇是普通人群里的白富美。

既然先提到薇薇，那么就从薇薇开始介绍吧。薇薇是北方人，典型的

---

[1] 英国顶尖研究型大学，位于英格兰中部华威郡和考文垂市的交界处，创立于1965年，以严苛的招生、高水准的学术研究和教学质量而闻名，常年稳居QS世界大学排名百强。

富二代。父母经商，生意做得还挺大。她的爸爸曾经是军人，对她家教很严，自小以军人的纪律要求她这个独生女。而她本身也很优秀，有一目十行和过目不忘的本领，顺利考上英国名校，毕业不到一年就成为世界五百强公司的融资经理。

薇薇性格好，人活泼开朗，对朋友热情，又有教养，身上几乎挑不出什么缺点，一直受我们仰望。有朋友如薇薇，经常会让我们感受到自己的平凡，有时候甚至会自惭形秽。

薇薇各方面都很优秀，长相却一般，如果不是独有的英伦范儿和无懈可击的妆容，甚至连一般都说不上。薇薇的五官别的地方都还好——虽然有龅牙，但不明显；鼻子秀气，还有酒窝——就是眼睛太小了。她的眼睛细细弯弯，笑起来几乎看不见。当她睁大眼睛时，你会发现她的瞳孔不是中国人特有的琥珀色，而是灰色。据了解，这是因为瞳孔太小，导致眼睛的色泽过渡不明显。

她的长相，放在普通人身上，是上帝造人的公平：既然一切都很一般，那么不好不坏便也罢了。放在薇薇身上，则是上帝造人的败笔：既然一切无懈可击，何必给一项软肋呢？何况这个软肋是女人普遍最在乎的容貌。

薇薇从来不戴美瞳，她自嘲说，她不是不想戴，而是戴不了，标准尺寸的美瞳戴在她的眼睛里，你就看不到眼白了。

然而即使眼睛小、龅牙，薇薇仍然是我们当中身材最好的一个。她身高一米七，D 罩杯，端肩、蜂腰、翘臀，腿又直又长，从小学芭蕾，长大练瑜伽，又在英国待过几年，气质好得不得了。不看脸的话，你甚至会把她和林志玲混淆。

用插销的话说，无论从前面看，还是从后面看，或者从侧面看，薇薇都是标准的“蒙面女神”。

“蒙面女神”这个绰号，插销只敢背着薇薇叫，他要当面说出来，我可不敢保证一向好脾气的薇薇会不会当场发飙。

其实，薇薇对自己的相貌还是很在意的，但从她平时说话的字里行间来看，她可从来不认为自己的长相有什么问题。据说，在英国，追她的都是一水儿的帅哥。学烘焙的时候，有个来自挪威的蛋糕师，是个眨眨眼睛睫毛就能带动太平洋之风的小正太，对她痴迷得不得了，被她拒绝几次后仍不死心，她回国的时候，小正太恨不得追到中国来。据薇薇自己说，她这长相是最受外国人欢迎的。

薇薇说她从来没有谈过恋爱，要把处女身保留到洞房花烛夜。这点我信她。以她家的家教来说，她那军人出身的父亲还真能培养出这样“洁身自好”的女儿。

那像薇薇这样出众的女孩，是怎么跟我们这群人混在一起的呢？这要从一则英雄救美的故事说起——

有一天，薇薇穿着高跟鞋，撑着雨伞，独自走在江南的雨巷里，气氛是好的，环境是雅的，心情是潮湿的。却没料到，斜冲过来一个光头男，旋风般经过薇薇身旁，顺手就把她的包给抢了。以薇薇的速度，自然是追不上的，只好大声呼叫。恰逢插销经过，勇斗歹徒，夺回了被抢走的包，却被歹徒在腰上捅了一刀。

多凄美的英雄救美桥段啊！按照言情小说的发展脉络，估计二人立马就能展开一段佳话。只可惜，以薇薇的冷静和插销的臭贫嘴，佳话没有，笑话倒闹了不少。

薇薇拿过包，看见插销腰上汩汩而出的血，皱了皱眉头说：“送你去医院吧！”就扶着他走出巷子，去路边打车。

被扶着的插销看了眼薇薇背在肩上的香奈儿链条小包，冷笑：“背这么招摇的包，穿这么细的高跟鞋，走在这僻静的小路上，这是等着被抢啊！”

薇薇嘴唇动了动，想抢白几句，却想着这男人为自己受了伤，何必跟他计较，就什么话都没说，扶着插销的动作却依然小心翼翼，脚下也不敢放慢。插销扭头看了一眼薇薇气呼呼的脸，没说话，自顾自嘿嘿笑了起来。

两人坐上车，听着插销阴阳怪气的笑声，薇薇终于忍不住嘲讽说：“不过一个包而已，用得着您拿生命抢回来吗！看来在某些人的眼里，他的命还不如一个破包值钱。”

薇薇这样说，插销可不干了。他用那只没有捂伤口的手费力地摇开出租车窗户，跟薇薇抬杠：“破包？有本事从这儿扔出去啊！不就一个破包吗？你看看有没有人捡。”

薇薇气得恨不得直接下车，转念一想，这人这么讨厌，但好歹帮自己把“破包”抢了回来，也算是好心。他腰上还在流血呢，自己放下他不管不是个事儿，她只好翻个白眼儿，嘟囔一句“懒得跟你计较”，就不再理他。

出于人道主义精神，插销住院那几天，薇薇每天下班都去，带着饭店里买的排骨汤和各种水果吃食，陪上两个小时。我们也经常去，每次去就能看到这两人大眼瞪小眼，都气鼓鼓的，也不说话，想必是又抬杠了。

一来二去，我们就跟薇薇逐渐混熟了。她也了解到我们只是一群和她一样没心没肺、爱玩爱闹的年轻人，就跟我们都处成了朋友，我们聚会时也常常叫上她。

曾经我们以为，他俩那么爱抬杠，或许会成为怨侣，电视上不都这么演的吗？然而我们低估了二代们的眼界和心气儿。插销曾经有一段时间对薇薇生了好感，甚至还想追求薇薇，但薇薇总是不动声色地一笑而过，用行动很委婉地表示拒绝。

自打插销出院，薇薇跟我们成为朋友之后，他俩再也不抬杠了。插销嘴贱的时候，薇薇总是不计较地笑笑便罢了。他们“怨”不起来，也“侣”不起来。

薇薇后来跟我们说，刚跟插销认识的时候，没见过插销这么嘴贱的男人，才把她牙尖嘴利的一面激发出来。而实际上，她本不是那种爱在言语上争强好胜的人。

说完了薇薇，再来说插销。在我眼里，插销其实又可怜又二。他长得人高马大的，动不动以“哥”自称，言语间恨不得罩着每一个人，但在面对感情的时候却很软弱。

插销高中时期的女友玫瑰是和他同一届的同学，玫瑰考上了上海的大学，他却考去了沈阳。插销瞒着所有人把录取通知书撕了，拿着家里给的学费，跑到上海，在玫瑰的大学附近租了间房子，专门照顾她。

家里没多久就知道了插销的举动，气得跟他断绝了关系。而玫瑰，却是个不省心的，虽然还在上学，但化妆品和衣服都要最好的，他们俩的开销并不小。插销去工地上搬过砖，去广告制作公司搭过架子，还考了驾照，给有钱人当过一段时间的司机。

插销为了女友放弃了读大学，只有高中学历，努力地在这个城市生存，只为坚守他和玫瑰的爱情。玫瑰却一直在挑他的毛病，嫌弃他的工作给她这个大学生丢脸了，不许他去学校接她，还对外宣称单身。插销在辛苦做体力活之余，用了几年时间，学了美术，学了平面设计，走了很多弯路，才机缘巧合在一家广告公司做了平面设计，才勉强成了个不给女朋友丢脸的“坐办公室的”。随着他工作经验的增长，工资逐渐也能负担起两个人的开销，甚至还有些盈余。

玫瑰很争气，大学毕业之后，考上了加拿大的研究生。插销巴巴地辞了工作跟了去，不到一年工夫，玫瑰跟一“枫叶国”的老男人跑了，跟插销说，很早之前就不爱他了，因为他是个被女人牵着鼻子走的小男人，太没出息了。

为了供玫瑰读书，插销没了工作，举债送她出国。跟着一起出去之后，因为英语不够好，他只能在餐馆里端盘子供养两个人的生活，却遭遇这样的结局，要多可怜有多可怜，要多二有多二。

他回国的时候，没联系别人，只给我打了个电话，告诉我机票是玫瑰掏钱买的，他身上一分钱都没有了，让我想办法给他找个地儿住。我那时候也挺穷的，积蓄不多，勉强把身上所有的钱掏出来，也只够给他租个小隔断房，付了三个月的房租而已。

我把他带进出租屋，他坐地上就哭，哭了起码有俩小时，像个女人一样，边捶地、边号啕，眼泪鼻涕流在衣服上，也顾不上擦。我知道他是伤心到了极点，也早料到他有这一哭。他用情太深，不哭出来，指不定会憋出什么病。

他哭的时候，我坐他旁边一句话没说，只安静地看着他哭，看他的眼泪鼻涕把衣服和地板砖都打湿。拿矿泉水给他喝，他不肯喝，我只好跑出去提了一打啤酒进来，顺便买了点鸭脖子和花生米，等他哭到没力气，适时开了一听递过去。他倒也不多话，咕咚咕咚都给喝了，转眼间，一打啤酒基本被他一个人喝光了。

我倒一点都不担心他喝醉，他是东北人，这点酒小意思。

他把啤酒喝光，我又打电话帮他叫了外卖，拍拍他肩膀就走了。有些事，虽然伤筋动骨，却只能自己消化。我和插销是多年老友，我了解他的性子，这一哭，此事就算放下了，放不下也将永远搁心里再不说出来。从此，他也算获得了新生。

果然不出我所料，之后多少年，他再也没提过玫瑰。

哦，对了，插销以前可不是这嘴贱的性子，他是典型的闷骚居家男，跟玫瑰分手之后，才变得越发嘴贱起来。他对什么事儿都一副冷嘲热讽的样子，特别是对待比他优秀的女人，嘴贱起来几乎没边儿。

插销的事儿说完了，我们再说说耗子。

按说，耗子作为本文第一个出场的男人，介绍他的时候，能说的东西应该特别多才对。只可惜，我揪了一把又一把的头发，却始终想不出该怎样介绍其人和其事。其人嘛，前文已经交代过了，其事嘛——貌似还真没什么事儿。他就是一个平凡的银行小职员，来自湖南某小县城，父母都是公务员。

耗子的父亲是县城某清贫部门的二把手，在几十年的职场生涯中始终被一把手深深打压，跟一把手争夺权势，结果全面败北，不到五十岁就在一把手的暗示下办了内退，一辈子郁郁不得志，不到六十岁已是满头华发。

耗子的母亲在街道办工作，是个大嗓门、很厉害的女人。在他们家，两个男人一个女人，本应是阳盛阴衰，但如果以音量和话语权来衡量的话，绝对是阴盛阳衰，家里的一切都是耗子妈说了算。

据耗子自己说，从小到大，他跟他爸都生活在他妈的重压之下。耗子大学毕业后好不容易逃离他妈的魔爪，来到上海。

耗子的人生经历平淡无奇，感情经历更是空白，真没什么故事可讲。这样的青年，城市里一抓一大把。关于他，我能介绍的还真不多。

那么接下来，我们再说说最后一个男人——教授。

教授人长得很帅，有点霸道总裁的范儿，戴着金丝边眼镜，总是笑眯眯的。他是一个特别睿智的人，几乎看过市面上所有的经济类书籍，平时讲起话来总喜欢引经据典，一开腔便是滔滔不绝。他自信且固执，面对观点不一致者，他总能用他缜密的逻辑思维把对方说服。教授是我们公认的百科全书，是我们都很佩服的人。

有一次我俩就一个观点起了争论，其实我内心已经认同他了，但因为抹不开面子还是嘴硬。他没看出来，愣是滔滔不绝说了俩小时，中途没喝一口水，直到我承认“你说得对，是我思路有问题”，他才肯住嘴，露出胜利者特有的微笑。

我嘲讽他：“你这引经据典的样子可真像个教授。”没想到，“教授”这个称谓，居然得到了包括他自己在内所有朋友的普遍认同。从此，教授便取代了真名，他真的成了我们的“教授”。

教授在T大念的是建筑系，可刚上大学就对经济表现出了浓厚的兴趣，大二开始接触股票和基金，从此就一门心思扎了进去。他自己做了一个看走势的软件，每天只睡五个小时，各种琢磨和分析，大三开始又帮人代管股票赚取佣金。大学毕业后，教授进了建筑设计院，工作没多久，就用帮人炒股赚来的钱和朋友合伙开了基金公司。

开基金公司的时候，教授只有二十四岁，彼时他大学毕业不到一年，身家已有百万。

薇薇学的是金融，教授又饱读经济类书籍，是这方面的专家，他俩只要坐一起，能滔滔不绝说上几个小时，我们都插不上嘴。

教授有个小女朋友叫娜娜，比他小两届，还在念大学。我们看过照片，人长得蛮清秀，看起来也挺单纯的。但这女孩很神秘，一直不肯出来跟我们见面，声称不喜欢看见教授交朋友，怕看到他跟女孩子做朋友心里不舒服，不如眼不见为净。这个逻辑让人很无语，但她坚持不肯露面，我们也不好勉强。所以，我们都没见过娜娜真人，只见过教授手机里的照片。

娜娜上大学的时候，教授已经能挣钱了，娜娜自此宣布，不再找家里要钱，学费和生活费都由男朋友供给，美其名曰“年轻人要自食其力”——她的自食其力，也不过是督促教授多赚钱，养她。

教授和娜娜的家庭条件差不多，教授的父母都是公交车司机，娜娜的父母是工人。俩人都是弄堂里长大的孩子，土生土长的上海人。娜娜的父母对教授很满意，早认定了教授就是未来女婿，他们知道教授的收入，又见他并不反对给娜娜出学费和生活费，便也乐得自在，赚了钱安心打打麻将，把女儿的一切托管给了教授，还交代他，等女儿一毕业就结婚。

对此，教授的父母意见颇大，里里外外跟人说，这年头还是养女儿好，不用操心房子、车子，赚的钱吃吃喝喝花掉就可以了，不像养了儿子，不好养，自己贴钱帮他买房娶媳妇，培养出来，能赚钱了，自己花不了多少，都给了女朋友。他俩更是逢人就拿娜娜说事儿，说她上大学就傍了男朋友，连学费、生活费都不用掏，只等大学毕业嫁过来，还能收笔彩礼钱。

教授的父母一直不怎么待见娜娜，只是教授坚持，二老拳拳父母心，便也罢了。娜娜对教授父母的态度，自然是心知肚明，见教授父母不喜欢自己，找借口连教授家都不愿意去了。

教授家除了正在住的房子之外，还有一套四五十平方米的一居室，租了出去收点房租。教授开始赚钱之后，不愿意跟父母住在一起，嫌他们啰唆，更嫌跟娜娜亲热的时候出去开房麻烦，索性找父母把小房子要来，简单装修了下，自己一个人住。娜娜没有结婚，自然是住家里，偶尔才到教授的房子里待一待。

教授是我们之间除了薇薇之外，唯一在上海拥有私人住房的人。他们住着自己的房子，而我们，此时都还是租房一族。

说完教授，再来说说花花。

花花五官很漂亮，长得有点像南昌美人杨钰莹。她的身材比例极好，但个子也像杨钰莹一样，相对比较娇小。小个子虽有小个子的好处，但跟高个子走在一起，终究是后者更夺目，比如，薇薇的身高直接秒杀她，也因如此，即使她五官比薇薇漂亮，但人们最先注意的一定是薇薇。

花花的家境一般，就是城市里普通的双职工家庭。她有个哥哥，比她大五岁，已经结婚了，跟她的父母同住。嫂子明里暗里提房子小，说到底不过是嫌她碍眼，而向来疼爱她的妈妈，却对儿媳妇的作为默不作声，任由自己的女儿受欺负。花花心气儿高，在哥哥婚后两个月，收拾好行李，来到了上海。

年轻女孩子才出来，工作不好找。她进了一个二手房销售门店做中介，拿着极低的底薪，眼望着极高却很难拿到的佣金，在这个城市苦熬着日子。

接下来就该说我了，之所以把我放在最后说，是担心不够客观。而且，我这人真挺普通的——人普通，家庭条件普通，就连读的学校，也很普通。

插销曾经开玩笑，说我最适合做间谍，因为无论跟谁在一起，外人首先看到的都不会是我。同行的人数只要超过五个，我就会被忽略不计。这样的人，别人看再多次，也记不住脸，偏我又是喜欢观察的性子，不动声色便把所有的事情收在眼里，这样的人最适合做间谍了。

插销嘴很毒吧？我却觉得他说得很形象。我的这群朋友，他们爱我的时候，叫我的名字“果子”；不爱我的时候，就叫我“作家”。只可惜我空担了这名头，却没写出什么广为人知的作品来。

03

永远不要怀疑现代男女的八卦能力——那天跟耗子和刘文静见面之后没多久，花花就给我打来电话，一惊一乍地通报了刘文静的身世以及和耗子之间的“爱情故事”。

刘文静不是她的原名，她的原名据说叫刘来弟，“刘文静”这个名字是耗子给她取的。

刘文静的家在哪里，花花搞清楚了，我却始终没记住那个复杂的地名，只记得特别偏僻。要到她家，下了火车，得再坐四个小时汽车，还得乘坐一段时间的三轮车，接着还要走几个小时的山路。

刘文静家里还有两个姐姐和一个弟弟，她是老三，又是女儿，是家里最容易被忽视的存在。她从小到大穿的衣服，是大姐二姐淘汰下来的。据说，大姐二姐的衣服，也都是亲戚们淘汰下来的。可以想象，穿着被几个人穿过又穿的衣服，会是怎样的一番破败景象。

据说，本来刘文静应该是家里的老四，她前面还有一个姐姐，可生下来就送人了——那些年，计划生育抓得太严，而她的父母又一门心思想要男孩。到刘文静这里，偏偏又是个女孩，本来她的父母也打算把她送人，但一时找不到合适的人家接收，于是就留了下来。这里也有一段故事，容后再讲。

花花说到这里，我心下一阵唏嘘。刘文静的命运听起来似乎悲惨了点儿，同样是“80后”，人与人之间的际遇和命运差别也太大了。

薇薇、花花、我、刘文静，我们四个女孩子年龄差不多。薇薇生在富贵之家，她的人生道路注定繁花似锦。我和花花是普通家庭出身，我们成长的路，虽会经历些坎坷磨难，但好歹物质丰盛，自小也算是一直享受着父慈母爱，没有受过多少苦。而刘文静，她像是生活在另一个星球，她吃过的苦，我们无法想象；而她的生活乐趣，想必也不为我们所知。

耗子花了几个月追求刘文静，确认恋爱关系后一个多月，我们见到了刘文静。

她穿着打扮太过于奇特，又不会化妆，不仅不美，反而很奇怪，但耗子第一次见到她的时候可不是这样。那时，她是素颜，虽然脸上有高原红，手指冻得像胡萝卜，身上的衣服也非常土气，但起码不违和。刘文静的底子不错，才吸引了耗子的注意，进而喜欢她，花心思追求她。

耗子的追求手段无外乎是经常到小饭馆吃饭，制造见面机会，混个面熟之后，又约出来吃饭、看电影。

在耗子之前，有些常去吃饭的男人骚扰刘文静，也有以各种名义约她吃饭的，就连她那个开饭馆的远房表哥，都趁着媳妇不在，动手动脚占过她的便宜。

一个独自在大城市拼生活的年轻姑娘，依附于表哥表嫂生活，遇到不好的事情，不敢甩脸子，不敢一拍两散，只能用智慧闪展腾挪，尽量躲避，躲不过去也只好打落牙齿往肚里吞。

刘文静曾经天真地想过，如果有一天，能嫁一个像表哥这样开饭馆的小老板，也算是不错的结局。然而，她遇到的不过是些街头小混混之流。毕竟，表哥开在弄堂里的小饭馆，位置偏、店面破，经常去小饭馆吃饭的，就算是念过大学，有一份体面的工作，家境也并不殷实。而这样的人最现实，他们自会找各自的“门当户对”。

耗子却是例外，他偶然间进了那个饭馆，从此就对刘文静真正上了心。

年轻的女孩子或许也会被甜言蜜语打动，但真正对她好的人，那些细节，她还是能够分辨的。刘文静很轻易就看出来，耗子待她是真心的。

其实，耗子也没做多少惊天动地的事儿，不过就是下班后去饭馆吃饭，吃完饭看刘文静忙，他便袖子一撸，帮忙端盘子、擦桌子，一起出去的时候，蹲下替她系鞋带，天冷买个玉米或热饮暖手。就是这些不经意间的小事，才真正显示出诚意来，逐渐打动了刘文静的少女心。

跟耗子接触没多久，刘文静便已经了解耗子的基本情况：正规本科毕业，银行职员，独生子，自小在呵护中长大；父亲是公务员，已内退。

这个条件，在我们看来，其实很一般，在很多上海土著看来，和大部分外地来沪的人没有区别，但在刘文静看来，却高到了不可攀的地步。

他俩好上之后，刘文静总是一次次傻乎乎地问：“你这么优秀，怎么就看上了我这么一个初中毕业、在饭馆里做事情的女孩儿呢？”耗子吱吱笑得像只老鼠，不说话，只宠溺地亲刘文静一口。

耗子心里明镜似的——刘文静不明白漂亮对于一个女人来说是多么大的优势。她还不会利用漂亮这个优势从男人那里得到什么，才会让耗子捷足先登。她一旦觉醒，再有人指点，加上一点运气，就不是今日的耗子能追上的了。

刘文静永远忘不了十八岁那年，她决定跟表哥一起到上海时发生的事情。那时候，她已经出落得亭亭玉立，长长的辫子搭到屁股弯儿，从前面走，辫子梢牵动着村里年轻人的心。上门提亲的人几乎踏破了她家的门槛，其中最热心的当属村主任的儿子王山鸡。

然而，在刘文静眼里，王山鸡不是什么好人，不过是跟二姐夫一样的混混罢了。刘家姑娘出落得都好，在家里最穷的时候，刘家爸妈为了几千块钱把大姐嫁给了一户老实人家，虽日子苦点，但也算平顺。最可惜的是二姐，被混混姐夫追求，爹妈扛不住对方吹牛加要挟，将二姐嫁了过去，日子苦得像没腌好的酸白菜，又烂又臭，泛着股恶心人的酸味儿。

婚后，混混二姐夫十天半个月不着家，不仅不好好养家，还动不动找二姐要钱，没有钱给就把二姐打得鼻青脸肿。姐夫不在家，十来亩地，姐姐一个人独自操持着，又接连生了两个女儿，惨遭重男轻女的婆家嫌弃。结婚十多年，二姐没享过什么福，腌臜气却受了不少，丰盈美丽的少女逐渐被淘成了干瘪的老太太。最近几年，二姐夫更过分，跟邻村一个小寡妇好上了，干脆住在小寡妇家里，连家都不肯回了，还对二姐扬言，小寡妇一旦生了儿子，就将她扶正。二姐气得眼泪落下一箩筐。

王山鸡上门提亲，刘文静自是不肯的。她虽然年龄不大，也没有什么阅历，却从姐姐们的身上看到了未来的路。像二姐夫和王山鸡这些人，全身上下最重的地方不过是二两嘴皮子，能吹、能侃、能放屁，唯独过不了日子。因此，刘文静无论如何都不肯答应王山鸡的求亲。有时候刘文静转念想，如果王山鸡是大姐夫那样的老实男人，这样热烈地追求她，她会嫁吗？还是不会！嫁一个老实男人，八棍子打不出一个屁来，跟着他生儿育女，做了地里做家里，这样的日子，没劲透了。

究竟该嫁什么样的男人，还没有走出山门的刘文静并没有想好，她只知道，她不能走姐姐们的老路。

然而，王山鸡偏偏是弟弟刘根儿的狐朋狗友。刘根儿不学好，十五六岁跟着学校和村子里的不良少年混，抽烟喝酒，收保护费，还总是把吹牛打屁的朋友们带回家。也就是一次带朋友回家，二姐夫看上了二姐，才酿成了这十多年的悲剧。

刘根儿是连生了好几个女儿之后好不容易盼来的，刘家父母恨不得把他宠到天上去，对他自然是言听计从。再加上王山鸡的父亲是村主任，在村子里是说一不二的存在，刘家父母便不自觉地对他态度谄媚。王山鸡刚开始追刘文静，弟弟就一口一个“姐夫”地叫，父亲听闻也只是嘿嘿笑，不多说什么。刘文静恨得后牙槽都咬破了，却无能为力。

刘文静虽然坚决反抗，但她只是一个稍有姿色而普通的年轻姑娘，架不住外人三番五次的骚扰和自己家人暧昧不明甚至有些怂恿的态度。在她就快要扛不住的时候，表哥带着表嫂衣锦还乡了。跟村里人一阵寒暄之后，表嫂悄悄把刘文静拉到一旁，跟她推心置腹聊起来。

很显然，表嫂已听闻王山鸡反复纠缠刘文静但她拼命拒绝的事，她问刘文静究竟怎样想。刘文静的眼泪吧嗒吧嗒掉下来，竹筒倒豆子般把自己的担心全说了出来。表嫂沉思了很久，跟她商量：“我那边正好缺个帮手，你这么年轻，稀里糊涂嫁人生了孩子，将来万一后悔……咱们这儿毕竟是农村，唾沫星子都能淹死你。要不这样，我跟你爸妈商量商量，你跟我走，去大城市闯几年，再考虑终身大事，可好？上海那么大，什么样的男人没有？说不定就能遇到个好的。万一你有福气，能嫁一个你表哥这样自己做生意的老板，一辈子不就能跟着吃香喝辣了吗？”

这简直是绝望处生出的希望，刘文静一听，立刻就心动了，却又担心过不了父母那一关，毕竟他们家还从来没有哪个孩子到外面打工呢！表嫂让刘文静安心，转身又去说服刘文静爸妈：“姑娘这个脾气，逼急了说不定会做出傻事来，到时候还不是人财两空？她才十九岁，不如出去挣几年钱，也能补贴补贴家里。”表嫂提出的方案是，一个月工资照900元开给刘文静，800元帮她存着，存够一年，过年的时候带回来给她父母，还有100元给她当零花钱，一年给她买四套衣服，冬天一套、春秋一套、夏天两套，外加包吃包住。

刘家爸妈听完也心动了——村子里一家人全年的收入不过两三千块钱，这一下子，一年有万把块到手，表哥表嫂真是他们家的恩人。虽心里高兴，但仍有顾虑：王山鸡对刘文静这么上心，她说走就走，留两个老人在村里，万一村主任找麻烦呢？这顾虑刚一说出来，表哥就哈哈大笑：“多大点事儿，村主任家我去说。”

唯一的儿子想娶刘文静，这件事村主任其实一直都不太同意。刘家实在太穷了，爹妈没本事赚进项，几个孩子，长得虽然都不差，但从小都穿着补丁打补丁的衣服，一股寒酸相。刘根儿看着就是个不成器的，他们家那个穷坑填都填不满，只怕是没什么出头之日。而村主任家就不同了，儿子没出息没关系，他是村主任，管着一村人呢，他的本事摆在那儿，足以把家里发展成村里数一数二的人家。

村主任看着王山鸡上下扑腾，像只发情的公鸡一样围着刘文静转，却始终没对此发表意见。他了解自己的儿子，他不过一时动了心，真要娶回家，要不了多久便会对刘文静不闻不问。也因此，就算是王山鸡追刘文静这事儿闹得尽人皆知，他也始终一言不发——反正男人和女人闹绯闻，最终名声臭的，都是女人，王山鸡还能落个风流倜傥的标签，不吃亏。

表哥表嫂都是些什么人？他们是生意人，能在大上海开小饭馆的山里人，精明着呢！他们早看清楚村主任的意图，因此说服起来也容易得多。表哥表嫂提着东西上了村主任的门，跟村主任说，想把刘文静带出去打几年工，帮家里还债，再调教调教，过几年年龄大点再送回来，若孩子还有意，老人就成全他们。也说不定过两年，孩子自己的心思就断了呢，那时候再找门当户对的也不迟。

对着王山鸡，话也说得很好听。先是大大地夸了一番，说这么好的孩子、这么好的家庭，想娶谁，姑娘家里还不上赶着把孩子打扮打扮送了来？刘家三姑娘现在一根筋，而村主任他们也不太同意，不如再等两年，让他们带出去见见世面。她若去了城里，吃了苦，就知道有个知冷知热的人多么重要。到时候，她不别扭了，村主任也松口了，岂不是皆大欢喜？

一件事同时解决了两个家庭、无数个人的难题。于是刘文静到上海的事情就这样愉快地决定了。

出发前的那天晚上，刘文静躺在床上翻来覆去睡不着。半夜爬起来，翻出箱子里存着的半截铅笔头，在一张半旧的报纸上写下一行字：明天就要出去了，真高兴啊！我会有属于我的明天吗？

04

电话里，花花讲完刘文静的故事之后，很八卦地问我："你说，耗子和刘文静能成吗？"

这个问题还真是让我为难，拿来问当事人，也未必回答得清楚，何况是我这个外人呢？

我说："我怎么知道？现在的人谈恋爱，在一起快，分手也快。昨天还在秀恩爱，今天起床就老死不相往来了，成不了也是可能的。"

花花不乐意了，说："去你的乌鸦嘴！耗子很传统，之前又没谈过恋爱，看得出，他对这个叫刘文静的女孩很认真，说不定他们能成呢！"

我想了想说："以他俩的条件，两个人能不能修成正果，看的只怕还是耗子。"

刘文静跟耗子在一起之后，耗子无数次在刘文静耳边敲边鼓，说表哥表嫂心太黑，上海当时服务员的工资是1800元以上，他们用二分之一的价格就招了个全能型的杂工，真是赚大发了。刘文静只是笑笑，不说话。她何尝不知道表哥表嫂的心思，不为廉价劳动力，当初也不会费那么大力气说服一个又一个，带她到上海来。

刘文静到上海不到一个月，就跟附近卖麻辣烫的、摊煎饼的混熟了，对服务员的工资待遇也早打听得清清楚楚。

上海从来不缺打工者，更不缺工作机会。年轻的女孩子，但凡在城里待过两年、认识一些人，基本就不会留在小饭馆，她们宁愿到厂里做些简单的手头工作，或是去商场、超市站柜台。虽然也很辛苦，工资也并不高，但起码干净，环境相对好一些。即使要做服务员，也会选择大一点的酒店或饭店。小饭馆，年轻女孩子都嫌腌臜，900 块钱的工资，稍有点追求的女孩子都看不上。

也只有像刘文静这样，才被亲戚带出来，没有其他门路，对亲戚抱着感恩之心，手头连几百块过渡钱都没有的女孩子，才会安心待在亲戚家的小饭馆，做着最苦的活儿，拿着最低的工资——而且这钱自己还看不到。表哥不是说了吗？每个月只给她 100 块，其他的存起来，过年带回家直接交到她爹妈手里。

耗子敲边鼓的次数多了，刘文静多少还是动了心。然而，她一个女孩子，手里没有钱，又不认识什么人，想换工作谈何容易？刘文静这时才体会到表哥表嫂的“用心良苦”：900 块若全给了她，她存上几个月，有了过渡钱，跳槽了，他们到哪里找这样物美价廉的杂工呢？现在，刘文静已经干了大半年，表哥压了她几千块，她哪里敢走？

耗子说归说，刘文静也只是笑笑，不多说话。耗子说多了，刘文静就说：“哪儿能跟你比？你是大学生，我一个初中生，出去能做什么？”

刘文静说的是现实，耗子也无能为力。他想了很久，也不知道把刘文静从表哥表嫂店里弄出来究竟能做什么。他养着她吗？她能同意吗？她家里人呢？一年近一万块给刘文静家里，这笔钱谁来支付？两个人谈恋爱不过才一两个月，真要把她接出来，就要承担她以后的人生。她的基础条件实在太差，根本找不到什么好工作，而他耗子，也不过是个银行小职员，薪水并不高，交个女朋友而已，真要给自己这么大的压力吗？

耗子的工资并不高。他只有一两年工作资历，每月领着五六千块，平时自己一个人，钱还够花，但现在是两个人，看电影、吃饭、给女朋友买衣服等所有开支都是他一个人承担，虽不至于太吃力，但每月肯定剩不下来什么钱。

现实太过于骨感，算了一笔经济账和人情账，耗子逐渐打消了让刘文静出来养着她的念头，但也一直在暗暗想办法改变女友的境遇。但是，真正让他下定决心的，还是外界的推动。

耗子和刘文静在一起之后，刘文静仍然在表哥的小饭馆打杂。那些曾经在客人以及表哥处受过的委屈，她并没有告诉耗子。

他俩在一起之后，耗子去饭馆免费打杂就没有之前那么殷勤了，我曾听耗子跟插销说起过："都已经追到手了，还巴巴地做自己不擅长又劳心劳力的事情干什么？"

然而女朋友毕竟在小饭馆工作，耗子晚上下班，十次倒有八次会去小饭馆吃饭，有时候吃碗面，有时候是一份盖浇饭。刘文静不忙的时候，也会坐下来陪他说说话。恋爱中的人，边吃边聊十分惬意。

大多数时候，刘文静都很忙，耗子安安静静地吃饭，吃完饭玩手机游戏，偶尔抬头看看刘文静忙碌的身影，目光交接，相视一笑。

某一天，耗子余光瞥见刘文静端着盘子从一个民工身边走过时，她屁股被捏了一下。耗子当时就忍不住了，冲上去把刘文静护在身后，冲着那民工喊："你干什么！"

那民工人高马大，他看着耗子"护花"的样子，不屑地撇撇嘴，叼着根牙签，慢悠悠地站起来，双手一摊，像个痞子似的斜睥耗子："我就来吃碗面，什么都没干呀！"

耗子气得胸膛一起一伏，刘文静站在耗子身后，脸色苍白，一句话都说不出来，只是眼神有些无助。客人纷纷看向这边，正在前台收银的表嫂也走了过来，连声问怎么了。

耗子大声说："你问问他怎么了，他摸文静的屁股！"

民工灵活地将牙签从左边嘴角转到右边嘴角，像是牙疼一样龇着嘴巴说："你说我摸她屁股，谁看见了？"

耗子说："我看见了！再说文静自己也可以证明。"

民工推了耗子一把："你想找碴儿是不是？"

表嫂问刘文静："他摸你屁股了吗？"

这种事，年轻姑娘家怎么好意思当众承认？刘文静放下盘子，扭身跑进厨房，躲在里面不肯出来。

表嫂打着哈哈跟耗子说："你不是在玩手机吗？眼花也不一定。"又安抚其他客人："吃饭，吃饭！"

民工吹着口哨挤开耗子，大摇大摆地从他身边走过，快到门口时回过头来，流里流气地挑衅道："你老婆啊？挺漂亮的。"

耗子气坏了，冲表嫂嚷嚷："她是你表妹呀！你看着她这样受人欺负？"

表嫂把耗子拉进厨房，安抚他："你也看到他那块头了，你、我再加上我男人，三个打一个也未必打得过。做生意最主要是和气生财，把他打一顿又怎么样？东西给我砸坏了谁来赔？明天还要不要做生意了？"

刘文静此时蹲在地上，脑袋埋在两腿间，肩膀耸动，想必是在哭。以前她不是没有遇见过这种事，但从来都是她一个人自己化解，虽觉得耻辱，却只是一个人的耻辱。而这次，有人关心，有人问，有人试图帮她出头，她的羞耻心被激发了、放大了，才倍感委屈。

正在炒菜的表哥回头看了三人一眼，没问发生了什么事儿，只吩咐刘文静快点把炒好的菜端出去。

看着表哥表嫂冷漠的样子，耗子恶狠狠地瞪了他们一眼，拉着刘文静奔出了小饭馆。

刘文静在耗子的出租屋里过了一夜。据说，那是耗子和刘文静两个人的初夜。

那一夜，他们说了很多话。关于要不要继续在小饭馆上班这件事具体怎么商量的我不知道，只知道第二天刘文静还是回到了小饭馆，像什么事情都没有发生一样，她继续做着服务员，只是更加沉默了。而那些天，表嫂为了安抚刘文静，笑脸和废话特别多。

就这样过了几天，在饭馆最闲的某天下午，耗子来了。他给刘文静在一个技术培训机构报了名，学习电脑。他拿出了报名的收据，跟表哥表嫂谈判。

耗子说："学费一共6500元，每天上午上4个小时课，8点半到12点半。这个时间段显然是没办法在店里干活儿了，这样，就只能辞工。学费我已经帮她垫了，她在你们这儿上了6个半月班，除了每个月100元生活费以外，你们还欠她5200元。我的意思是，她平常也要花钱，不如你们把这6个半月工资给结了，当她的生活费。"

表哥表嫂自然不同意，说把刘文静从小山村带出来，要对她负责，两个人又没结婚，耗子说把她领走就领走，这像什么话？

耗子知道这是借口，他们就是不想放人，也不想给钱。

耗子问刘文静："你是去上课，还是留在这里？"

刘文静低着头，却毫不犹豫地说："去上课。"

耗子对表哥表嫂说："听见了吧？她自己都要走，你们何必强留她？"

表哥盯着刘文静一字一句地说："看样子，这件事必须通知你父母了。毕竟是我把你带出来的，你在我店里，我看着你，不至于出什么事。你跟他才认识多久？你走了，他把你卖了，你父母还得找我要人咧！你们毕竟没结婚，传出去，对你名声也不好。"

农村出来的女孩子，最怕让父母担心，更怕名声坏掉，表哥了解刘文静，就拿这个压她。若是以前，可能还真是被他压住了。可是现在不一样，刘文静有耗子了，他们发生了关系，她心里把耗子当成了依靠，铁了心不想在这污浊的环境里干了，倒也能抛下脸面。刘文静说："我会跟我爹妈说的，我不在你这里当服务员了。"

表哥见她去意已决，连他的威胁都不惧怕，才又说："钱当时说好，过年带回去一次性给你父母。你既然跟他走，学费他出得起，生活费想必也不是问题。我现在不能给你，免得到时候回去更不好交代。"

耗子自然不同意，几个人越谈越僵，谈崩了之后，表哥甚至亮起了拳头。耗子当时没说话，只是带着刘文静收拾收拾东西，就这样走了。

第二天，耗子带着插销及插销的几个哥们儿，在饭店营业即将到来的高峰期去了表哥店里。几个人不说话、不点菜，只一人占据一张桌子，坐在那儿嗑瓜子。若有客人来了，几个人便死死地盯着客人，直到那人毛骨悚然地起身离去才罢手。

做小买卖的人，哪儿受得了这个？也就坚持了两天，表哥表嫂就跟耗子说好话了："你也是文明人，我这小本生意不容易，何必做这种断人财路的事情？”

耗子只坚持要钱，表嫂哭诉道：“店里生意一直不好，不然不会连个服务员都请不起。我们若能请得起服务员，也不会费力从老家把刘来弟带来。前几天我男人才把半年的房租凑齐交掉，现在手里只有几百块钱。这些钱，都是备着买菜的，你们张口要她半年的工资，一下子几千块，哪里拿得出来？”

耗子说：“还好她没在你这里继续做下去，不然这半年的都拿不出来，过年时一次性给她父母万把块，你们怎么拿得出来？”

表嫂说：“年底时，生意会好很多，到时候存点钱，应该是拿得出来的。”

插销拍了耗子一把，说：“别跟他们废话。”又扭头跟表嫂说：“拿不拿得出来是你的事儿，但你欠人的钱，就该给人家。”

刘文静这几天都没来，这事儿全权交给耗子和他的朋友们处理。几个人正说话间，刘文静突然出现在店里，冲耗子嚷嚷：“我不是不让你来要钱吗？你这样在我表哥的店里闹，我以后还回不回去了？表哥表嫂随便在村里一说，我还有什么脸见人呀！”刘文静说着说着，自己哭开了。

耗子和插销他们僵在那里，不知道该说什么好。

表嫂抹抹眼泪，拉着刘文静，朝她兜里塞了300块钱：“妹妹，你好歹是我带出来的，现在你一门心思跟这个男人走，也不知道前途怎么样。姑娘大了不由娘，何况是表哥表嫂呢！我不拦你，也拦不住你，你要跟他走，我只能祝福你。这300块钱你拿着，你跟了他，吃喝都有他，但万一有一天闹了矛盾，你想走，别的不说，买火车票的钱，你得自己有。”说完狠狠瞪了耗子一眼。

刘文静推让着不肯收，表嫂使劲儿朝刘文静兜里塞，最终刘文静没拧过表嫂，收下了这钱。

刘文静说：“我跟他走，这条路是我自己选的，将来有什么事情，我不会怪到任何人头上。我父母都是老实人，一辈子待在村里，没见过世面，听风就是雨。我在这里的事情，你们不要跟他们说，我会自己打电话解释的。”

表嫂连忙点头，表哥就跟没听见似的，一句话没说。

刘文静见表嫂点头了，也不多说什么，叫上耗子和插销以及他们的朋友一起走了。

现实

Chapter 2

01

我再次见到刘文静，是因为耗子的一个电话。

那天是周末，一大清早，耗子就打给我："为庆祝文静脱离苦海，我打算给她买几身漂亮衣服，一起出来帮她挑挑呗！"

虽然清梦被扰，但能为朋友效劳也很开心。我洗漱之后，就奔赴耗子指定的商场，而这时，花花和薇薇也已经到了。

耗子笑着说："你们几个女人先逛着，东西买多了别急，我叫了插销那个苦力帮忙提，他待会儿就到。"

薇薇问："教授呢？"

耗子说："他周末哪里那么容易叫动？就算是在家，也要随时听候女朋友的差遣。"

试衣间里，花花很八卦地问刘文静，耗子给了她多少钱。刘文静有些羞赧：“他把工资卡和存钱的那张卡都给我了，说以后我当家，花多少钱都没关系，只要把房租和当月的生活费留够就可以了。”

我和薇薇异口同声地叫了起来：“哇哦，绝世好男人！”

本着把耗子的卡刷干、刷尽、刷光的原则，我们帮刘文静买了衣服和化妆品，又带着她做了头发。在发型师的建议下，刘文静那一头黑油油乱糟糟又带点自来卷、从来只扎成马尾束在脑后的长发被染了颜色，做了大波浪卷。

做好发型之后，我们三个女人震惊得一句话都说不出来。还是花花反应最快，像发现了新大陆，兴奋地拉着我：“好美，简直像变了一个人。”

我仔细看，深觉“人靠衣装”这句老话诚不欺我。稍稍打扮之后的刘文静，美女特质立刻显现出来：古铜色的长卷发垂在腰际，显得皮肤越发白皙，被化妆品专柜销售巧手打造出来的清淡妆容无懈可击。虽然她脸上的高原红仍没有完全消逝，但在脂粉的遮掩下，已不影响大局。

刘文静五官出众，最难得的是，都摆在恰恰好的位置，从而显得整张脸越发明艳。虽然表情仍有些怯怯的，然而这个表情却给整张脸平添了几分纯真与羞涩。新买的米色风衣做工精细、线条流畅，腰线卡得刚刚好。她举手投足间，让人不自觉地想起一句诗：“最是那一低头的温柔，像一朵水莲花不胜凉风的娇羞。”

我反正是看呆了，薇薇和花花跟我差不多。我说：“太美了，我一个女人看着她都会心跳加速，不知道男人看见什么样呢！”

“哈哈哈！”花花大笑说，“那就得问耗子了。”说着又调戏似的在刘文静的腰上捏了一把：“美是美，就是太瘦了，要多吃点，胖一点才好看。”

薇薇横了花花一眼：“全中国的女人都在减肥，你让我们文静增肥，不安好心！”

薇薇和花花打闹着，刘文静的脸“唰”的一下又红了，手指不自觉绞上了风衣的腰带。

花花“啪”的一下打掉刘文静的手：“气质！注意气质！一个美女怎么能动不动就绞衣服边儿呢？美女应该有的表情是，冲谁都笑得像个女神，要优雅，要大气，要高高在上，要含而不露。看我的！”说着，花花双手在小腹处轻轻交叠，抬头，挺胸，收腹，昂着头，露出八颗牙，目光朝下扫，一副睥睨天下的表情。

看着她做作的样子，我和薇薇忍不住都乐了起来，就连一直因为紧张、话很少的刘文静都忍不住扑哧一笑。

说说笑笑间，我们走到了耗子和插销跟前。他俩不耐烦陪女人逛街，中途找借口出门抽烟，就一直坐在商场门口蹭 Wi-Fi 玩手机游戏。

插销看着迎面走来的刘文静，嘴唇动了动，想说什么，却什么都说不出来。耗子直直地瞅着刘文静，突然脸就红了，而这一红，红到了耳朵根。这一刻，我像是突然听到了他咚咚响的心跳声。这个心跳来自心动——那种爱人之间所独有的心动，那种熟悉的人再次发现新大陆的心动。

耗子急急忙忙赶过来，把我和薇薇手上拎着的袋子接了过去：“辛苦你们啦！”

花花伴着刘文静走在左边，我和薇薇走在右边，耗子只伸手接我和薇薇的东西，对花花和刘文静故意视而不见，跟我们说话的时候，眼睛却一直偷偷盯着刘文静看。

我和薇薇很默契地走到刘文静和花花的左边，而花花更绝，直接跳到插销面前，把手里的袋子交到插销手里：“拿着！我渴死了，喝杯冷饮去。”

我和薇薇见状，连忙叫道："我也去，我也去！"我们围在插销旁边，让耗子和刘文静单独相处。

耗子此时应该会有些悄悄话想要说给刘文静听，而这些话太甜蜜，只适合两个人说，多一个人，气氛就不对了。

耗子见我们故意把他俩撇开，有些不好意思，叫我们："一起去吧，我请客。"他拉着刘文静走到我们中间。看样子，悄悄话只能留着他们回家说了。我们几个女孩子走在前面窃窃私语，拿耗子的失态取笑刘文静，又换来刘文静一阵脸红。这时，我听见走在后面的插销小声跟耗子说："行啊，你小子，沙堆里也能淘出个金元宝来。"

耗子嘿嘿笑，说："我也没想到，随便打扮一下就这么好看。"

网络是个好东西，能让一个生活在井底的人最快速地了解井外的世界。

刘文静所在的培训学校其实也没教多少东西，不过就是打字、Office 办公软件以及基础的 PS 和 3ds Max。然而对刘文静，这些已经足够入门。

刘文静去技校学电脑之后，每天下课就抱着耗子的笔记本琢磨。在耗子的指点下，她学会了逛各种网站，如微博、豆瓣。

一入网络深似海，思维模式全改变。刘文静沉浸在各类八卦信息里不能自拔，更迷上了类似于《如果男人做到这十条，你就放心嫁了吧》这样的文章，并用文章里的内容一条条对比耗子，得出结论：耗子确实值得嫁。

网络上不光有这样的文章，还有类似于《到婆家第一次该带什么礼物》《未来婆婆不喜欢我，我该怎么办》之类的八卦帖，更有《怎样搞定你的男朋友（婆婆/小姑子）》之类的技术帖。这些帖子看多了，刘文静就又动了心思：光见他的朋友怎么行？怎么着都该见见他的家人。看来他的朋友是早已接受我了，如果他的家人也接受我，那离结婚的日子也就近了。

跟耗子在一起之后，刘文静才知道，耗子这个圈层，虽然未必有做生意的小老板那么有钱，但过的日子，对金钱和人生的态度，都不是表哥那个阶层能比的。于是，耗子才成了她心里“应该嫁的男人”应有的模样。

刘文静把想见耗子家人的想法跟耗子提了，耗子沉默很久，才说：“现在还不是时候。”

刘文静追问：“什么时候是时候？”

当刘文静提这个问题的时候，耗子立刻联想到他妈见到刘文静的反应，他那个妈可从来不是什么易于相处的主儿。

耗子爸爸在职业生涯里一直受制于一把手，郁郁不得志。成年后的耗子分析过，耗子爸爸之所以是这个样子，其实也跟他妈妈太过强势有关。耗子妈妈出身于小农之家，书读得也少，为麻将事业奋斗终生，志大才疏，却希望妻凭夫贵、母凭子贵。她在耗子爸爸与上司的争斗中，出了很多馊主意。在他们的家庭生活中，耗子无数次看见爸爸偶有反抗，妈妈就连吼带骂，最终，即使明明不是爸爸的错，为了息事宁人，爸爸也会主动承认错误。

事业不如意，家庭生活亦不如意，才会导致爸爸五十多岁就生了满头华发。

耗子妈见耗子爸这一辈子也就这样了，又将荣华富贵的所有希望都寄托在儿子身上。耗子刚毕业那会儿，耗子妈拼命钻营，想在家乡为耗子谋得一官半职。好在耗子清醒，连滚带爬地逃到了上海。

这样的母亲又怎么会允许耗子找一个出身于小山村，只有初中学历，曾经是饭店服务员，而现在在家待业又被耗子养着的女人做儿媳妇呢？

在我们眼里，刘文静很漂亮，足以与耗子相配，可耗子妈不这样想啊！

在全天下所有妈妈的眼里，但凡从自己肚子里爬出来的儿子，那可都是全天下最帅最宝贝的！

面对刘文静的问题，耗子推托着："最近他们比较忙，再过一段日子吧。等你电脑学好了，等他们不忙了，可以让他们到上海来见你，这样你面子才更大嘛！哈哈！"

不明真相的刘文静也不好说什么，虽然她觉得晚辈看望长辈天经地义，但既然耗子这样说了，那就听耗子的吧！

刘文静看着耗子对她实心实意，便也安安心心跟耗子过起日子来。

刘文静根深蒂固的观念里，对男性是有崇拜心理的。她从小耳濡目染母亲是怎样伺候爸爸的，也看到了唯一的弟弟在家里是怎样一种超然的存在。即使耗子还没有和她领证，但她已将他视为丈夫。刘文静眼里的丈夫，和我们眼里的丈夫是两个概念。在我们眼里，丈夫是人生道路上相互扶持的另一半，而在刘文静眼里，丈夫是天。

耗子和刘文静住在一起，几乎过上了天堂般的日子。刘文静贤惠，下了课就去买菜做饭，把家收拾好。耗子晚上下班回家就有现成的热乎饭吃，还不用洗碗。再加上，虽是耗子主动追求，但在刘文静心里是她高攀，刘文静对耗子几乎是言听计从，这无形中助长了耗子的大男子主义，在他们两个人的世界里，他越发像个大爷。

和刘文静在一起之前，耗子一周换一次衣服，衣服脏了就扔洗衣机里洗；穿板鞋，鞋子脏了懒得刷，就穿一双扔一双。因此，他不会买很贵的鞋，几十块、一百多块的回力鞋，穿两三个月就扔，然后再买新的。但是，有了刘文静，耗子两天换一次衣服，袜子、鞋子洗刷得干干净净。虽说两个人开销更大一些，但刘文静精打细算，自己在家煮饭，无形中从吃的方面把钱省了下来。

刘文静也有自己的打算。跟耗子在一起之后，耗子的工资卡直接交由她保管，还答应每年给她父母一万块。连工资卡都给她的男人，能对她有二心吗？他把工资卡交给她保管，她不过做做家务伺候下他，这又有什么呢？说到底，好像还是她赚了。

02

耗子知道我们几个女生经常单独聚会，便要求我们一起玩的时候带上刘文静。毕竟是朋友所托，这种要求我们怎么会拒绝？

女孩子之间聚会，无外乎相约着逛街买衣服、做头发、做指甲，或一起吃冷饮、看话剧什么的，加一个刘文静又有什么关系？

春天逐渐过去，我们约好去商场买夏裙，顺便看看有什么过季打折的春装或牛仔裤。

在认识薇薇之前，我和花花很少到商场买衣服。那些年，我们都太穷，街边小店是购衣的主要场所，七浦路更是隔一段时间就去一次。但是，薇薇对我们这种在街边小店淘衣服的行为极不赞同。

薇薇说："每个女人都自认为自己在穿衣打扮上极有心得，以为凭借着年轻的身体，麻袋也能穿出香奈儿的感觉。实际上根本不是这样的。走在南京西路上看一看，穿衣出众的，要么是身材气质完爆其他人几十里，要么是百炼成钢。咱没那个实力，还不如老老实实挑大牌基本款穿。大牌的衣服未必特别好看，但款式是经很多人研究过的；未必引导潮流，却不会出错；未必料子一流，但板型和做工却是街边小店不能比的。把买十件地摊货的钱积攒下来，去商场买一件品质好一点的衣服，这件衣服你穿出去的次数远远超过那十件地摊货。品牌衣服穿久了，品位自然提高，这时候再想着标新立异，比一开始就穿街边小店淘来的奇装异服好很多。”

花花开玩笑说：“关键是，我没钱，不能一件衣服洗了穿，穿了洗呀！我总得有换的吧？看别的同事，一周七天，天天不重样，我总不能一件衣服从周一穿到周五，周末洗洗晾干，下周一接着再穿吧？”

薇薇说：“那么，就去买过季打折的，买些款式经典、不轻易过时的那种。其实，大商场里打折款的价格有时候比街边小店还低很多呢！”

在薇薇苦口婆心的教导下，即使那些年我们很穷，也逐渐养成了只买大牌衣服的习惯。习惯一旦养成，就很难改变。

在时尚方面，薇薇有很多自己的心得。她潜移默化地影响着我们，就像我们现在潜移默化地影响着刘文静一样。

彼时的我们，跟别人比，普通得几乎看不见，但我们却因为之前多年的积累，说出来的每一句话，告诉刘文静的任何一个经验，都是自己多年经验的总结，我们成了刘文静拼命追逐和模仿的对象。刘文静的起点太低，她就像一个巨大的黑洞，不停吸收新的知识，进步得特别快。

最初和我们一起玩的时候，刘文静几乎不化妆，即使化妆，妆容也总能被挑出毛病。幸好她聪明，几次之后，倒也能化出清淡却很出彩的妆容，而她的穿衣打扮，也越发精致起来。

那个曾在小饭馆打杂的刘文静，和耗子同居不过几个月工夫，从外表上看，已逐渐像一个都市女孩了。虽然说话的时候，她仍然很容易害羞脸红，但起码和我们有了些共同话题。

刘文静的电脑培训课程结束之后，耗子打遍朋友电话，拜托大家帮刘文静找一份工作。

耗子说："任何工作都好，只要是正规公司，不是服务行业。钱多钱少无所谓，最主要的是不能再那样吃苦了。"

接到电话，我的第一反应是："去做销售吧！文静人漂亮，做房地产销售不错，我知道一个楼盘，正在招销售员，倒可以介绍她去面试。"

耗子问那项目具体在哪儿，我说松江，他立刻不作声了，其后又说："看看能不能找到离我住的地方比较近的。松江太远，说不定她得常驻那边，我们才恋爱呢，你就把我媳妇发配到边疆去，这怎么行？"

他这个人，又想给女朋友找工作，又想天天拴在裤腰带上缠绵，实在太纠结。我虽这样腹诽，但毕竟是朋友提的要求，我自不好多说什么，便作罢。

刘文静背着耗子悄悄打电话给我，问我是个什么楼盘，工资待遇怎么样。

我跟她说："是别墅项目，底薪不高，只有一千五。胜在提成还可以，每年度的销售冠军，年收入几十万。当然也有一套房子卖不出去，只靠底薪生活的。做销售都这样，比拼业绩。"

我话是这样说，刘文静却很心动。她没做过销售，被销售冠军的年薪几十万所吸引，而忽略了有的人根本卖不出去房子。她悄悄跟我说，她想去试试看。我想了想告诉她："项目招人要求本科毕业，你是我的朋友，我跟项目负责人说一说，争取面试机会问题倒不大。但是能不能通过面试，我可不敢保证。就算通过面试，能不能把房子卖出去，我依然不能保证。

这个项目采取末位淘汰制，连续三个月一套房子卖不出去的会被公司开除。另外，松江还没通地铁，你过去的话，只能住公司宿舍，跟耗子一个星期才能见一次面，这个你要想好。”

刘文静说她要再想想，还交代我暂时不要告诉耗子，算是我们之间的秘密，我答应了。

我偶然间跟花花聊起刘文静找工作的事情，花花说，她本来想让刘文静跟她一起去卖二手房的，跟耗子一说，耗子也打岔不让去。我很惊讶，花花的公司在市区，没有小情侣分隔两地的风险，为什么不让她去呢？这点我们可真是想不通，难道是因为做销售辛苦？可是再辛苦，能辛苦过之前在小饭馆打杂？

后来跟耗子聊天才知道，他其实挺介意刘文静工作辛苦的。因为她一旦辛苦，家务可能就做得少了，他就享受不了现在的甩手日子。再加上，做销售，工作环境多复杂呀！刘文静万一被有钱客户骗了去，他到哪儿哭去？

听了耗子的这些担心，我们哭笑不得，他可真是个小男人！按他这样的要求，刘文静能找到什么工作？

但耗子终究还是帮刘文静找了份工作——一个服装外贸公司的前台。

得知刘文静在耗子的安排下去做前台，我们忍不住心里叫了声：“妙！”前台是公司形象的窗口，以刘文静的美貌做前台其实是很不错的。何况前台工作相对轻闲，不像销售压力那么大，确实很适合刘文静的现实条件以及耗子对她的期许。

然而才不到一个月，刘文静就被开除了。据说，那家公司的前台经常需要接听外文电话，初中学历的刘文静，根本就做不来。

耗子又开始动员我们帮刘文静找工作，这下子我们懂得他的意思了，帮他打听的尽是类似于前台或文员的工作。只是尤其注意，尽量绕开那些需要讲外语的公司。

我刚好有个哥们儿，是一个广告公司的总监。这哥们儿也挺励志的，他高中学历，阴错阳差进了广告圈，只用五年时间就做到了总监，在他手下干文案和设计的几乎年龄都比他大。广告圈是一个相对对文凭要求不那么高的行业，我跟我那哥们儿说了下刘文静的事情，他想着自己这一路走来也不容易，能给个机会就给个机会，提出让刘文静去面试一下。照哥们儿的意思，刘文静长得漂亮，倒是可以做做 AE[1] 什么的。

面试结束，哥们儿给我打电话："我跟她聊了几句，她看上去太自卑了，跟我说话，全程都不敢看我的眼睛。我开玩笑，她反应也慢，随便聊聊，对电影、音乐、时尚一无所知。这样的人，我让她做 AE，也无法跟客户斗智斗勇。后来想着，我高中学历也是从文案开始做起的，她性格内向，或许可以培养做文案，就给了她一篇软文，结果，她念都念不通。问下来，她书读得少，词汇量也不够，是做不来文案的。看来看去，做前台最合适了。可是我们公司有前台呀！人家做得好好的，我总不能给开了，让她来吧？有心把她介绍给别的公司，看哪家缺前台的，可惜她性格无趣。你知道广告公司人不多，设计师大部分都是老爷们儿，常加班，工作辛苦，有趣的、能开玩笑的前台很重要。"

他说得已经够直白了，我自然不好再说什么，道了谢，就算了。

毕竟刘文静去面试过，我还是把那哥们儿的意思很委婉地跟耗子说了下。耗子沉默了一会儿说："没事，我再想想办法。"

---

[1] Account Executive（客户代理或客户执行），指在广告公司中负责与客户沟通、跟单，向公司反馈客户信息的业务员。

不同于第一份前台工作的好运气，这一次，基本上能帮忙的，都纷纷对外打了招呼，最终的结果都是不行。没办法，刘文静的起点实在太低了。

被第一家公司开除之后，刘文静赋闲了差不多两个月，之后进了一家红酒窖销售公司做前台。我们都以为这是朋友帮忙，一问才知道，这竟然是刘文静自己找的工作，真让人惊讶。耗子说他也没想到，本来他以为刘文静会依靠他和他的关系，没想到她不声不响就把工作找好了。

花花嘴快，女孩子们聚会的时候，她问刘文静的简历是怎么通过 HR 那一关的，毕竟刘文静的学历是最大的限制。

刘文静一开始不肯说，后来摆出一副豁出去的表情跟我们讲："我跟你们说实话，你们不要告诉耗子。"

我们以为，她背着耗子做了什么见不得人的事儿，比如说认识的其他男人帮了忙之类的——然而并没有任何八卦。

刘文静说："我做了个假学历，假装我是本科毕业。"

一句话说得我们都沉默了，我们明知道这样做不对，却不好对她加以指责。

"这样做不好吧？"薇薇迟疑着说。

"耗子不让我做太辛苦的工作，饭馆也不可能再去做了。我不比你们，你们读了那么多书，我只能用这种方法。"刘文静说。

过了一会儿，薇薇又说："可是你总该告诉耗子，你跟耗子是情侣，有什么不能说的呢？"

薇薇虽不赞同，但能理解刘文静的做法，却不理解刘文静为什么不肯告诉耗子。在她看来，情侣之间，睡都睡了，其他方面更应该坦诚相见才对。

不得不说，薇薇在挑对象方面还是很理想主义的。她坚称要找到一个soulmate（灵魂伴侣）才肯结婚，如果找不到，宁可一辈子单身。

在这方面，我却有些悲观，我一直觉得男女思维模式不同，soulmate 可遇不可求，彼此相爱，愿意在一起踏踏实实过日子即可。精神方面的需求，他能帮我搞定一半已十分满足，剩下一半大可自己搞定。

观点的不同，导致我们对刘文静用假学历找工作且瞒着耗子这件事有着完全不同的看法。

薇薇认为，无论做了什么事情，都应该告诉伴侣。我却觉得两个人再亲密，也可以有自己的秘密，不伤害彼此的感情即可。无论刘文静是出于不想被耗子看不起，还是暂时不想说，或者其他目的，她总有自己的考量，只要不是原则性问题，依着自己的心即可。

刘文静说："我不想让耗子瞧不起我。"

我们再次陷入沉默。得多不对等的情侣，才会生出怕爱侣瞧不起自己的想法。

花花见刘文静情绪有些低落，安慰她："每对情侣都有自己的相处之道，你们觉得合适就行。"

花花问刘文静："面试的时候也没出现什么问题吗？"

刘文静说："毕竟做过一个月的前台，有些东西还是知道点的。反正找工作嘛，就是美化自己，能说的说，不能说的不说呗！"

刘文静接下来一句话，直接惊掉了我那高达八百度的近视眼镜："当前台之前，我并不知道，那些上过大学的人，其实也没什么了不起。他们不过是比我多拿了张文凭，多念了些书，多了些工作经验而已。被老板骂的时候，照样跟孙子似的，他们也没什么了不起的。"

03

在酒窖公司，刘文静倒是做得风生水起，每天开开心心地上班，开开心心地下班，然而耗子却有些郁闷。

耗子跟我们说，他发现刘文静有时候会跟一个叫 Tom 的人聊微信，他走近的时候，刘文静就退出对话框，也不肯让他看聊天内容。

耗子问刘文静跟谁聊天，刘文静大大方方地承认是以前她做前台的那个外贸公司的同事，也承认是单身男士，就是不肯承认 Tom 在追她。

耗子跟哥们儿吐槽这件事，插销沉默了一下说："你最好还是看紧点。我跟玫瑰在一起的那几年，她分别跟她的同学、导师和外面认识的男人上床，我都被蒙在鼓里。到枫叶国之后，她又到处勾搭老外，直到打算跟人结婚了才通知我。我那时候以为爱一个人，只要一门心思对她，她必然也一门心思对我。但感情这东西并不对等，都是谁爱得更多，谁就更被动。我看你对刘文静用情挺深的，你可千万别走了我的老路。"

插销难得这么严肃、这么伤感地谈论前女友，让耗子的心也忍不住高悬起来。

对于插销的说法，教授持反对意见，教授说："我跟娜娜，你们都知道，到现在也算是老夫老妻了。你们没见过她的本尊，手机里的照片都看过吧？虽不是特别美，但也算清秀。她寒暑假偶尔会跟同学、朋友一起出去旅游，有时候一走就是个把月，我一直都很相信她。耗子，你也应该相信刘文静，不要动不动就拈酸吃醋。吃醋这种行为，挺破坏感情的。”

娜娜和教授的相识相爱，美得像童话。娜娜学习不好，初二升初三那年暑假，她家里给她报了个补习班。上补习班去公交站的路挺远，走捷径的话，必须穿过一个健身房的室外游泳池。娜娜为了赶路，每次都从游泳池边走。那段时间教授迷上了游泳，每周六都会去游一上午。娜娜经过的时候，正好看见阳光洒在教授身上，忍不住就多看了几眼。看得多了，教授也发现了这个小女孩。有一天，教授瞅准了娜娜下课的时间，没有游泳，只坐在泳池边等她。两人聊了几次，就好上了。

娜娜得知教授是某知名高中的尖子生，提议让他帮忙补课，教授自然应允。从此，娜娜不必跑补习班，教授到她家里给她补习。娜娜上初三那年，两人正式确定恋爱关系。教授自己说是娜娜主动表白、主动追求他，但在我们看来，他对娜娜上心到了极点，也纵容到了极点。娜娜不喜欢他的父母，他就尽量不让他们见面；娜娜不喜欢他的朋友，我们这群哥们儿一个都没见过娜娜真身;娜娜寒暑假出去旅游，不肯带着教授，他就只出钱，不跟着去。

丽江、西藏这种地方，娜娜发生点艳遇可怎生是好？教授的头上岂不立刻绿油油？可教授自己都一点不担心这个，他有着谜一样的自信，总以为，娜娜再也找不到比他对她还好的男人，所以，不会离开他。我们这些外人，内心都觉得他太天真，可见他沉浸在爱情里，却也不好随意置喙。

接着说耗子，他可没教授这么“大气”，女朋友太漂亮，他担心着呢！他担心得上班都没有心思上，打个电话给刘文静，旁敲侧击地问Tom，两人说着说着就吵了起来，逼得刘文静发了段她和Tom聊天的截图给耗子——

Tom：我的心思你应该知道。

刘文静：我们做普通朋友吧，我有男朋友。

聊天基本就这两句话。刘文静以为把聊天记录给耗子看，耗子就放心了，哪知耗子更担心了。俗话说，不看墙脚稳不稳，只看锄头狠不狠。耗子心里明白，他是在刘文静最差的状态下发现她的，抢占了先机，才得到了她的人和她的心。但是现在刘文静一日比一日漂亮，眼界也逐渐开阔，外面的男人那么多，跟苍蝇一样热情，他耗子靠什么留住美丽的刘文静呢?

耗子越想越觉得头顶绿莹莹，晚上回家愣是逼着刘文静在微信上把 Tom 拉黑、电话也删除了才罢休。

被自己的男朋友当贼一样防着，换个正常女人都会生气才对，但这时候，思想还没开悟的刘文静反而很开心。刘文静心想，耗子这样防着她，说明是真爱她。他越生气，就表示爱得越深。

想到耗子气得直瞪眼的样子，刘文静的心里竟然有些感动。

感动归感动，耗子这样做，刘文静还是多少觉得有些对不起 Tom。Tom 已答应跟她只做朋友，她却拉黑了他。刘文静记住了 Tom 的微信号，之后又悄悄地加回他，只是把备注改成了女生。怕耗子吃醋，耗子在家的时候，她尽量不跟 Tom 聊天。

本来 Tom 听说刘文静有男朋友，对她还是一如既往的热情，但自从这个“拉黑又加上”的事情发生之后，他对刘文静的态度不由得冷淡了许多。

刘文静也没多在意，她是有男朋友的人呢!

至于其他或明或暗跟刘文静表白的人，她严防死守，一个都不敢再让耗子知道。这时候的刘文静虽有些心机，却仍然很纯朴，有追求的人而不告诉耗子，只是不想节外生枝。对外，她一直很老实地承认有男朋友；对内，依然把耗子伺候得很好。

到了新公司，前台的工作不算太忙，等一切都熟悉且走上正轨之后，刘文静才深深地发现自身的不足，更为一开始心比天高地认为上过大学的人也没什么了不起而汗颜。先不说学历，仅就平时的沟通来说，他们讲的很多东西，她不仅插不上话，甚至连听都听不懂。一开始，刘文静会把白天同事说过的话，回家跟耗子复述一遍，问他什么意思。有些东西耗子能解答，有些不能。耗子白天上班也挺累，回家只想玩玩游戏，做爱做的事。男人毕竟粗心，他再爱刘文静，也体会不到她那种自卑的小心思，刘文静问得多了，他态度就有些敷衍。

虽然 Tom 对刘文静冷淡了许多，但刘文静像看不出来似的，经常主动跟 Tom 联系，Tom 受伤的心又热络起来。刘文静在公司遇到了困惑，偶尔也会问问 Tom，他都很耐心地解答。

在刘文静心里，外贸公司的销售经理 Tom 可比耗子成熟多了，对各种事情的见解也让她非常佩服。最关键的是，Tom 的情商非常高，有很强的化解尴尬的能力，又积攒了一肚子的笑话，相处起来极为愉快。Tom 是刘文静在微信上联络最多的男人之一，有时候刘文静忍不住想，如果不是先遇见耗子，跟 Tom 在一起也是不错的。然而不过是想想罢了，既然已经跟耗子同居，就得从一而终。“从一而终”这个词是刘文静妈妈经常挂在嘴边教育刘文静她二姐的，也在潜移默化中影响了刘文静。

有一天，刘文静突然跟耗子提出，她想去参加自考。

耗子惊讶地问：“怎么会有这样的想法？”

刘文静有些扭捏："大家都有大学学历，就我没有，总感觉低人一等。"

有一件事刘文静从来没跟任何人说过。

有一次吃饭，人事部经理突然问了个让她脸红心跳的问题："你身份证上的住址没转吗？怎么还是你农村老家的住址？"

她非常狼狈，支支吾吾地回答："大学毕业之后又转了回去。"

人事部经理笑笑，没再说什么。

那天晚上回到家，刘文静问耗子："是不是大学生身份证上的住址都是城里的？"

耗子说："读大学的时候，户口一般都要迁到大学所在的集体户口下，很多人身份证上的住址是大学所在地的地址。有人毕业后把户口转走了，有的人没有转。转走的那些人，一般都是买了房子，或工作单位解决了户口。没转的人，是不知道该转到哪里去。我就没转，县城的户口没什么好转的。"

县城的户口没什么好转的，农村的户口就更没什么好转的了。人事部经理的那个笑，像是了然之后的不揭穿。刘文静觉得很尴尬，第二天见到人事部经理，整个人状态都不好了。这件事刘文静一直放在心里，久久不能释怀。刘文静把这事儿跟 Tom 说了，Tom 说，下次再有人问，就说农村拆迁，提前转回去，是为了能多分点钱。刘文静觉得这个理由挺好的，但 Tom 接下来的一句话，又把刘文静的心打到了谷底。

Tom 说："你才 19 岁，这个年龄大学毕业不正常。下次干脆说退学，不要说大学毕业了。"

撒谎很累。不记得在哪里看过一句话：一个谎言，要用十个谎言来圆它。假学历是刘文静的一个软肋，她害怕被揭穿，却不得不为此经常撒谎。

反复思索很多天之后，刘文静萌生了自考的念头。虽然这件事情不大，但她手里没有钱，学费还不是耗子出？所以这件事，也只能跟耗子商量。

耗子想了想说：“多念点书是好事情。以你现在的底子和时间，不如去读夜校，下了班去念。”

刘文静没想到，她刚一开口耗子就答应了，有些感动，说：“你同意实在太好了！”

耗子说：“你现在工作比较闲。前台是吃青春饭的，趁着不忙，咱们还没结婚，没准备要孩子，多读点书，多学习一些知识，对你自己也有好处。”

耗子想得比较多，虽然最近刘文静并没有提要见他家长的话，但她迟早会提，而他迟早会让他们相见。如果刘文静念了夜校，耗子妈挑剔起来，他还能有些说辞。说不定，“上进”这个点儿，能打动他妈呢！

说做就做，那个周末，他们一起去了离出租屋比较近的成人大学，看报名章程之类的。虽然章程里写着念大专需要有高中学历，但跟负责招生的老师聊了聊，却发现管理没那么严格。也就是说，即使没有高中学历，只要按时交了学费，到这里念书依然没什么问题。

虽然对学历没有严格控制，但大专三年、本科两年，全部念完得五年时间。五年很长，长到能轻易磨灭一份爱情。

刘文静问耗子：“五年夜校读出来，就有了和你们一样的机会吗？”

耗子说：“不会。越好的学校、越好的专业找工作才越容易。夜校毕竟不是正规四年制本科，找工作的时候，一般不会得到认可。”

“那读了有什么用？”刘文静问。

“起码你的知识水平会比现在好很多。”耗子说。

刘文静显然不太满意这个答案，她想要的东西更多。耗子给她打开了一扇门，让她看到了另外一个世界，她因此变得贪心，她要再想一想。

04

生活环境不够好的人，通常都足够现实。刘文静想读书的目的并不是获取更多的知识，而是能拥有更高的起点，能帮助她获得更好的工作机会。所以，听耗子说，读完夜校并不能获得和耗子他们这些正规学校毕业生一样的竞争机会，刘文静就不愿意读了。

刘文静内心的小九九并不被耗子所知晓，耗子自顾自算着读五年夜校的学费。

耗子说："我的薪水，到手六千五，你的两千五，加起来九千。我年终奖一万二，咱俩加起来一年挣十二万。租房和水电煤气，每个月两千，加上生活费两千，这样一年就是五万。还要给你家一万，平时跟朋友聚会，一年下来最少也得五千。还有其他杂七杂八的开销五千，咱俩买衣服、更新电子产品最少得五千，再加上过年回家车票、飞机票，算下来，一年也就余个两三万。夜校的学费一年一万多，买书得几千块。全部算下来，咱们到年底可能剩不下什么钱了。"

刘文静没说话，只默默想着心事。

耗子说："咱俩都还年轻，现在没什么大的开支，一旦结婚，花钱的地方就多了。等有了孩子，就算把脖子扎起来，只怕也是不够的。读个夜校要五年，这五年之内咱俩肯定要结婚的，这些都要计划起来。我不是反对你读夜校，相反，我对你追求进步很赞同。我只是觉得，咱们得好好计划一下，看看能在别的什么地方省点钱。”

刘文静继续沉默。耗子以为他这样小肚鸡肠地算钱，惹得刘文静不高兴了，连忙开玩笑找补：“你说你怎么就找了个这么穷的老公呢！要不咱俩买几双丝袜套头上，抢银行去吧！”

刘文静笑着捶了一下耗子，突然很严肃地说：“你觉得我考正规大学的四年制本科怎么样？”

耗子倒抽一口凉气，他没想到刘文静的心这么大，居然看不上夜校。耗子直接说：“不可能！你的户口在哪里，就只能在哪里考。你还得解决能否在某所高中挂靠的问题，还有钱的问题。你去读大学，咱们每个月就少了两千五的收入，我一个人赚钱，不够供一个大学生花。最主要的是，高考没有你想的那么简单，要跟全国的学生竞争呢！你读的初中，据说不怎么样，只怕没教什么东西。你要去读书的话，得连初中的课程一起学。你打算花多少时间去读书，才能考上大学，特别是上海的大学？如果你没考上上海的大学，咱俩怎么在一起呢？我可不想跟未来的老婆两地分居。”

耗子的语气斩钉截铁，分析得有理有据。刘文静自己也觉得有些异想天开，她低着头想了想，跟耗子说：“回去吧，我再想想看要不要读夜校。”

这个世界上的很多事情，错过了就是错过了。刘文静因为退学早，现在想重回学校是那么的难。

因为不能去念书，刘文静有段时间挺沉默的，耗子怎么逗她开心都没有用。耗子知道刘文静为不能去读书的事不开心，就买了初中和高中的教材拿给刘文静，让她没事的时候在家翻翻，还买了习题集给她，跟她说不懂的问他，要是他不在，就上网查。耗子此举很贴心，刘文静的心情逐渐好了起来。

谈恋爱这种事，若真想瞒着爹妈，还是能瞒一点点的。但如果和女朋友同居，经常当女友的面给父母打电话，再想瞒着可就没那么容易了。

耗子妈从耗子打电话不时发出的声响中，明显感觉到他谈恋爱了。耗子妈多精的人啊！怀疑一件事，就能旁敲侧击问个三六九出来。本来耗子还想把刘文静的家庭条件美化一下，然而他非常不擅于撒谎，说着说着就说漏了嘴。

耗子妈一听，来自小山村、爹妈是农民、初中毕业、家里还有俩姐姐一弟弟——这条件得多差啊！她立马表示不同意。

耗子很坚持，他有自知之明：自己小县城来的，家里条件也就那样，工资只有六千五，在这个灯红酒绿的大上海，谁跟他啊！刘文静起点是低了点，除去原生家庭不能选择以外，刘文静配他耗子，其实是绰绰有余的。

最重要的是，刘文静把耗子伺候得多好啊！两个人上班，刘文静下班路上买菜，回家包放下就煮饭，把耗子的口味拿捏得准准的，餐桌上全是耗子爱吃的菜。吃完饭，推耗子去玩游戏，刘文静一个人默默洗碗……

现在的年轻姑娘，不让男人伺候她就已经很好了，还能伺候男人？耗子心里明白，刘文静根本就是一块宝，他烧了高香才能遇到。跟刘文静在一起之后，再想想之前的日子，那简直不是人过的。虽然他损失点钱（根本没多少钱），实际上还是他赚到了。

耗子这样想，耗子妈可不这么乐观。

耗子妈说："咱家是找儿媳妇，又不是找小保姆，起码得门当户对吧？她伺候你怎么了？女人伺候男人天经地义，你找个条件好的女人回来，还不是得做饭洗衣地伺候你？她学历那么低，条件那么差，再不对你好点，凭啥待在你身边啊？"

耗子妈这种强盗型的思维模式真是让人无语到极点，连耗子都听不下去了，他暗自腹诽：这一辈子怎么没见你伺候我爸呢？天天训他，现在倒指望我找个媳妇洗衣做饭伺候我，还得条件好，我又凭什么呢？就凭我妈比较厉害？

耗子腹诽归腹诽，可不敢对他妈说出这种话，就打哈哈：“你这个观点在大城市里根本行不通。城里人的普遍观点是，油烟对女人皮肤不好，洗洁精、洗衣液伤手。你不知道在上海，都是男人做家务、女人享清福……”

耗子话还没说完，耗子妈就打断他：“那你回咱们县城啊！以咱们家的条件，在县城里挑，那还不是想挑啥样的就挑啥样的？何必找个家那么远的初中生呢！”

耗子加重语气：“妈，你又来了！你的眼睛能不能不要只盯着咱们县？我在上海这边挺好的，干吗要回去？至于文静，反正我这辈子认定她了，你不要管。”耗子说完就挂了电话。

全程，刘文静一直听着，有些忐忑地问耗子：“你妈不同意呀？”

耗子懊恼地说：“别管她，是我娶媳妇，又不是她。”

虽然耗子这样说，但是刘文静心里多少还是有些不舒服。她劝耗子：“你跟她好好说说呗，她就你这一个儿子，自然是希望你过得好。”

刘文静以为，耗子多跟他妈说几次，说不定他妈就能回心转意，却没想到耗子妈执行力那么强，挂了电话第三天，他妈就杀到了大上海，而刘文静和耗子之间，也不得不戛然而止。

耗子妈到了上海南站，一个电话打过来，耗子和刘文静不得不急急忙忙请假迎接太后娘娘大驾。

耗子妈一见刘文静，很威严地瞪了她一眼，没有作声。耗子为缓和气氛，百般逗趣儿，太后娘娘都没有说话，一直沉默地坐在出租车上。

耗子讨好他妈：“妈，我来的路上给你订了酒店，我先送你过去，把行李放下，然后咱们去吃饭。”

耗子妈说：“我不去酒店，浪费钱！我跟你们挤一挤就成了。”

耗子讨好地说：“我那房子跟人合租的，房间特别小，只能放下一张床，挤不下。”

“那我睡客厅！”耗子妈说。

“你不了解上海的行情，租房都按面积算，那么小的客厅，房东还隔出来一个小房间，租给了一个单身男的。你进去就知道了，整间屋子根本没客厅，只有一个公用走廊。”

“那我跟你们睡一张床上，咱三个人打横睡。”

耗子急了，看刘文静一眼，想让刘文静帮着说句话。刘文静看得出太后娘娘来者不善，且是针对她的，根本就不敢吱声。耗子妈见耗子看刘文静，以为耗子看刘文静眼色呢，又瞪了刘文静一眼。

耗子见刘文静连话都不敢说，亲妈又太强势，为缓和气氛，哄了他妈两句。耗子妈总得给耗子个面子，没再多说。耗子打圆场：“那咱先去吃饭，吃完饭再决定住哪儿。”

耗子跟刘文静使了个眼色，意思是，待会儿表现好点儿。刘文静收到了，默默点点头。

饭店里，刘文静百般讨好，一会儿帮耗子妈夹菜，一会儿帮耗子妈倒水，阿姨长阿姨短叫个不停。本该服务员做的事情，她都抢着做了。

耗子妈一直斜觑着刘文静，越发觉得她上不了台面——饭馆里服务员出身，才会殷勤备至。换个大方得体的姑娘，安安静静地吃饭、大大方方地说话，岂不是好很多？

这就是耗子妈的偏见了。若刘文静真是那没眼力劲儿的，只顾自己吃，偶尔跟她说两句话，她又会认为刘文静太过于木讷。

不喜欢一个人，她做得再好，都能挑出毛病来。然而这个道理，第一次见公婆的年轻女孩，又有几个懂得？

05

饭后，耗子妈坚持要去耗子的住处看看，耗子争不过她，只好带她去了。

太后娘娘在耗子的出租屋里转来转去，心里五味杂陈。这是她第一次到上海看望耗子，以前每次电话，耗子都只报喜不报忧，她以为耗子在上海的日子过得特别好呢，看了这房子，才知道并没有他说的那么好。

这套房子除了原有的三个卧室，阳台被封起来做了一个房间，客厅隔起来也做了一个房间。这个一百平方米左右的三居室，却住了五户人家。房子里，走廊窄得两个人并肩通过都嫌拥挤，根本就没有客厅和餐厅。就这样，每个门口还放了个小鞋架，用来放鞋子。进了房间，看起来还好点，十几平方米，好歹不是隔断房，收拾得井井有条，只可惜东西有点多，看起来还是很拥挤。

“我们这个房间还算大的，是个次卧，你没看别人的房间，摆张床之后，就什么都放不下了。”耗子见他妈的眉头始终没有舒展开，小心解释道。

“一个厨房，几家人共用吗？”耗子妈没理他，转身出了门，打量起厨房来。

“说是几家共用，其实就我们和一个女孩子用，其他几个房间住着单身老爷们儿，他们都不做饭的。”耗子把刘文静推上前，“文静勤快，为了替我省钱，都不让我在外面买饭，每天再累，下班了也自己煮饭。”

刘文静冲着耗子妈讨好地笑笑。耗子妈没说话，心里却嘀咕：就一个前台，能累到哪里去？

耗子妈转到水池旁，眉头皱得更厉害：“你们一家用得最多，咋不收拾得干净点儿？”

耗子尴尬地摸摸头：“那个女孩刚用完，她还没收拾呢！”

耗子妈又转到厕所，看着脏兮兮的马桶，问刘文静：“脏成这样，你也用得惯？”

刘文静还没来得及说话，耗子就抢着说：“有时候实在看不下去，文静也会收拾下卫生间，但没办法，屋里住的大部分都是男人，刚收拾好又脏了。”

耗子妈皱着眉头不说话，耗子又说：“等经济好一点，我们就找间大点的房子住。我一直想出去租个一居室，比这个也贵不了多少，文静不让，她说能省点就省点。”

其实一居室比这种房子贵多了，耗子也就嘴上说说而已，他们根本就住不起。

尽管耗子百般替刘文静说话，耗子妈却始终不接腔。转完一圈之后，耗子妈拿起洁厕灵倒进马桶，拿刷子刷了起来。刘文静连忙挽起袖子帮忙收拾洗手台，不一会儿就收拾得干干净净。收拾完厕所，耗子妈又转到厨房，手脚麻利地收拾起来。

厨房太小，刘文静帮不上忙，有些尴尬地站在门口。耗子看着他妈因为忙碌而有些乱的头发，眼角有些湿润。虽然妈妈有太多缺点，此次更是“来者不善”，对他却是一心一意。到了之后，还没休息，就开始帮忙打扫公共卫生，像厕所和厨房这种公用场所，更是脏得不像话，她却二话不说挽起袖子就帮忙收拾，只为了能让他住得舒服点。

收拾的过程中，耗子难过，耗子妈心里又何尝好受？从小到大当成个宝贝宠的儿子，在上海的日子过成这样，还找了一个这么穷的女朋友，经济上帮不了他不说，还拖他后腿，这更坚定了耗子妈要拆散他们的决心。

厨房收拾好，回到房间坐下，刘文静眼明手快地端了杯茶过来，嘴巴很甜：“阿姨，您辛苦了，喝杯茶吧！”

耗子妈没接。在古代，给婆婆敬茶有特殊的含意，耗子妈虽然没读过什么书，电视剧却看了不少，她不会接刘文静递的茶。

“看样子你这儿真是住不下。不是给我订了酒店吗？去酒店说话吧！”耗子妈环顾着这间十几平方米的房子说。

到了酒店，耗子妈笑着跟刘文静说：“我儿子之前跟我说你长得很好看，我今儿来一看，比他说的还好嘛！”

未来婆婆突然表扬她，刘文静一下子脸红了，她还以为是刚刚帮忙打扫卫生，之后又眼明手快递茶讨了未来婆婆的欢心，心下一阵惊喜，受宠若惊地说：“哪里，哪里。阿姨，您真年轻，我妈跟您差不多岁数，看起来比您老多了。”

耗子妈说：“你妈在农村，拉扯三四个孩子，比我辛苦。”

刘文静说：“是呀，我妈命苦，不比您。”

耗子妈打断她，继续表扬："刚才在你们住的屋子看了看，房子不大，收拾得倒挺干净。女人家务做得好，到婆家才能不受气。"

刘文静赶紧笑着谦虚道："阿姨，您家务做得更好，我应该向您学习。"

耗子妈收起笑容，板下脸："但是——"

这两个字拖长了音说出来，伴随着的是耗子妈威严的环视："但是，终究是女孩子家，没结婚就跟男人住一起，总是不好的。"

"轻浮"是个大帽子，一下子就扣在了刘文静的头上。刘文静骨子里是个很传统的人，她当然知道这样不好。但当时情况特殊，不得已才跟耗子住在了一起。听耗子妈这样说，刘文静不由得羞红了脸。

耗子妈说："你就这样跟我儿子住在一起，我拆散你们吧，你们已经是事实夫妻了；不拆散你们吧，心里又堵得慌。我怎么觉得你心机很深，赖住我儿子了呢！"

耗子打着哈哈："妈，你说什么呢？越说越离谱了！"

耗子妈看都没看耗子，继续跟刘文静说："我也觉得拆散你们不好，但是，我得为我的孩子打算。我是过来人，知道门当户对的重要性。你想过没有？结婚后，你们不新鲜了，每天被柴米油盐压着，再有了孩子，你们怎么过日子？你只上了初中，我儿子讲啥，你都听不懂吧？彼此之间差距太大，共同语言都没有。现在，你年轻、漂亮，我儿子喜欢你。将来呢？你老了，不漂亮了，咋办？"

耗子妈连续两个"但是"，看起来像是在为刘文静着想，但句句诛心，每一句都直击要害，把刘文静的笑容打僵在脸上。

耗子赶紧打圆场："这就是我们之间的事儿了，我俩共同语言挺多的，真的！而且，文静现在还自学呢！她没事就在家里看书，高中教材更是经常翻，她还打算去念夜校呢！”

耗子妈瞟了耗子一眼，没搭理他，继续对刘文静说：“我知道，你是个上进的姑娘，要不然也不会找上我儿子。说实话，要我换了你，也做不到你这样。我也想你早日把学上好，快点跟上我儿子，但你想过没有，你这辈子都不能再上正规的大学念书了？一辈子长着呢，你会不停地拖累我儿子，拖累一辈子。”

刘文静脸色惨白，不知道该说什么好。耗子妈接着说：“这次，他爸没跟我一起来，不过，他跟我说了，他也不认可你这样的儿媳妇。我看，你们还是分开吧！”

耗子妈看得出来，自家宝贝儿子被这个女人深深地迷住了，她说服不了他。但是，凭她老辣的人生经验，说服这个才从农村出来、只有初中学历、不满二十岁的姑娘，却没什么问题。如果这姑娘肯主动走，那么困扰她的所有问题都得以解决，还能把这件事对她们母子关系的伤害降到最低。

耗子妈言辞过于犀利，岂是刘文静这种段位的女孩子能招架的？

刘文静傻了很久，才反应过来，她说：“阿姨，我知道论家庭条件，我们两家差别很大。但我和耗子是真心想在一起过日子的，我也会好好学习，争取配得上耗子。”

耗子妈冷哼了两声，没有再说什么。

耗子拉着刘文静，给她支撑，跟他妈说：“不管你怎么说，我都认定她了。将来能不能有话说，那是将来的事，现在我们有话说就行。”

耗子妈瞪了耗子一眼，突然眼泪就吧嗒吧嗒掉了下来。她哭诉道：“把你养这么大，我花了多少心思；培养你，我又花了多少精力；我一辈子为了你吃了多少苦，你知道吗？你三岁时发高烧，半夜烧到昏迷。那时候咱家还没车，你爸爸也不在家，我抱着你走了十几里路才找到医生，连续二十多小时没敢合眼……”

耗子提高了声音：“行了，妈！这事你从小到大唠叨多少回了！”

耗子妈看了耗子一眼：“你五岁时调皮，从楼梯上掉下来，腿摔断了，在床上躺了三个月，我就端屎端尿伺候了你三个月。你不在床上老实躺着，嫌石膏不舒服，硬要拆了它，我为了你开心，每天就背着你到处转，这一背就是三个月，都闹成腰椎间盘突出了。”

腰椎间盘突出是打麻将坐久了！耗子腹诽，却没说出来。

耗子妈说：“你八岁时，把清凉油抹手指上，从后面捂住你姑姑家玲玲妹妹的眼睛，清凉油进眼睛太多，玲玲妹妹因为这个住了很长时间的院，到现在眼睛都不好。我拿着东西到你姑姑家赔礼道歉，这些年家里有什么都给你玲玲妹妹一份，这都是在替你赎罪……”

耗子妈如诉如泣，刘文静一直很认真地听着，同时也发现耗子妈边说边抬头看她。很显然，这些话不仅是说给耗子听的，还是说给她听的。刘文静很反感，觉得耗子妈很做作，像他们村那些动不动就一哭二闹三上吊的女人一样。她不知道耗子妈哭诉到最后若还无效的话，会不会从包里拿出一瓶敌敌畏来喝……如果这样，那就跟村里的女人更像了。刘文静胡思乱想着，觉得难堪又烦躁。

耗子知道，如果他不阻止，他妈会一直说到他大学毕业，把他从小到大的糗事，和她为他所做的付出全说出来。她能说两个小时不停的。

耗子的声音再次提高了：“妈，这些事你都念叨多少遍了？能不能别说了！”

耗子妈停住嘴，眼泪却止不住，就像坏了的水龙头，汩汩地流出很多眼泪。

刘文静拿纸巾给耗子妈："阿姨，您别这样，您别哭了。"

耗子妈一边哭，一边拿眼睛瞟刘文静，她的眼睛在说话：我已经这么不容易了，你就不能放过我儿子吗？干吗一定要缠着他呢？

刘文静在旁边只反复劝，并没有因为耗子妈给予压力而表态不跟耗子在一起，耗子妈只好提醒她："孩子，你也有妈妈，你将来也会做妈妈。我这辈子为他操碎了心，你怎么能在我的心上再剐一刀呢？"

言语的软刀子最伤人，耗子妈这句话说出来，刘文静坐不住了："阿姨，您别这样……我也不想伤害您，但我和耗子是真心的……他对我确实挺好的……我知道您这辈子不容易，我虽然年轻，但也挺不容易的……我家里条件差，小时候爸妈只疼我弟弟，一年到头都没什么好吃的。来了客人，女孩子都不许上桌……我从小到大一直在饿肚子，还差一点被他们送人了……在认识耗子之前，没人对我这么好……"

刘文静情绪很激动，语无伦次，唠唠叨叨地诉苦。耗子妈本来就嫌她家条件差，听刘文静这样一说，不仅没有同情，反而对她更加厌恶。她越发觉得刘文静这是要赖上她儿子了。

06

耗子妈心里翻江倒海，却什么都没说。

刘文静继续唠唠叨叨："你不知道耗子对我有多好，这辈子都没人对我这么好过。我们才认识的时候，冬天天冷，走在街边，他买个玉米给我暖手，玉米凉了，他要扔掉，我舍不得，要自己吃掉，他怕我吃坏肚子，连忙自己吃了。”

耗子妈冷哼一声。

“我一直痛经，来事儿的那几天，浑身上下酸疼不止。跟他在一起之后，快到日子了，他就会提前准备好热乎乎的红糖姜水。他虽然不会做饭，但那些天会提前把饭买好，不让我沾一点凉水。我们才认识那会儿，他去我表哥店里帮忙。他从来没做过家务的人，为了我，端盘子擦桌子，什么脏活累活都干。他带我认识他的朋友和同事，他们对我都特别好。我不懂的东西，他不厌其烦地教我。他对我这么好，我怎么舍得离开他呢？阿姨，您也是从年轻走过来的，我是真心想跟他一起好好过日子，希望您能成全。”

刘文静边回忆边诉说，耗子妈越听越生气，大吼一声：“够了！”

人都说婆媳是天敌，为什么是天敌呢？因为两人在争夺同一个男人的爱。聪明的儿媳妇，不在婆婆面前跟男人撒娇，不在婆婆面前命令男人，要给男人面子，要听他的话，不能动不动就表现出“他爱我，他离了我不行”。

刘文静还是没经验，她这时候可以说自己有多爱耗子，有多离不开耗子，以自己的感情打动耗子妈。即使打不动也没关系，起码不会减分。但是，她在耗子妈面前说耗子有多爱她，为她付出了多少，这不是找对立是什么？

刘文静回忆得越多，耗子妈越生气，肺都要气炸了，却忍着没有发火，只坚持：“无论你说什么，我都不会同意你们在一起。”

而刘文静却回忆上了瘾，继续絮絮叨叨。眼看着无计可施，刘文静突然扑通一声跪在地上，哭着给耗子妈磕头，让耗子妈成全他们。

耗子妈吓了一跳，连忙拉刘文静起来。哪知道跪着的刘文静怎么拉都不肯起，还嚷嚷着："阿姨，您成全我们吧，您不成全，我就不起来。"

耗子妈拉刘文静起来，刘文静不肯起。两人拉拉扯扯间，突然耗子也跪下了。一个大男人，就这样跟女朋友一起跪在他妈妈面前哭。

如果说刘文静那一跪让耗子妈很惊诧，甚至很无语，那么耗子这一跪只能让耗子妈扶额了。她有一种深深的无力感，没想到她花尽心思培养的儿子，居然会为了一个女人，给她下跪，不仅跪，还鼻涕一把眼泪一把的。

她的内心深处也升腾出一股莫名的愤怒：看，这就是我一直视为珍宝的儿子，他根本就是烂泥扶不上墙！

然而毕竟是亲生的，做母亲的，遇到问题，心都是偏的。她虽然认为儿子很没出息，但更多的却是对刘文静的愤怒：耗子能做这样的事情，都是被刘文静影响的。这个女人根本就是个狐狸精、转世妲己，好好的一个儿子，被她带成什么样了！

耗子妈把耗子推到一边，跟刘文静说："你要是好好跟我说话，我还能看得起你。但你这样，让我很瞧不起你。"

话都说到这份儿上了，正常姑娘都应该起来了，刘文静居然还不起来。而耗子呢，本来已经站起来了，见刘文静还跪着，又跟刘文静跪一起去了。

好一出深情款款的孔雀东南飞啊！耗子妈眼前一黑，坐在了床上。

那俩居然还鼻涕眼泪直流，诉说着彼此坚贞的爱情。

耗子妈越发生气，怒从胸口生，踹了耗子一脚，气急败坏地指着刘文静说："我怎么着都不会让我儿子娶你的，你这种攀高枝的女人，我见多了……"

刘文静哭着说："阿姨，不是你想的这样，不是的……"

几个人在屋子里吵吵闹闹，引来宾馆的服务员敲门，问发生了什么事情。

“没事！”耗子妈觉得丢人极了，瓮声瓮气地回答。

刘文静泣不成声：“阿姨，我们很相爱，你不要拆散我们……”她的解释越来越无力，耗子妈突然就来了气，踹了刘文静一脚。

耗子妈这一脚踹下去，三个人都傻眼了，耗子妈没想到自己会对刘文静动脚，也傻眼了。

耗子木愣愣地站了起来，立在一旁发呆，像是傻了一样。

耗子妈那一脚，刚好在气头上，力气不小，刘文静吃疼，哭得更厉害了。

耗子妈最先反应过来，无论怎样，这一脚都已经踹下去了，反悔是来不及了，那么，该硬的心肠就不能软下来。耗子妈推搡刘文静：“你走，你给我走，我再也不想看到你。”

如果是正常女孩子，在耗子妈连哭带骂时，就该起身走掉，起码不必挨这一脚。就算已经被踹了，立刻起身走掉也好。但不知道是爱情的力量太过于伟大，还是刘文静真不是正常的女孩，那一刻她仿佛被魔鬼附了身，扒着门不肯走。耗子妈怎么推搡，她都不肯走。

耗子妈见刘文静这样没脸没皮，打都打不走，胆子更壮了，一直把她朝门外面推。

这时候耗子才反应过来，大吼一声：“你们别闹了！文静，你先回去，我妈这里，我跟她说。”

刘文静只是哭，并没有回应耗子的话。

耗子妈说：“她回去可以，你今晚不许回去。”

耗子瞪了他妈一眼，没理她。接着，耗子给我们几个打了电话，说场面有些失控，让我们把刘文静拉走。

耗子一共打了四个电话，只有我跟插销到场，另外两个有事没来。

我和插销到酒店房间的时候，耗子妈正坐在床上边生气边抹眼泪，嘴里偶尔还冒出一两句骂骂咧咧数落他俩的话。

刘文静趴在门口的地上哭，是的，她是趴着的，抽抽噎噎，哭得上气不接下气。而耗子，则在一旁抽着烟，焦虑地走来走去，显然是在等我们来。

当时，房间的门半开着，应该是耗子开的。我们估计，他一方面是怕场面失控，开着门，耗子妈多少有些顾忌；另一方面，方便我们进门。

耗子不是爱面子的人，若换了一个人，怕发生的事情丢脸，大概不会开着门。

我们刚一现身，耗子就把我们拉到一边："我妈现在情绪不好，文静不肯走，你们先帮我把她弄回去。"

他又单独跟我说："今儿晚上只怕消停不了了，让文静到你那儿住一晚上，我再劝劝我妈。"

据说，耗子妈因一直朝外推刘文静，推推搡搡中，手劲大了些，之后好几天，刘文静的肩膀上都留有瘀青。

我们去拉刘文静，刘文静趴在地上哭，不肯起来。

我说："我二十岁的时候，也曾经为一个男人哭到想死的心都有。但是，我现在二十四岁了，单身，当年那个男人，我很少想起。偶尔想起来也没有心痛，没有难过，只有后悔，后悔自己眼光太差。你说我看起来也不赖，当年怎么就为了这样一个男人要死要活呢？"

耗子看了我一眼，我知道他什么意思，他想说，怎么说话这么难听呢！没看见大家都很难过吗？何必火上浇油呢？

我直接望向耗子的眼底，用眼神告诉他：如果你不是我的朋友，我会说得比这难听起码十倍。

是的，作为一个女人，我心疼刘文静，也同情她。不管她做了什么，她都不应该遭受这样的羞辱和暴力。

听了我的话，刘文静愣了下，慢慢坐直了身子。她在地上坐了会儿，起身去卫生间洗了脸，跟我们一起走了。走的时候，她看了一眼耗子和他妈，眼神挺绝望的。

我其实不太想让刘文静去我那儿住，不是嫌安慰受伤的女人麻烦，而是，我那儿没有收拾，实在太乱了。

那时候单身，一个人住，出门上班、约会都挺光鲜的，一回到自己的狗窝，恨不得每一秒都在床上度过。那房间的脏乱程度，我无法描述。接刘文静出门的路上，我下定决心，回去一定好好收拾，免得下次连朋友都没办法收容。

出租车上，我跟刘文静说："事情最终还得你们自己解决，躲也躲不掉。你有家里钥匙没？我们把你送回家，等耗子回来，你俩商量着看这事怎么办。"

我给耗子发了条短信，说我把刘文静送回去，让他瞒着他妈，晚上回来自己解决问题。

耗子只回复了一个字："好。"

我心中感慨，刘文静突然来了句："你知道吗？认识他之前，我这辈子就没吃过几次肉。现在跟他在一起，每顿都有肉吃。"

我不知道这句话是说给我听，还是说给插销听的，我俩同时抽了一口冷气，相互看了一眼，面面相觑。在我们的人生经验里，这是第一次认识这样一个人：快二十岁了，认识男朋友之前竟然没吃过几次肉，而她偏偏还是个美女。

07

耗子妈在上海住了一个星期，这一个星期，又有无数次的谈判，过程之复杂，内容之虐心，只有当事人才能感受。姜还是老的辣，耗子妈硬逼着这俩人签下“再不见面”的保证书，才肯离开。

耗子妈离开上海之前，帮刘文静在她公司附近租了房子，一次性交了半年房租。

耗子现在住的地方，他妈也帮着交了半年房租。耗子妈想着，两个地方都交了钱，他俩总不至于退了房再住在一起吧！耗子妈这种想法挺奇葩的，两个人想在一起，怎么都能在一起。

不过我猜，耗子妈只是用这种方式表达坚定的态度而已，这就跟她让他俩写保证书一样。一纸保证书和租两处房不能说明什么，只能说明她坚决反对的态度罢了。而她的态度，必将影响这两个年轻人对这份感情坚持的决心。

耗子妈临走之前，跟耗子说：“我不知道上海有什么吸引你的地方，让你放弃家里好的生活条件、我们帮你找的好工作，到这里吃苦。如果你一定要待在上海，我没什么话好说，只能告诉你，我们不会资助你买房子，也不会给你一分钱。你现在还年轻，不懂有人帮你把路铺好的好处，将来迟早会懂的。但愿那时候你年龄不大，回头也不算晚。”

耗子低着头，一句话也没有说，这次，他是真被他妈伤透了心。

耗子妈看耗子一副伤心欲绝的样子，没再多说什么，叹口气走了。

就这样过了一个多月，有一天我正上班，刘文静突然哭着跟我打电话：“姐，你能不能到我这里来一趟？”

我问她怎么了，她期期艾艾地说：“我大姨妈好久没来了，会不会怀孕了？”

这可真不是小事，我电话指示她：“去药店买两支验孕棒，明天早上醒来，验一下晨尿，双条杠的话，后天一早再验一次，如果真是怀孕了，周末我陪你去医院。”

但愿不是。

据说自从耗子妈走了之后，耗子又找了刘文静很多次，堵门、赌咒、发誓、哀求，什么事情都做了。每次耗子找刘文静，她都得哭一场，但语气一直很坚决，始终不同意和好。

那段时间，几个朋友基本都被耗子骚扰了个遍。他也曾找过我，希望我能跟刘文静说说，毕竟他对她有过“知遇之恩”，他俩也曾相濡以沫。

我没肯去，我跟耗子说：“你搞不定你妈，你这是准备让她做你的地下情人吗？如果是，请你去赚足够多的钱，多到能够包养她。做不到，就给彼此留点尊严。”

耗子没想到我这么直接，一生气走了，自此一个多月，我都没见过他俩。却没想到，刘文静一出口就是怀孕了的重磅消息。

那个周末，我还是如约到了医院，同在医院的除了刘文静，还有花花。我本来以为她只告诉了我一人，没想到花花也知道。

花花笑着说：“我也是最近才知道的。这几天我心情不太好，本来想到文静那儿借住两天，没想到她出了这样的事情。”

花花向来活泼开朗，有事也放在心里不说出来，每次我们见到她，她都是开开心心的。这是她第一次坦陈心情不好，让我们感到奇怪的是，她心情不好没有告诉我们这些老友，反而告诉了彼时还不算太熟的刘文静，并且想要搬到她家里去住，这让我很诧异。

然而此时医院里人多嘈杂，刘文静的事情迫在眉睫，我也不好追问花花究竟为什么心情不好，只对花花笑笑，跟刘文静说："先去做 B 超。"

拿到结果，刘文静的脸色更苍白了。她默默地咬着嘴唇，不知道在想些什么。

我问："打算怎么办？"

"我想今天就做手术。"

"你最好不要瞒着耗子。即使不要孩子，但他毕竟是孩子爸爸，有知情权。"我说。

刘文静默默想了想，点点头。我打给耗子，不一会儿耗子就到了。他来的时候，眼睛通红，嘴唇干裂，头发好多天没洗，整个人看起来特别颓废。

见到我们，他的嘴角扯了下，算是打过招呼。我面无表情地看着他，谴责的话没有说出口。花花照着他的胳膊捶了一拳："没事不要熬夜打游戏，看你都成什么样了。"他虚弱地冲花花笑了笑。

刘文静说："我去跟医生商量下手术时间。"

说完，刘文静径直走向医生的办公室，耗子的脸立刻变得惨白，快步跟了上去。

医生看了报告，又看了跟在身后的耗子一眼，跟刘文静说："去门口导医台建小卡，12 周之后转入产科。"

刘文静说："医生，这个孩子我们不要。我想请您尽快安排手术时间。"

耗子却说："不，医生，我们要生下来。"

刘文静重复了一遍："医生，这个孩子我不打算要。"

医生看看刘文静又看看耗子："你们回去商量好再来。孩子很健康，结婚了就不要轻易打掉，不然你们会后悔的。"

"我们已经分手了。"刘文静突然说了这么一句。

我和花花站在他们身后，互看一眼，真尴尬！

出了医生办公室，他俩就开始吵，一个不要孩子，一个坚持要。刘文静怪耗子最后那次不应该不采取防护措施，耗子怪刘文静心太狠。

在他们杂七杂八的争吵声中，我搞明白了事情的始末。

这个孩子是耗子妈来上海的那段时间有的。

耗子妈一共在上海待了一个多星期，天天想各种办法逼迫小情侣分手。比如说大清早，她天没亮就去他们住的地方敲门，大声嚷嚷，让合租的人知道刘文静死缠着她儿子；眼看着快到上班时间了，耗子妈让刘文静先走，却把门反锁，不让耗子出门，逼着他答应分手；把耗子的钱包藏起来，跟耗子说："既然你们是真爱，让她别花你的钱试试，让她养你试试。"

撕破脸之后，耗子妈无所不用其极，各种恶劣的手段使了个遍。

那段时间，耗子和刘文静基本就是耗子妈一走，两人就抱在一起哭，哭着哭着，就相互用身体取暖，在极度悲伤之下，并没有做好防护措施。

后来，刘文静率先想明白了，有耗子妈这样神奇的人物存在，只怕她这辈子都进不了耗子的家门，而她同时也看出来了，耗子比她想象的要软弱得多，不仅软弱，还没有处理事情的能力，才会让他妈一再逼迫。

神一样的对手，猪一样的队友，这是一场必输的仗。既如此，又何必苦苦痴缠？冷静下来的刘文静，并没像第一次一样跪地哭求、誓死保卫爱情，而是主动提了分手。

耗子自然是不同意的，然而他确实搞不定他妈。

刘文静看清楚现实后，分手的态度特别坚决。耗子无奈之下，只好同意。

耗子找我们帮他跟刘文静说和，所有人的态度跟我一样，都是拒绝，只不过有些人直接、有些人委婉罢了。这让耗子多少有些心冷。

耗子也算痴情，分手就分手，他却担心刘文静的生活有困难，把手里全部存款都给了刘文静。

其实也没多少，不过七八千块钱。耗子本来还有点存款，跟刘文静在一起这几个月，帮她报名学电脑，买衣服、化妆品，两人一起购置各种家庭用品等，把存款用了个七七八八。想着刘文静还要给家里钱，在上海两千多的工资根本不够用，刘文静走的时候，耗子深情款款地对她说："以后想再帮你就没那么容易了，各有各的生活，又没住一起，想照顾也照顾不到。"

刘文静抹了一把眼泪，二话不说把钱收下了。刘文静是个现实的人，跟谁过不去，也不会跟钱过不去，既然已经分手了，拿他点钱又算什么呢？

消息

Chapter3

01

从医院回来，我打电话问花花为什么心情不好。花花说：“工作，生活，各种乱七八糟的事情攒到了一起，都特别烦心，最近样样不顺呢！”

我问：“怎么了？”

花花却说：“等我想说的时候，再告诉你吧！”

既然花花不愿多说，那么作为朋友，保持缄默即可，我没再追问，说了些生活琐事，就挂断了电话。

耗子和刘文静最后还是决定打掉那个孩子，这个结局早被我料到。刘文静和耗子妈一样，都非常了解耗子，知道哪里是他的软肋，怎样谈判会达到目的。耗子妈用逼迫，刘文静用眼泪，目的都一样，不过是一个硬、一个软罢了。

耗子其实还想在他妈面前争取下的，想着刘文静怀孕是个很好的机会，他妈会看在孩子的分儿上，看在生米已成熟饭的分儿上，接受刘文静，从而留下这个孩子。在他俩就“要不要这个孩子”的争论中，耗子打了个电话给他妈。哪知耗子妈接了电话，只沉默了一下就说：“我给你的卡里打点钱，你带她去打胎。”说完就挂了电话，不再听耗子唠叨。

不到半个小时，耗子的卡里就到了三千块钱。三千块，只够做手术，耗子妈连营养费都没给，足见其根本不顾刘文静身体的孱弱，足见其态度之坚决，足见其不喜欢刘文静的程度有多深。

耗子妈的态度是压垮骆驼的最后一根稻草，最终促使耗子同意打掉这个孩子。

刘文静坐小月子期间，基本都是耗子伺候的。然而那时，两人均知大势已去，见面也黯然。耗子本来不会做饭，跟刘文静在一起时，潜移默化，学会了几道菜。每天晚上，耗子都会过去给刘文静煮好饭，看刘文静吃完，再一个人默默收拾完，然后坐会儿，才肯走。他想多跟刘文静说几句话，刘文静却不愿跟他沟通，只好算了。耗子知道白天他上班之后，刘文静身边没人照顾，于是会多煮点菜，让她白天也能微波炉热了吃。

养好身体之后，刘文静把耗子唯一的笔记本电脑要走了。刘文静说她没钱买电脑，而她更需要电脑，耗子二话没说就给了她。刘文静不过要一台电脑而已，就算她要他放血，只怕他也放了，谁让他对不起她呢！

刘文静小月子坐完，基本就没耗子什么事儿了。之后，她一直躲着耗子，就算是有时候需要帮忙，宁可找我们，也不愿意多跟耗子打交道。

刘文静在上海朋友不多，我们几个算是她仅有的朋友，而她同时也看出来了，我们这些人，虽然各有各的缺点，但心地不坏，对人也热情，倒是值得一交。

我们再见到刘文静的时候，她比之前更瘦了，脸色也很苍白。她变了很多，以前看她，美则美矣，却是个木头美人，那双眼虽然很大，却没有神采，再加上她总是不敢跟人对视，眼神就显得有些呆板；这次看她，她的目光似乎坚定了很多。虽然经历了伤痛，但整个人的精神气儿出来了，像是一下子想通了很多事情，找到了主心骨。

我不知道这段时间她的心路历程，想必她心里一定很不好受。但是这世上有些人，因为生来就比较苦，早已习惯了遇到多大的灾难都不吭声，打落牙齿和血吞。

这类人平时可能浑浑噩噩，真正遭遇事情，在无法逃避且并没有条件任由自己情绪泛滥的情况下，只能选择想办法让自己坚强地活下去，再考虑其他。正是在这么多“没有选择”的情况下，才逐渐形成自己的性格，培养出主心骨。

刘文静主动找我，想跟我聊一聊高考，包括我当时的成绩、偏科情况、竞争局面，还有优秀生平时的学习情况、专业选择，等等。

她突然找我聊这些，表明：她想读书。

我好心地提醒她：“读夜校不必考虑这么多的。”

她微笑，轻声说：“我想去念正规大学，和你们一样的这种。”

我倒抽一口凉气，好大的志向。这件事如果换了其他人，也不是不可能完成，但现在是她刘文静。她没有钱，没有好工作，没有家庭支持，貌似也不认识什么能帮她搞定学籍的人。就算这一切都能解决，就算她能成功考上大学，四年全日制本科，自然是不能上班了，学费哪里来？生活费哪里来？她的家人支持她吗？

刘文静跟我说："我知道这很难，也知道你们并不看好，可我还是想试一试。我不希望有一天还会因为出身和学历的问题，被挑剔，被责骂，甚至被打，我不想再卑微地活着。见识了你们的生活，我不可能再回去过以前的日子。之前为了找一份前台的工作，弄了个假学历，我心里一直很忐忑，别人随便几句话，我便疑神疑鬼。有几次晚上做梦，梦见假学历的事情被揭穿，我被很多人围在中间，各种指责扑面而来……后来我想通了，如果我想在上海继续生活，想过上跟以前不一样的生活，那么，学历问题将是我永远无法逃避的弱点，随时有可能因此被人狠狠一击。"

刘文静一口气说了很长一段话，我忍不住叹气："很多高学历的人会羡慕你的美貌，美貌才是上天给一个女人最大的恩赐，明明拼脸就能赢，你何必拼才华呢？"

刘文静笑一笑："不管耗子妈多反对，耗子还是坚持要跟我在一起，他只是比较软弱，但对我还不错。那你知道我为什么一定要跟耗子分手吗？"

"因为他妈始终是横亘在你俩之间的一根刺？"我问。

"这只是导火索。因为我想被条件比我家好太多的家庭接受，想做一个受人尊重的妻子和儿媳妇，而这一点，耗子做不到，或者说，是现在的我做不到。"刘文静说。

我突然明白为什么这次我见到她，感觉跟之前大不一样了。这一次，她的眼睛里有光，而这个光是由内至外散发出来的。她终于想明白，美貌对于一个女人是锦上添花，而不是雪中送炭。一旦涉及婚姻，没有其他条件支撑的美貌，是多么不堪一击。

刘文静真的变了，她以前也很聪明，但只是小聪明，而现在，她变深刻了。

这次见面之后，刘文静消失了半个多月，等她再回来，很开心地告诉我们："最难的问题已经解决了。"

原来，她回了趟老家，找到了当初对她还不错的一个初中老师，搞定了学籍挂靠的事。她花了些钱，不算多，大概几千块的样子。这半个月，她一直在为学籍这件事奔波，甚至都没怎么着家。

刘文静重新回到上海，我们几个人的噩梦正式来临。

她曾经找过我问关于高考、关于选专业以及上大学的感受。而实际上，我们这个圈子里的人，她一个没落地全部找过。她通过跟我们的交谈来判断自己的主攻方向、专业选择等。

我们这几个人中，薇薇学历最高，英国知名大学金融系研究生，但她的本科却是在国内读的，据说薇薇高考时英语满分。其次是教授，T大建筑系，他的数学、物理、化学都特别好，曾经得过竞赛类的大奖。其他几个人，虽然学校没有薇薇和教授那么牛，但都有各自擅长的科目和领域。比如我，读书的时候偏科严重，语文特别好，其他几门课则成绩平平。

我们几个人被刘文静强拉着当补课老师。其实距离高考已经过去很久，教材与我们当年也有很大不同，真补起课来，我们一定不如专业的老师。刘文静可不管这些，一句"比我强就够了"把我们要说的话抵了回去。从此，她只要有疑问，就不分时间段、不顾场合地给我们打电话。

我正在开会，她打来。我悄悄按掉，发条短信：开完会打给你。

她的短信立刻追过来：多长时间？

如果我说半个小时，她绝对会在第 31 分钟打来电话，跟我说："半个小时了，你会还没开完？"

夜里两点，她打来电话。我睡得正香，接了电话骂一句："还让不让人睡了？明天还要上班呢！"说完不等她说话，直接关机。等我开机，起码有十条短信等着我。她并不责怪我挂她电话，而是把学习中的疑惑整理编辑成短信，等我一开机就可以立刻解答。

我深深地后悔，后悔当初不应该跟她吹牛，说我高中三年语文考试从来没低于 130 分，60 分的作文，我一直都在 55 分左右。她的骚扰甚至让我有了换手机号的冲动。

那段时间，几个朋友跟我的感受一模一样，都被她抓壮丁抓到崩溃，然而她从来不去找耗子。用她自己的话说："耗子没有什么优势科目。"我们却知道，她不过是躲着他。毕竟曾经是情侣，又伤得那么深，刘文静不愿意跟他再有纠葛。

原来刘文静有这么强势的一面，我想起第一次见到她，她畏畏缩缩的，像个鹌鹑一样躲在耗子身后，被人看一眼，她都脸红。

耗子妈是个很强势的人，用泼妇的姿态把刘文静最软弱的一面激了出来，然而软弱只是刘文静的第一性格，那或许跟生活经历有关。她想通了之后，跟耗子分手便已显示出强势的一面，而逼迫我们这群朋友为她所用，则是她强势的完全体现。

她的强势，我常常会觉得烦，但内心深处却非常欣赏。我想知道，这样性格的漂亮女孩，她的未来如何。

刘文静很聪明，她不需要我们手把手教她，不需要圈画重点，也不需要具体的解题方法，她只需要我们告诉她学习方法，她会自学。我们没主动做过什么，只是在她问问题时，凭自己的能力解答出来。解答不出来时，大家讨论；讨论不出来，她会去问自己认为能解答的人。

我们第一次见到小宇宙这么强大的人，不忍心不帮她。

02

刘文静花了将近一年的时间自学高中三年的课程，而她初中的基础弱，过程之艰难可以想象。同时，刘文静还在上班。她必须保有这份前台工作，才能支撑她在上海的生活。

刘文静的工作虽然不累，却不是无所事事，公司不会白出薪水。她将教材和习题带到公司，见缝插针地学习，倒也没怎么耽误工作。至于一直让她担心的假学历问题，她知道这一关不好过，干脆把人事部经理贾莉请出来吃饭，眼圈红红地坦白了。鉴于她在公司的表现还不错，并不是不能胜任工作，很多时候做得还很好，贾莉咬着牙思考了一阵，跟刘文静说："这件事我跟老板说说，应该不会开除你。至于同事，如果有不好听的话传出来，我会站在你这边。"

有贾莉点头，刘文静就放心了。同事们素质都还行，她并不担心。这一来，她把书拿到公司看，应该不至于被人问来问去了。

美女总是有很多人追。刘文静和耗子在一起时，就有不少同事和供应商对她有兴趣，只是她比较传统，统统拒绝了。现在她单身，以前被她拒绝过的男人心思又活络起来。一时间，约吃饭的、约看电影的、送礼物的，络绎不绝。然而，她哪里有那么多时间应付？贾莉见她一门心思花在学习上，实在太辛苦，忍不住劝她："与其努力去做一件对你自身来说太艰难的事，不如趁年轻美貌，想办法找个有钱男人嫁了，这个显然更容易实现一些。"

当时刘文静的反应是这样——她摇摇头说："在我们村，女人到了一定年龄，家人就会介绍相亲，找一个男人结婚，之后在家里做饭、洗衣、种地。有命好的，男人勤快，两个人日子红红火火地过下去；命不好的，男人不仅不赚钱、不干活、不管孩子，还整天打牌瞎晃荡，找女人要钱买烟……我二姐夫就是这样的人。我姐不给他钱，他就往死里打我姐。你说命好命不好这种事，自己怎么知道呢？男人品性怎样，结婚前怎么知道呢？我之前在网上看了很多文章，教怎样判断一个男人对你好不好。我拿耗子一一对比，觉得耗子对我好极了。可他妈一出现，他性格里的缺陷就全出来了——他根本保护不了我。有些人的品性，不是你观察一两次就能发现的，得出了事儿才知道。现在追我的这些男人，看上的都是我这张脸，那我老了呢？不漂亮了呢？他们还凭什么喜欢我？"

贾莉笑道："我想起一句古话，'以色侍君者，色衰而爱弛'。你说的就是这个意思。"

刘文静点点头："对，就是这个意思。也有朋友劝我，不如趁着年轻，找个有钱人嫁了。可是你说，有钱人又不傻，又有哪个只因为我漂亮就肯跟我结婚？谁知道他们动的是不是别的心思？就算是我用尽手段，跟有钱人结了婚，那万一他破产了呢？我跟着他喝西北风吗？"

贾莉扑哧笑了："你也太逗了，还没找到有钱人呢，就担心人家破产，有你这样的人吗？"

“我们那儿有句老话：爹有娘有，不如自己有。我越想越觉得这话说得有道理。我就想堂堂正正拿个大学文凭，将来堂堂正正嫁人。就算是他没有钱也没关系，我们俩一起挣钱，也能把日子美美地过下去。”刘文静说。

然而即使刘文静以“现在无心恋爱”为由拒绝，却还是抵挡不住男人们的热情。他们像闻到腥味的猫，围着鱼缸不停地打转转。刘文静不肯去吃饭，不肯看电影，不肯陪他们闲聊，怕耽误时间，那就送礼物、送鲜花。在他们眼里，女人很少不被这两样打动的。一开始刘文静不肯收，总觉得又不是人家的女朋友，收人礼物算什么呀？又担心拿人手短，万一男人提出点什么让她为难的要求，答应吧，自己不愿意；不答应吧，毕竟别人送礼物了，怎么开口拒绝呢？

刘文静不收礼物，挡住了一部分人，还有一部分厚脸皮的男人可不管这些，他们跟刘文静说：“送礼物给你是我的心意，不图你回报什么，我就想送给你，你不收我只能扔了，那就太可惜了。不如你收下，以后该怎样对我就怎样对我，不必对我客气。你就当根本没收过我的礼物，那是我扔垃圾桶了，被你捡回来的。”

男人的话太逗，刘文静忍不住扑哧一笑：“万一以后你想起来，又回垃圾桶来找，找不到，找我要，我还不上怎么办？”

“找你要，我就是你孙子。”那男人说。

这句话更是逗笑了刘文静。从此，她便逐渐放开了，有些便宜、偏偏她又用得上的礼物倒也收一收。不过先跟对方说明白，收礼物不代表愿意跟他做朋友，不过是看他太热情，不忍心驳他面子罢了，再逼得男人主动说出“给了就不再要回去”才肯收下。

一开始，刘文静只收些几十块几百块的东西，久了，眼界开了，一般的小东西她就看不上了。而男人送她的那些东西，大部分都是首饰、化妆品、包之类的。她悄悄找到薇薇，问薇薇能不能帮她卖出去，却在薇薇那里碰了一鼻子灰。

薇薇跟刘文静说："这些东西都太廉价了，我的朋友们都看不上。如果她们知道，你这些东西都是怎么来的，只怕就更看不上了。"

薇薇的言辞太犀利，刘文静只好算了。薇薇真实的想法当时并没有跟刘文静讲，私下里却跟我和花花说："虽然我能理解刘文静的做法，但还是不赞同，这么拿人礼物终究是不好。"

我没说话，花花却反驳她："不是每个女人生下来就是富二代。你从小见惯了奢侈品，自然看不上这些小东西，更看不上收这些小礼物的女人。这世上的大部分人，吭哧吭哧费尽全力才能在这个社会生存。这些东西又不是文静主动要的，是那些男人使劲儿往她手里塞的。她肯收，还是给他们面子呢！"

花花既然反驳了她，薇薇自然不会再说什么，只笑了一下，并没有接腔。我却觉得花花的反应有些大了，拉了拉她的袖子，让她不要这么激动。

晚上花花给我打了个电话："咱们是很多年的老朋友了，按说我和薇薇之间的感情比跟刘文静要深很多才是，我今天这样说薇薇，现在想想总觉得挺不好意思的，你帮我跟她说一说。"

我立刻敏感地察觉到，最近花花身上一定发生了什么，而刘文静应该也参与了，我和薇薇却被排斥在外。不然，她也不会反应这么大，莫名其妙就为了刘文静驳斥薇薇。

我问花花："你最近是不是有什么事情？跟刘文静有关吗？"又说，"我和你，还有薇薇，我们是多少年的好朋友了，自然不会为了一两句口舌之争就坏了情分。你若真担心薇薇不高兴，你自己跟她说。”

花花说：“是有些事。我失业了，一直没去找工作，现在连房租都交不起了，本来想搬你那儿住一段时间的，但想着你不喜欢跟人同住，就没跟你说。刚好那阵子刘文静因为学习的事情跟我联系得多，我跟她说了我失业的事儿，她主动提出让我跟她住去。我最近一直住她那儿呢，了解她越多，就越喜欢她。”

“怎么会失业呢？失业多久了？怎么就到了连房租都交不起的地步？现在需要钱吗？我手里倒还有一些。”我着急忙慌地问。

“我现在还没想好下一步怎么走，等需要你帮助的时候，会跟你说的。”

“那你上次在医院说心情不太好，方便跟我讲吗？”我想起上次在医院见面，花花就提到过心情不好。

“嗯，跟你讲讲也没关系。”花花说。

03

“我爱上了一个不该爱的人。”花花的语气有些悲伤，又有些如释重负。

我连忙追问怎么回事。

花花说：“你还记得我曾经给你讲过的销售经理吗？”

“记得啊，叫什么劲的。”

“李劲。当初你还说这是个女人的名字呢！就是他，我爱上了他，这是我这辈子迄今为止犯过的最大的错误。”花花的语气有些唏嘘，说完，停顿良久。

“如果涉及隐私，不方便讲，或者会让你难过，就不要讲了。”我有些心疼这样的花花。

“没事。”花花说，“你知道，这是我到上海后的第一份工作。当初我是从家里狼狈地跑出来的。我爸妈从小就偏爱我哥，但对我也算不错，特别是我妈，好吃的都不忘记给我留一份，直到我哥结婚。我嫂子刚到我家，就把所有人分析了个透彻，她看得出来，我是可以欺负的。因为欺负我，没有人会帮我。她整天在我跟前说房子小，不够住。可那毕竟是三室一厅，我爸妈一间，哥哥嫂子一间，我住最小的房间，怎么会不够住呢？她只是嫌我碍眼罢了。我妈也帮她，有一次她当我的面说：‘小妹嫁出去就好了，到时候会宽敞很多。’我听了这话，心里可不是滋味了，可我哥嫂和我爸妈却笑盈盈地不说话。那时候我就知道，是时候该走了。后来，家里又发生了很多事情，我跟我嫂子大吵一架之后，就到了上海。那时候我还不认识你们。我找工作，李劲面试的我。他很帅，妙语如珠，给我画了一张大大的饼，于是我就安心地留在了这家二手房销售公司。”

花花停顿一下说：“公司很大，竞争非常激烈，特别是一些A级顾客，全公司的业务员都在抢。我才从外地到上海，没有资源，又不认识什么人，之前也没做过销售，我争不过其他人。有时候轮到我接待客户，都进行到一半了，老员工看着有成交的可能性，就想各种办法撬走了，真让人生气！可他们资历比我老，我大多数时候都敢怒不敢言。就这样，我每个月只能做几个租房的单子，想卖出去房子艰难极了。

“李劲是经理，他手里有些上面分派下来的以及一些辞职老员工手里未成交的客户资源，这些客户资源比我们自己出去找的要好很多，成交的可能性更大，成交金额也更高，是全公司争抢的对象。公司里的销售员，无论男女，对李劲都是各种巴结。有几个单子，他们争夺得特别厉害。我不会做那些讨好上司的事儿，本以为，根本没有给我的可能性，没想到李劲还是分给了我。这让公司的很多同事非常嫉妒，一些女同事甚至在背后说我跟李劲有不正当关系。她们这样说，我心里很难受。李劲却一直安慰我，这让我对他越发有好感。我内心深处对李劲的感激持续了好几个月。

“后来，李劲安排了一次我和他的单独出差。那天晚上，在气氛的推动下，我们就在一起了。我以为我找到了真爱。哪里知道，他温柔的外表下藏着多么猥琐的心思。

“一开始，他用各种甜言蜜语哄骗我。我跟他说了我家里的事情，我和哥哥小时候的感情以及有了嫂子之后的失望。他安慰我，以后他不仅做我老公，还做我哥哥。我以为我在家里受的伤，会从他这里找回来。哪里知道，他给我的伤害，比以前经历的所有加起来更多。

“不知道什么时候开始，他厌倦我了，跟我分手的理由是他有女朋友。按说这时候我就应该抽身而退是不是？可是我没有，我爱上了他，爱得非常深。我哭过闹过，却引起了他更大的反感。”

我插话：“那他有女朋友这事儿是真的吗？”

“是真的，他为了刺激我，给我看了那女孩的照片。她很漂亮、很时尚，化特别浓的妆，上海本地人，据说家庭条件很好，他们要结婚的。”

我叹息一声，没有说话。

花花继续说：“他告诉我，他无论如何都不会娶一个外地来的、毫无背景、没有钱、连爹妈都嫌弃的女孩。”

说到这里，花花再次长时间停顿。电话里，我听到了细微的抽泣声。

“话都已经说到这份儿上，我再不走，就是不识相了。可不知道为什么，前一秒刚下定决心离开他，后一秒看见他却又满心欢喜。凑上去跟他说话，他总是摆出一副不开心的样子，而我却忍不住不凑上去。

“后来，他对我态度越来越恶劣，不仅私下里随意打骂，在公司里也一样恶声恶气。很多人都看出我俩关系不正常，各种冷言冷语扑面而来，可我不管不顾，继续纠缠他。他也受了影响，领导都找他谈话了，他干脆躲着我。我的心情越来越差，无心工作，丢了一个大单子。还因为夜里失眠，一个星期迟到了两次。他终于找到借口，把我给开除了。”

“什么时候的事儿？”我倒吸一口凉气。花花到上海不久，经济一直很拮据，她的工作底薪不高，勉强能养活自己，却从来都没有节余，而上海却偏偏是这样一个城市——在这里，如果有钱，你可以过上天堂般的日子；如果赚的钱刚好够花，没有朋友接济又没有存款的话，失业一个月，就可能饿肚子。

“一个半月之前。”花花继续讲述，“我可真是贱啊！他都把我开除了，我还每时每刻想着他。失业之后没事做，我很空虚，每隔几秒就会给他发一条短信。明知道他不会回复，还是会不停地发，把我对他的爱全部敲出来发给他。他基本不回复我，即便回复也全是些难听的话，比如说：‘你死心吧，我是不会喜欢你的！’‘我在上班，你不要骚扰我。’可就是这样的回复，也能让我开心很久。”

泪珠一颗颗掉下来，我死死忍住，不敢出声，怕被花花听到。

“斯德哥尔摩综合征？”我问。

花花说：“我只是很爱很爱他而已。我爱他爱到明知道他是个人渣，却忍不住想他，忍不住联系他，忍不住骚扰他；即使他不停地伤害我、训斥我，我还是很爱他。每天到了下班的点，我都会给他打个电话，大部分时候他会按掉，有时候会接听。如果他没接听也没关机，我就过一会儿再打一遍，直到他接听为止。我问他：‘今天晚上来吗？’他偶尔会来，到我的出租房里，一开始我会准备好吃的饭菜给他，他也肯吃。后来就不肯再吃，来了直接脱衣服做爱，做完穿好衣服就走，一句话不说。我忍不住，拉着他想说两句话，他也不肯。有一次，我话说得比较多，全是些表白的话，一直纠缠他，他特别轻蔑地看着我，一字一句地说：‘在我眼里，你就是一只鸡，还是免费的，不要要求太多。’”

说到这里，花花的呼吸有些急促。我能想象她此刻的心情，虽然这件事过去有一段时间了，但她现在说出来，只怕照样是心如刀割吧！

“那时候我就想啊，我必须离开他，无论多难，都必须离开。可我还是忍不住拨打他的电话，刚拨通，他还没接我就按掉了。我自责得要死，我不该再打他电话的，可是我忍不住。”

我想了想说：“我在二十岁的时候，也曾经为了一个不爱我的男人受尽羞辱。他不爱我，他的每一句恶言都像刀子一样割在我心上。他有事的时候，我还是带着我所有的钱去帮他，那么奋不顾身，只为过得了自己的心。那时候我想，如果他不爱我，我不如死掉。可是你看，我现在活得好好的，不仅没死，而且越来越好。”

不知道是不是我的安慰起了作用，花花破涕为笑。她说：“前一阵子，我手里基本上就没什么钱了，但那时候房子还没到期，还能再支撑一段时间。我跟你是好朋友，本来应该找你的，可我不想让我的好朋友看到我特别落魄的一面，于是我找到刘文静，就是想问问她，能不能到她那里住一阵子，早点儿把房子转出去，这样还能从下家手里拿点房租。可她当时也有事，后来又要坐小月子，我就没好意思找她，只一个人默默坚持着。这几天，我弹尽粮绝，房东催房租，生活费也没有了。我还失业着呢，真不知道怎么办才好。我打电话给李劲，找他借一千块钱，他问：‘嫖资吗？你当初可没说要收钱。当然如果现在收也没问题，我可以给你，但从此你离开上海，不要再让我见到你。’我挂了电话，想着我就算是饿死在上海，也不再去找他。我跟刘文静委婉地提了想到她那里住一段时间，她很热情地邀请我搬过去和她同住。她对我可真是好啊，我才去的那几天，整天跟个死人似的，躺在床上流眼泪，一边恨李劲，一边不停地想他。刘文静什么都没说，问都不问一句，白天去上班，晚上带着菜回来，想方设法做我爱吃的东西。她每样菜都多做一点，早上走的时候自己带一份，还给我留一份装在饭盒里，让我中午用微波炉热了吃。她晚上学习到太晚，有时候天都快亮了才躺下睡觉。可是无论她多晚上床，第二天起多晚，都会洗好米，放电饭锅里，定时煮粥，这样等我起床，就能喝到热粥。而她自己，早上常常一包麦片解决。我不傻，知道什么人对我好，什么人对我不好。刘文静在我最落魄的时候雪中送炭，我真的很感激。”

我没想到，刘文静那么忙，还能为朋友做到这样。

这样的刘文静，值得大家拿她当朋友。

“那你现在走出来了吗？”我问。

“我想应该是走出来了吧，不然也不会这样跟你坦白。”花花说。

04

刘文静究竟为考大学这件事付出了多少努力，我并不知道，但最终的结果却让我们大家大跌眼镜——她居然自学一年就考上了 T 大。

得知这一消息，她很开心，在出租房里亲自下厨为我们做饭吃。这次小聚，她没有叫耗子，却叫了 Tom，这是我们第一次见到这个男人。

第一杯酒喝下，恭喜和祝福的话语说完之后，插销已经迫不及待地把夸赞的话说了出来：“刘文静，你实在太厉害了，我高中读了三年，除了谈恋爱之外，也算是很拼了，却没考上 T 大。你是怎么做到的？”

刘文静有些羞赧：“多亏了你们呀！备考时我无时无刻不在给你们打电话、发短信，你们无论多忙，都耐心地给我指导。如果不是你们，我肯定考不上 T 大的。”

我们都有些沉默。我不知道别人沉默是因为什么，我是惭愧。那段时间，无数次因为她打扰了我的睡眠而挂断电话且关机。虽然每次针对她的问题都很认真地解答了，但从态度上来说，真当不起她的感激。

薇薇问：“我曾经建议你去报一个高考冲刺班，你报了没？”

刘文静说：“当然啦！那段时间，耗子妈交的房租到期了，我自己的工资只够日常开销、买学习用品，不够付房租，多亏了花花，要不是她帮我把那些礼物卖掉，高考冲刺班那么贵，我可读不起。”

薇薇低着头没有说话。当初，刘文静找薇薇帮她卖那些礼物，以补贴生活，薇薇不仅拒绝，还说了些不好听的话，而花花，却始终向着刘文静。

薇薇拒绝刘文静之后，刘文静一时找不到合适的人帮她出售那些礼物，又不好直接要求那群男人别送礼，直接送人民币。对着无法变现的礼物，刘文静一个人干着急。那段时间，花花住在她那里，一开始像个活死人一样，每天思念着渣男李劲而不能自拔，无法处理生活琐碎。没多久，花花就从思念中“拔了出来”，不仅精神上恢复健康，还顺利地摆了李劲一道，也算是出了口恶气。人逢喜事精神爽，花花也有力气去做别的事情了。

花花之前做二手房销售的，工作时间不长，却看透了那个行业的尔虞我诈。她在这个城市没有资源、没有关系，之前的业务做得也并不是很好，再加上这个行业有个她想起来就恶心的人在，因此，她想转行，不再做二手房销售。

然而她一时之间并不知道该去做哪个行业好。恰好在这个时候，刘文静对着积攒了一箱子的高档或不高档的礼物，为如何将它们变现而发愁。花花想了个主意：“放网上卖掉怎么样？”

说干就干，刘文静忙着学习，可花花有时间啊！拍照片、修图、各大活跃论坛发帖子，她还专门为此注册了一个淘宝店。由于刘文静的东西基本都是正品，而且价格比很多所谓的“淘宝代购”都便宜，很快就积累了些稳定客户，东西大部分都顺利地卖了出去。卖东西得的这些钱，不仅让刘文静顺利地交了下半年的房租，还有余钱去报了一个不算便宜的名师高考冲刺班。

而花花，也找到了她下一份工作的方向。网上交易的时候，很多客户就出售的化妆品和香水问各种问题：“是否正品？”“有没有购物小票？”“条形码输入能查到货源来自哪里吗？”“我是敏感皮肤，用这个合适吗？”……花花一开始并不是很清楚，又不能不回答别人的问题，只好一点点在网上搜索，搜索出答案再去回答客户，久而久之，她掌握了许多护肤品销售技巧。同时，对于护肤品的成分以及利润，她也算是入了门。随着网上交易的推进，她决定：做一个化妆品销售。

刘文静手里的存货卖得七七八八后，花花去商场某知名化妆品专柜应聘，成了一名化妆品导购员。等她能自己支付房租后，就从刘文静那里搬了出去。刘文静考上大学时，花花已经不在刘文静那里住了。

刘文静说多亏了花花，多少有些责怪薇薇不肯帮忙的意思，这让气氛一时有些冷场。花花说：“别整那有的没的，要我说啊，学习、考试这种事，就是师父领进门，修行在个人。我还不是一样读了三年高中，就念了个大专？我从小就念不进去书，看见书就头疼。哪儿像刘文静！半夜我被尿憋醒，起来上厕所，看见她还在台灯下聚精会神地做题。我一看时间，都三点了，这孩子铁人啊，都不睡觉的！我小声提醒她，她铁定听不见。声音大一点吧，她就像是被惊到了一样，抬起头看着我，那眼神亮晶晶，精神着呢！你说她都考不上 T 大，总不能让我这样的人考上吧！”

“就是，我奶奶常说，只觉得别人家孩子长得快，却看不到别人养孩子的艰难。我妈也说，只看见别人买楼买车，却看不见别人半夜三更背石头，一天三顿啃馒头。咱们只看到刘文静考上了 T 大，却没看到她背后付出的努力。”我接话。

嘴上虽然这样说，我心里还是很感叹的。高考是什么？是千军万马过独木桥。那些上三年高中的学子不努力吗？他们有些人甚至比刘文静还努力，可他们中的大部分人，都考不上T大。这说明，其实刘文静很聪明。聪明是天分，努力是外因，人们会羡慕有天分的人，却不会羡慕努力的人。人们会佩服努力的人，却很少会佩服有天分的人。刘文静偏偏是那种有天分又努力的人，也难怪她能考上T大。

我不由得想，刘文静长得漂亮，人又聪明，还那么努力，幸好出身一般，不然，让我们这群普通人可怎么活？

从刘文静家出来的路上，我问花花："那个Tom是什么来路？文静的新男友？一起吃饭，都不怎么说话的。"

"看那举止不像，刚吃饭的时候，我悄悄问过文静，她说是哥们儿，跟咱们一样的。另外，你发现没有？他虽然从不主动挑起话题，但我们说话他都在主动听，什么话题他都接得上，是一个情商特别高的人。"花花说。

"嗯，发现了。"我问花花，"你最近怎么样？"

"我干了一件特别漂亮的事儿，你知道了肯定高兴坏了。"花花很兴奋地说。

这件事还是与渣男经理李劲有关。

当初，花花搬去跟刘文静一起住了之后，心里面还是止不住地想念李劲。晚上刘文静在还好些，白天只有她一个人的时候，经常想李劲想得发狂。为了控制住联系他的手，花花拿了一把水果刀放旁边，想给他打电话的时候就在左胳膊上划一刀，想给他发短信就在右胳膊上划一刀。花花对自己下手可真狠，那些刀疤多少年后仍历历在目。

不过还好，她一共也就划了十多刀，就不怎么想联系李劲了。

在彻底对李劲失去兴趣后，她把精力放在了事业上。等工作日渐稳定，她干了一件更拉风的事情：在一个月黑风高的晚上，她拜托插销帮她找了几个人，在李劲回家的路上拦住他，垃圾袋套头上一顿拳打脚踢，打得李劲哭爹喊娘。打得差不多了，花花还亲自上前，在关键部位狠狠踹了几脚。

花花的描述，比我写的要惊险得多，我听得一阵肝儿颤，却不由得对花花产生了佩服之心。这种事，也只有花花干得出来。她对自己够狠，对伤害她的人也够狠、够记仇，爱的时候足够爱，得罪了她，就要讨回来，真是了不得！幸好这样的人是我的朋友，而不是敌人。

05

刘文静挂靠的那所县城高中，水平非常一般，据说每年能上一本的很少。刘文静没在那所学校上过学，还考上了 T 大，这让整个县城都沸腾了。T 大是上海数一数二的高校，在刘文静之前，那所高中还没有学生考上过。

为此，学校专门为刘文静开了一场别开生面的表彰大会，把她大字不识的父母叫到主席台上，跟县里的领导们坐在一起，这让她父母感到受宠若惊。在这之前，刘文静并没有告诉他们她打算考大学的事情，她太了解她的父母了，他们一辈子胆小，害怕改变带来的动荡。她一个初中生，要考 T 大，他们会认为她疯了，会认为她不务正业，会因为读书要花很多钱而拼命阻止她。

刘文静之前没跟父母说，考上 T 大之后，学校敲锣打鼓把这件事通知了她家里，还请她父母到县城高中参加表彰大会。刘家父母从一开始不相信到后来接受现实，花了一段时间。想明白这是一件多么荣耀的事情之后，刘爸爸跟刘文静说：“你这孩子，这么光荣的事情，怎么不告诉我们一声呢？自己家孩子，有这样的大志向、大出息，爸爸高兴还来不及呢！怎么会不支持你？”

“我主要怕考不上给你们丢人。”刘文静说。

表彰大会上，学校当场奖励了刘文静五千块钱。刘文静很满足。虽然学费已申请贷款，虽然上学期间的生活费怎么来已经有了具体打算，但毕竟是新的环境、新的人生，谁知道突然哪里还需要花笔钱呢？这五千块来得可真是时候。

大会结束，刘文静跟着爸爸妈妈一起回家。爸妈可高兴了，专门绕道菜市场割了一斤肉、买了两根排骨回去庆祝。刘文静在上海待了两年，肚子里已经不缺油水，想着爸妈在家里不容易，一年到头也就过年杀猪的时候能吃到点猪下水，忍不住难受起来。

刘文静说：“这不是奖励了一笔钱吗？我来买肉吧！”

刘家父母并没有推辞。

刘文静买了一整扇排骨，另割了几斤肉，还买了一大堆其他菜。

刘爸爸说：“够了，够了！这是夏天，多了吃不完，容易放坏。”

刘妈妈跟刘文静商量：“咱们家祖坟上冒青烟，才出了你这么个大学生，不如把亲戚们叫家里来吃顿饭吧！”

刘文静心下一阵恼怒，情绪突然变得特别激动：“咱家穷的时候，他们怎么对咱的？我记得有一次根儿生病，你跟爸急得不得了，去找他们借钱，亲戚全借遍了，才借了三十块钱，连买药都不够。亲戚是什么？亲戚就是看你过得不好，笑话你，看你过得好，嫉妒你的人。他们永远攀高踩低，绝情的时候连朋友都不如。你说三姑姑和大舅舅，多少年没跟咱家来往了？你算算跟咱家来往的亲戚有多少？请他们吃饭，不如拿这点肉喂狗！”

刘妈妈有些尴尬：“不肯借咱们钱，是担心咱还不上。不跟咱家来往，是因为咱总是有事麻烦他们，却给他们帮不上忙。亲戚过得都挺不容易的，没几个有钱的，若有钱也不至于那么抠了。你看你表哥，不是在上海开了饭馆就把你带出去了吗？不是你表哥把你带出去，你能有今天吗？人啊，还是要学会记着别人的好，别只记着别人的坏。你这次考上大学，是好事，把他们接来喝顿酒，该来往的亲戚还是要来往的。”

想起那个曾经对她动手动脚的表哥，刘文静更是心里一阵恶寒，跟她妈嚷嚷：“不接！我这辈子不想沾谁的光，更不会再找谁借钱。就算借，也不找他们。”

刘妈妈见刘文静那么强势，喏喏无语。

晚上快睡觉时，刘妈妈走到刘文静房间，跟她谈了谈“心里话”：“上次你表嫂打电话来，说你跟一个男人跑了，我打电话问你，你说没有，我也就相信了。你这突然就考上大学了，还是这么好的大学，是不是他给的钱啊？他是大老板吧？你表嫂说看起来很年轻，那他家里是不是很有钱？我听人家说，现在有些女人就是靠傍有钱人生活。他要真有钱的话，你要多弄点钱在手里，免得到时候他不要你了，你什么都得不到！”

刘文静知道她说的是耗子，可是这种话刘文静听着只想捂耳朵，她没想到这是她亲妈说出来的话，正常的母亲不应该是这样说吗：“他对你好不好？对你不好的男人不能要。要保护好自己，不要被坏人骗，如果他不肯跟你结婚，就不要跟他在一起……”而现在，刘妈妈让她多弄点钱。

刘文静无语极了，正想说话，刘妈妈继续唠叨：“肯支持你考大学，说明对你还不赖。你要把住他的心，最好能嫁给他。嫁个有钱人，一辈子跟着吃香喝辣，将来也能帮衬一把你弟弟……”

这可是亲妈！瞅瞅！最近一年，每次跟她打电话，刘文静说不了两句就想发火，但也只劝自己她没念过书、没文化，再加上生活在社会最底层，没什么见识。现在才发现，她最大的问题是三观不正，以及重男轻女。

刘文静说：“别听别人瞎说，我自己考的大学跟他有什么关系？而且我们早就分手了。”

刘妈妈一脸八卦的表情，想让刘文静说说究竟怎么回事，刘文静不愿意说，刘妈妈追问了几句，问不出什么来，只好讪讪地走掉了。

还没安静一会儿，刘爸爸又进来了。刘爸爸的话题和刘妈妈完全不同。刘爸爸问：“听说你大学学费是贷款？”

“嗯。”

“生活费呢？有着落吗？”

刘文静心里一阵感动，虽然爸爸从小到大对她确实不怎么样，动不动就打她，总偏心刘根儿，但听爸爸白天晚上说的话，多么深明大义，还是爸爸关心她。

“到时候再想办法吧。”刘文静说。

“你之前说，你在一个公司做前台，上学了还能做吗？”刘爸爸问。

“不能了。不过没事，总会想到别的办法。”刘文静说。

刘爸爸沉默了一阵子。刘文静看他低着头像是在想什么的样子，安慰他：“你们手里也没有钱，就不要操心了。在上海开销大，一个学生一个月的生活费就得花掉咱家半年挣的钱，我会想到办法的。”

刘爸爸解释：“我不是那个意思。从小到大，我就觉得你是个能人，跟你两个姐姐不一样。我总在想，你将来肯定会有出息的。你看，现在果然考上了大学，也算是咱家鸡窝里飞出的金凤凰。”

刘爸爸继续：“你知道，这些年咱们家地里的收成一直不好。我分析了一下，主要有两个原因：一个是咱家没钱，请不起牛工犁地；另一个是买不起肥料，愣是把好好的地给荒了。”

铺垫这半天，刘文静也不知道爸爸究竟想说什么，只好安安静静地等他说下去。

“你看你学费可以贷款，生活费也能自己想办法，而且你能考上大学，说不定就能得奖学金。我听人家说，大学的奖学金就够生活费了。这县上发了五千块钱，你一时也用不了那么多，我的意思是，能不能给家里两三千块钱，帮家里渡过难关。地里收成好了，也能给你寄点生活费过去。”刘爸爸终于流露出了自己的意图。

刘文静简直不敢相信自己的耳朵，她凭自己的努力考上T大，没找家里要钱便也罢了，这才刚发了点奖金，家里人就开始打主意了。

终究是狠不下心来拒绝，刘文静虽然当场并没有直接答应，而是说“让我想想”，但走的时候，仍然给家里留下了两千块钱。为了这事儿，刘文静还哭了一场，寒心是一方面，还有一方面是为他们感到难受。她的父母，一个盯着她莫须有的“有钱男友”，一个盯着她刚到手的这一点点钱，表面看来是关心她，实际上都各怀心思。而他们之所以这样，只是因为没钱。

她出生的地方太贫苦，父母也太穷，穷到吃了上顿就要想下顿怎么办。偏偏社会一直在进步，有些人突然有钱了。比如，在上海开小饭馆的表哥、山鸡他爹王村主任……刘文静从大山里走出来，来到上海，表现出了一定的能力，她的父母就开始索取，或者说是先洗脑，为以后的索取做好铺垫。

这是每一个从贫穷的农村家庭走出来的孩子的悲哀，男孩如此，女孩也如此。

刘文静迅速想明白了这个道理，她恨她的父母帮不了她却索要她所剩不多的钱，恨他们惦记着莫须有男友的钱，却又同情他们。

刘文静考上大学之后，就不能继续做前台了。前台需要周一到周五全日制上班，很显然刘文静无法做到——那将与上课时间冲突。

而且，就算是大学可以贷款，前台的那点工资足够她日常开销，却无法支撑她对钱的需求。她想要赚更多的钱，那么，必然要去做更能赚钱的事情。她找公司人事部经理贾莉姐商量，贾莉姐建议她转做销售，也就是业务员。业务员不必坐班，只要能顺利地把产品卖出去即可。

“文静，你长得美，买酒窖储存红酒的基本都是男人，你这小眼神随便瞟一瞟，业绩分分钟就到手了。你要是认真做，只怕咱公司的销售冠军都做不过你。”这是贾莉姐的原话。

刘文静倒不是冲销售冠军来的，她主要觉得做业务员时间自由，赚得又比前台多。凭业绩吃饭这种事她更喜欢，公平而且也有挑战性。她不长的人生什么苦都吃过，做业务员又算什么？赚得多，这就够了。

她跟贾莉姐商量，她要上学，不能坐班，不能每天一早到公司报到，因此需要公司开个特例。贾莉跟老板商量了下，都认为刘文静还算聪明，人又漂亮，又是名牌大学的在读生，说出去也是公司的颜面，就同意了。她既然不能每天按时到公司打卡，那就不能拿底薪，至于提成，卖出货才能拿，倒是跟大家拿的一样。

新的前台到岗后，刘文静交接完工作，就正式转成了公司的业务员。

在前台工作交接的这段时间，刘根儿给她打了个电话，说因为刘文静是县城高中有史以来唯一一个考上T大的学生，市里为此奖励了学校五万块。刘根儿说："姐，这事太不公平了，你一天都没在那学校念过书，凭什么奖励了五万块只给了你五千？应该全给你才对。"

当初的表彰大会上，刘文静长了个心眼儿，留了校长的电话，正好打给他。校长接了刘文静的电话，说："你没有学籍，让你挂靠在学校，已经担了很大的风险。你不知道，在你们高考前，市里查生源，要把挂靠的学生清理出去，如果不是学校花钱打点，你连考试的资格都没有。这事我没跟你说，是怕影响你备考的心情。你好不容易考上大学，虽说是自己努力，但也是学校给你的机会。现在考上了T大，但你想过没有，学校为此担了多少风险？市里是奖励了五万块，我考虑到带毕业班的老师们不容易，给了你五千，剩下的都作为奖金发下去了，也是激励老师们好好带班，以后争取多培养几个能考上名牌大学的，也好给咱学校争光。"

刘文静可不相信校长说的学校为了她花钱打点的事儿，学校吃饱了撑的为了她这样一个没在学校上过一天学、彼时还不知道能不能考上大学的人做这种事。但她又不能揭穿，只好辩解说："他们又没教过我一天，凭什么……"

校长急了："你说你这孩子，我都跟你说这么明白了，你还一门心思想着钱。学校为你做了这么多，你不想着怎么回报母校，反而在钱上面打转转，你说你怎么这么市侩呢？"

校长一副特别生气的样子，不等刘文静继续说，就直接挂掉了电话。

刘文静心想："我本来就是个很市侩的人呀！"她没机会把这句话说给校长听，后来再拨打校长电话，就再也打不通了。

没办法，刘文静只好打给曾经帮她搞定学籍的老师，那老师听了刘文静的诉说，沉默了很久才说："孩子，我知道这事儿对你不公平。可是，这个世界很多时候就是你退一步、我退一步才把事情办成的。要我说，这事儿你就别再折腾了，免得对大家都不好，你只是一个学生，争不过他们的。"

刘文静觉得特憋屈，只要一想到这五万块，就一阵心疼。她想过去争、去告、去找市里发这笔钱的单位，但她知道一旦这样做，首先伤害的可能就是帮她搞定学籍的老师。另外，她找关系弄学籍这件事，有可能就会被公之于众，若追究起来，她不能保证自己能否顺利去 T 大上学。她知道生活很多时候并不是有理就能走遍天下，并不是据理力争就能解决所有的事情。那么这件事，也只好忍气吞声就这样算了。

暴发户

Chapter4

01

对于大部分人来说，工作了以后才知道，还是上学的时候最轻松、最无忧无虑。但是，刘文静可不在大部分人之内。她的大学生活，一个字形容：忙；两个字形容：很忙；三个字形容：非常忙。

为了生活费，刘文静转做了不拿底薪的业务员。她所在的公司是一家酒窖销售公司，实际上，酒窖这类东西的客户受众面还是挺窄的，买酒窖的，要么是酒吧、高端酒店之类的营业场所，要么是住别墅的有钱人。而任何行业只要有利润，竞争都非常激烈。先不说同类型的竞品公司，只说刘文静所在的公司内部，基本上酒吧之类的营业场所都被老业务员抢占了先机，就连很多刚开始装修尚未营业的酒吧，都已经有人预先联系。有些酒吧、酒店的门面刚刚转出去，他们的业务员就能拿到第一手客户资料，该打电话的打电话，该拜访的拜访。刘文静作为一个新业务员，根本插不进去。

在这种情况下，她只能去跑散客，也就是高端别墅客户。她采取了一个笨办法：拿着公司的宣传资料，去别墅小区一家家敲门，陌生拜访，推介产品。

别墅小区的治安大都不错，推销产品的业务员会被挡在门外，长得漂亮在保安这里大多数时候都不怎么管用。被拒绝的次数多了，刘文静总结出经验来：穿得好一点，才更容易装访客；不要摆出一副业务员的样子，厚厚的产品资料不提在手提袋里，而是装在包里就容易进去了。只要进了小区，一切就好说了。

待进入小区之后，找借口溜掉，挨家挨户敲门。男客户开门，一开始眼前一亮，一听说是推销的，立刻换了嘴脸；女客户一脸戒备，听说是推销的，门“砰”的一声关掉了。被拒绝的次数多了，刘文静总结出了经验——怎样应付各类客户，怎样不被拒绝，怎样更容易被接受，这才逐渐有了业绩。

我们各自朋友圈里，有可能买酒窖的，都帮她推销了一遍。薇薇是搞融资的，手里的客户名单，都给了她；就连自己开公司的教授，都把公司的客户名单无私地贡献出来。这一两年，刘文静也认识了些人，比如，她之前通过耗子认识的一个银行经理，搞了份银行 VIP 客户名单给她；在外贸公司上班的 Tom，给了她一些潜在客户的电话号码……

大家群策群力，想方设法帮助刘文静，都希望她的业绩能更好，希望她凭借着自己的努力读完大学，有更好的人生。

刘文静只用了三四个月，就成了他们公司的销售冠军。此后，在她做业务员的几年时间里，她的业绩基本没下过整个团队的前三名，直到几年后，她离开公司，自己创业。

刘文静是利用课余时间在跑业务，因为可利用的时间比别人少，所以她比别人更努力。她很拼，两节课中场休息时间，如果刚好是上午，她会利用那点儿时间给目标客户打电话；不上课的时候，她一般都在外面跑业务；周六、周日两天，更是从早跑到晚。

刘文静没有车，跑业务基本就利用公共交通工具。一开始她很节省，出租车都很少打，经济宽裕一点之后，打车次数才逐渐多起来。有些别墅小区，离地铁站或公交站远，小区业主通常自己有车，出租车很少开到那附近去，想要过去或回来，就只能坐黑车。在既打不到出租车又没有黑车的情况下，她就只能走路。很多小区，随便走走，都得半个小时以上，一个来回，一个小时就没有了。

刘文静人漂亮，打黑车很危险，她的包里除了防狼设备以外，又弄了个最古老的诺基亚手机，绑在手臂内侧，以备不时之需。这件事，除了花花，其他人都不知道。

为了形象，跑业务的时候，刘文静基本都穿高跟鞋。她背一个大包，里头装着一大摞资料。曾经想过在包里装双平底鞋，走路时穿，这样脚不会太难受。可是包里装了资料又装了鞋子，就算把鞋子用塑料袋扎紧，气味还是会传到资料上去。后来，她基本就只穿高跟鞋出门，即使有时候要走个把小时的路。

刘文静十九岁之前，基本上没穿过高跟鞋，她的脚宽而扁平，是在山路上奔跑的结果。跑业务之后，她很长时间才适应高跟鞋特有的弧度，而穿习惯了高跟鞋，就再也脱不下来了。从此，但凡出门见人，她只穿高跟鞋。

刘文静跑业务很拼，有多拼呢，看看她的腿就知道了。她刚跑业务那半年，每周末回学校，小腿都是肿的。

你看过那些专门跑场子或展会的小模特的裸腿吗？她们的脚背、脚踝、小腿上很大面积的皮肤都布满了红血丝以及一个个因静脉曲张积压来的扭曲血管，有很多人还得了关节炎。很长一段时间，刘文静的腿就是那样的。

那段时间，刘文静跟我们联系特别少，因为她太忙了。偶尔打电话给她，说的也都是她业务上的事情。于是很多次女孩间的聚会，就只有花花、薇薇和我。

花花那阵子成了工作狂，早出晚归，努力做她的化妆品销售；同时，曾经为帮刘文静卖东西而开的淘宝店也在继续，只做化妆品，都是一些大牌的畅销款。她在网上联络了一个供应商，做香港代购，因为价钱公道、东西也实在，很快就积累了一批忠实的老客户。

拼命工作的女人很美，沉浸于工作的花花，逐渐变得沉稳又大气。她所有的坏运气，在遇到李劲时都用完了。花花否极泰来，一切都朝着越来越好的方向发展。

而薇薇呢，却一直很神秘。她跟我们在一起，很少谈论自己的事情。偶尔我俩私下聊天，她倒还肯说一说。

那天，闺密聚会结束，薇薇突然给我打了个电话。她问："果子，你有没有看过话剧版的《妈妈咪呀》？好看不好看？"

"久闻大名，可惜还没看过。"我如实回答。

"挺经典的，据说最近到上海，我想去看呢！本来以为你看过，正好跟你打听一下，你没看过就算了。"薇薇说着就准备挂电话。

我说："我也想去看，就是听说票不好买。咱打听打听呗，如果能买到票，一起去看吧。"话剧可是我的最爱之一呀！

薇薇嘻嘻一笑："有人已经买好票了，想请我看呢！"

"谁？前一阵子朋友圈说看音乐剧，也是跟那人一起吧？"我八卦之心顿起。

"嘻嘻，这个就不告诉你了。拜拜，亲爱的！"薇薇说完就要挂电话。

“等下，谈恋爱了？”即将到耳朵边上的八卦，我又如何肯放过？

“我还在犹豫呢，不过他对我挺好的！”薇薇的语气充满了甜蜜，一副想说又不想说的语气。

“赶紧说！”我说。

“我还没决定要不要跟他在一起呢！要不改天我们一起吃个饭，你帮我鉴定一下！”薇薇说。

“鉴定什么？”我问。

“帮我看看他怎么样，我要不要跟他交往啊！我说你平时反应挺快的，这时候反射弧怎么这么长？”薇薇说。

“这种事外人怎么能判断？他好不好，你喜欢不喜欢他，要不要在一起，这都得你自己考量呀！”我说。

“他对我挺上心的，追得也紧。喜欢不喜欢他这个人，也说不上来，反正他挺帅的吧，相处起来也很愉快，不讨厌就是了！做 IT 的，性格有些闷骚。不过我还真挺喜欢闷骚的男人。”

“长得帅，性格又是你喜欢的类型，你还犹豫什么呢？”我问。

“他家是工人出身，挺穷的，据说现在还住老公房呢！我倒不是嫌弃他家穷。他家穷，我家有钱啊，反正我爸妈就我一个女儿。他家没房子住，我在上海不是有房子吗？结婚住我这儿也没问题。最关键的是，他家里有一个长期吃药、大半时间卧床的妈妈，他爸爸很早就下岗了，工龄买断，身体也不好，老两口都离不开人照顾。我们真要在一起，就要考虑现实问题。请保姆吧，也不是请不起，但病人嘛，儿子媳妇总得隔三岔五伺候着！你说我这么年轻，就摊上这样的家庭，我还没伺候过我爸妈呢，就去伺候别人，这样是不是不好啊？”

薇薇一口气说了很多。她说的都是现实问题，毕竟生活不是拍电影，伺候病人是一个长期的过程，再年轻的心，久了，也会被磨老。我不知道该怎么说，就沉吟着，没说话。

薇薇见我沉默，继续说："接触以来，我还发现，我俩消费观差别好大。就拿音乐剧和话剧来说，有些剧目票比较贵，两张票动辄几千块，这个价钱于我来说是平常，对于他就是高价了。我甚至觉得，他是咬着牙买的票。他现在还没把我追到手呢，还肯做这些投资，追到之后呢？结婚之后呢？虽然我能消费得起，他愿意这样消费吗？这些都是我犹豫的原因。"

"得，得，得，你的想法我都了解了。最后问你一个问题，你喜欢他吗？"我说。

"我不是说过了吗？性格是我喜欢的类型，他本人其他方面不讨厌，在一起也愉快。可是，我想还没喜欢到让我不顾这些现实因素的程度吧！"薇薇说。

"我总觉得，你喜欢一个人，刚好他也喜欢你，挺不容易的。何必想那么多呢？活在当下才最重要吧！"我说。

"让我再想想吧！"薇薇说。

02

做美女是有很多好处的，比如，行李较重的时候，有人主动帮忙提；去饭馆吃饭，菜上得相对快一点；上门推销东西，客户是男的话，会多听你啰唆几句……当刘文静逐渐意识到这些好处，在“经营”自己美貌的时候就格外用心了。

我第一次见她时，她的手还是满目疮痍。她和耗子在一起之后，除了基本的家务以外，并不需要做其他伤手的事情。耗子体贴，给她买了手套来洗碗洗菜，而她自己又在网上学了很多护手的方法：用醋洗手，用牛奶泡手，涂上厚厚的护手霜再戴着一次性手套睡觉，还定期去美甲店做养护。现在她的手伸出来，白嫩干净，指甲修剪整齐，不仔细看，根本看不出来这曾经是一双体力劳动者的手。

她的脸，在各种大牌护肤品的滋养下，也越发晶莹剔透。至于她的着装，更是无懈可击。

刘文静在做前台的时候，形象气质与之前已有明显提升。随着她接触到越来越多高层次的人，就越知道怎样打扮自己。等她上了大学，气质里又增添了名校学生所特有的骄傲和书卷气，整体看起来越发出众。

我和刘文静隔一段时间就会见一次面，每次见面她都给我新的感受，我很震惊。这个女人是以肉眼可见的速度在前进，跟她比较起来，我未免显得太不求上进了。

学习和业务都得兼顾，刘文静生生忙成了一条狗。

他们公司经常合作的一家知名红酒公司的产品经理，对她一直蛮热心的。这个产品经理技术出身，有一定的品位，讲起红酒来头头是道，刘文静和他一起吃过几顿饭，收过人家几次礼物。在刘文静和花花最缺钱的时候，他送了一瓶限量珍藏版葡萄酒，花花刚挂到网上，就被秒杀了。那瓶酒花花当时的定价是6000块钱，据说还定低了。

这个产品经理谈吐优雅、品位不俗、出手大方，刘文静对他挺有好感的。她上大学之后，他对她一如既往地热心。刘文静甚至想过，跟他谈场恋爱还是蛮不错的，只可惜在不经意间发现他有老婆。

当时的事情是这样的：刘文静和他一起吃饭，他中途去洗手间，手机放在桌上忘了拿，微信声音正好响起来。他当时用的手机是苹果的，苹果手机即使锁屏，微信消息仍然显示在屏幕上。刘文静一时好奇，拿起来看了一眼，一个备注名为“玛丽莲・梦露”的人说：“你什么时候回来啊？儿子不肯睡，一直叫爸爸呢！”

看完这条微信，刘文静的心怦怦跳，她像做贼一样连忙放下手机，之后基本就食不知味了。

刘文静把这件事讲给我们听，大家都忍不住笑。薇薇说：“偷看别人信息是不对的，这是侵犯隐私。”

我和花花默然不语，没有对此发表评论，我们内心略赞同薇薇的观点。

插销说：“我也最讨厌别人看我手机了，还好我从来不用苹果，哈哈！”

教授说：“对我们家娜娜来说，我在她面前不能有隐私，我的手机密码什么的她都得知道。她在我面前可以有隐私，有什么事儿不必告诉我。”

我们都很同情地看了教授一眼。

刘文静自己解释：“如果不看他手机，就不知道他有这么不堪的一面。这个社会太复杂了，有时候想了解事情的真相，还得有福尔摩斯的精神。”

这是一个两难选择——一方面，看别人手机是不尊重人隐私；另一方面，如果不看，就会被蒙在鼓里，甚至可能会上当受骗。而这一切，不过是缘于彼此不够信任。可是现在的都市人，得到信息的途径这么多，外面的诱惑也多，就算是亲密的夫妻关系，又能有多信任呢？

这件事被刘文静当成一个笑话讲，没想到过了没多久，又闹出了一个笑话。

有一个有钱人，送了一堆礼物给刘文静，见刘文静没什么反应，直接提出来让刘文静做他的情人，还大言不惭地说，现在的大学生，即便家庭条件很好，照样会为了吃喝穿戴更好而找个有钱人。刘文静如果答应他，别的不说，起码不必辛辛苦苦跑业务了。

刘文静自然不答应，不然也不会把这件事当成个笑话讲给我们听。刘文静说："我怎么可能做人二奶呢？我平生最讨厌这样的人，听说谁被包养，见着恨不得绕道走。"我们一起笑。

"我还是要嫁人的呀！"刘文静笑着补充。

我想，或许这就是美女的烦恼吧！身边聚集的男人很多，大都是垂涎于她的美色，真心的却没有几个。她很无奈，想找一个因为她内心美好而喜欢她的人，并不容易。

大二的时候，刘文静还是谈了恋爱，对方是一个三十多岁的海归。海归家境良好，是一家大型公司的高层，而且刘文静打听清楚了，他确实没有女朋友。

刘文静心里极看重海归，用她自己的话说："捡了宝了。"

在刘文静的描述里，海归是人见人爱、花见花开、车见车爆胎的完美男子，配她刘文静绰绰有余。只可惜他实在太忙，并没有很多时间和刘文静在一起。刘文静也不在乎，她也忙呢，忙学业、忙赚钱、忙打扮自己、忙谈恋爱，还得忙着和我们这群老朋友聚会。海归和刘文静一周见一两次面，谈谈恋爱吃吃饭，这个频率挺好的。

当然刘文静也会抱怨，比如，她发过去的微信海归不怎么回，打电话过去也不怎么接。两人在一起时，刘文静拿着海归的手机看，发现她的微信都被点开看过了，娇嗔着抱怨："看都看了，怎么不顺手回一条啊？"

海归笑着解释："不敢回，我怕我回了，你又发一条，你来我往，冤冤相报何时了啊！"

"那你也得给我回！还有啊，下次不许不接我电话了！"刘文静像所有二十出头的女孩一样撒着娇要求男友。

海归只笑着不说话，下次照样不回微信、不接电话。

刘文静一开始以为海归眼里没有她，或者他喜欢别人，后来才发现，这人就是那高冷的性子。除了刘文静之外，他还真没别的女人。

海归除了不接电话、不回微信之外，其他方面对刘文静都相当不错。海归很浪漫，每个月都会送花到刘文静寝室，羡煞她大学室友。刘文静第一个自用的Prada包是海归送的，第一个Cartier项链也是海归送的。海归偶尔还会给刘文静一些零用钱，不多，有时几百，有时几千，只是零用而已。

他带刘文静出去吃饭，饭店氛围、档次都经过精挑细选。刘文静开玩笑说："如果不是不方便进厨房看厨师长相的话，只怕他连这个都要挑呢！"

刘文静跟海归在一起，出入的都是高档场合，见识的也是海归的品位，久而久之，她的眼界逐渐打开，便开始有了一些追求。再见面时，她跟薇薇之间的共同话题忽然多了起来。她俩讨论奢侈品，品牌名一个个从她们嘴里蹦出来，有些我们知道，有些小众品牌，我们听都没有听说过。

刘文静和薇薇不同。我们没有听清楚时，薇薇会笑着跟我们讲品牌故事、代表作、设计风格之类，而刘文静通常会轻轻瞟我们一眼，几句话描述那个品牌，最后总会加一句："其实我之前也不知道，都是海归告诉我的呢！"

或者：“海归新送给我了个 ××，刚好是那个牌子的呢！”

虽然她的语气轻描淡写，但多少让人听着有些不太舒服，似乎是有炫耀的成分在里面，感觉她像是新晋暴发户，恨不得把所有财富做成金缕衣，穿在身上。

有一次她又这样说，大家都没吱声。她去接电话，插销说：“我怎么觉得文静现在言语之间总是透露出一股子酸臭味儿呢！她以前说话可不这样！”

我和教授笑笑不说话，薇薇更是了然地笑，什么都没说。而花花却在替刘文静说好话：“人啊，谈恋爱的时候，心里总觉得对方这也好、那也好，把对方放在心上，才会总挂在嘴边。”

我们都有些黯然，看刘文静今天春风得意马蹄疾，不禁都想起了耗子。自从他俩分手，刘文静就刻意避开耗子，朋友之间再聚会，我们叫了刘文静，必然不叫耗子，叫了耗子，必然不叫刘文静。花花和刘文静现在成了莫逆之交，花花处处偏袒刘文静，而插销这段时间偏偏又在狂热地追求花花，我们之间的聚会叫刘文静的时候远远多过了叫耗子。可以说，某种程度上，我们在不知不觉中因为刘文静疏远了耗子。

我一直不赞成在朋友圈里找对象，像刘文静和耗子这样，做他们的朋友都很尴尬呢！

虽然跟耗子见面不多，但好歹是朋友，还是能知道他不少消息的。耗子跟刘文静分手之后，心情一直不太好，本来就抽烟，现在没事儿还会喝两杯，整个人看起来像一根在暗室里放久了的竹竿，散发出一股干巴巴的霉味儿。

03

在我们的反复起哄和强烈要求下，刘文静终于还是带海归跟我们见面了。这次见面之前，我们至少听过一千遍海归的名字，耳朵差不多都起了茧子。

吃饭的地点是刘文静定的，海归请客。我们刚刚坐稳，凉菜就都上来了。刘文静站起来，举着高脚杯说："一边是我最好的、对我曾经有过特别帮助的朋友们，一边是我的男朋友，你们都是我在上海的亲人。我一直想让你们见一面，只可惜海归他一直忙，没有时间。这次可算是聚在了一起，希望大家以后都能成为朋友。"刘文静说完，轻轻抿了一口红酒，红着脸坐下。

她一坐下之后，便将手搭在了海归的胳膊上，好像刚刚那几句话用尽了全身的力气，她需要靠着海归的支撑才能保持平静。当然海归也给了她力量，他轻轻拍了拍她的手，对她微笑了一下。

"应该的呀！都在上海混，都是年轻人，成为朋友还不是分分钟的事情！"教授说。

"就是。文静，你快别客气了，你这几句话一说，场面就被你弄尴尬了。"不光教授，薇薇也是调节气氛的高手。

坐在刘文静旁边的花花什么话都没有说，只用手轻轻拍了下刘文静的手背，以示鼓励。

刘文静自然是挨个儿介绍我们。对每个人，海归都微笑着敬酒，点头示意，只有到薇薇的时候，听说她是英国华威金融系研究生毕业，他有些惊讶地看了她一眼，问她是哪一届的，认识不认识一个叫路露的讲师。

“当然认识啦！她是学校公认的东方冰美人。她的丈夫是我们学校的教授，德高望重，我还修过他的课呢！”薇薇说。

我没太注意海归的表情，只感觉好像当时他的嘴角抽了一下。

海归迅速转移话题，问起了薇薇在英国留学的生活。薇薇笑着说了几句，又提起假期和同学一起开车游欧洲的情形。这一点，我们几个大都是土包子，没有在国外生活过，都插不上话，只好低头默默吃菜，而刘文静呢，歪着头一脸倾听状。趁着海归专心说话，她还帮他夹了些菜，又细心剔除掉葱、姜、蒜、花椒、辣椒之类的作料。刘文静见我正在看她，冲我一笑，小声跟我解释：“他不吃作料的。”刘文静的表情看起来特别贤妻良母，而海归只顾着跟薇薇说话，并没有看她，只是在说话的间隙，低头看一眼碟子，把刘文静剔好的菜吃掉。

海归又问了几个问题，薇薇一一作答。其间两个人还飙了一阵法语，这让我们感觉很惊讶。薇薇在英国念书，居然也会法语，这是我们之前不知道的事情。当然了，我们几个人都听不懂法语，他俩说的什么，我们完全不知道。

他俩聊得开心，我们只好低头吃菜，插销和教授两个人头凑在一起，低声说着什么，我没有听见，只看到教授偶尔抬头笑着看一眼花花。想必他们说的事情和花花有关吧，谁让插销这段时间一门心思追花花呢！

薇薇和海归又聊了一会儿，见我们都有些无聊，便把话题转到老少咸宜的事情上来。海归为照顾我们的情绪，还专门针对某些问题，点名跟我们其中几个人探讨，人情功夫做得很足。

海归本身就是个知识很渊博的人，无论我们聊什么，他都能接上话题。当大家没有话可以说的时候，他还能主动开口，带出一个话题，让气氛不冷场。

虽是第一次见面，海归却给我留下了很深的印象。他拥有渊博的知识和精明的处事能力。他气质儒雅、见识深广、品位高绝，是一个魅力十足的男人。

菜好酒好人也好，一顿饭吃得很开心。哪知刚到家，花花和插销的电话就接连跟了过来。

花花似乎有些生气："你不觉得薇薇今天有些过分吗？明明是文静的男人，她却在那儿跟他聊半天，抢足了风头。"

"还好啊，他俩都留过学，又有共同认识的人，多聊几句也是应该的啊！"花花的话让我想起了《倾城之恋》里白流苏和范柳原的第一次见面。白流苏的嫂子们都怪白流苏风头太足，抢了妹妹的男人。可是，明眼人都知道，那是因为白流苏更有魅力。

"文静好像有些不高兴，只是鉴于大家都在场，没有说出来罢了。"花花说。

"不至于吧，多大点儿事儿啊？文静不会这么小心眼儿的。"我说。薇薇和刘文静都是我的朋友，我不愿意把她们中的任何一人往坏处想。

"但愿吧！反正我是看出来了，刘文静对这个海归可上心了，只怕这次她是遇到真爱了，但愿不会有什么波折，她这辈子已经够苦了。"花花说。

挂了花花的电话，插销的电话又打来了："你觉得海归这个人怎么样？"

"你一个大男人，怎么这么八卦呢？你平时不是这样的啊！"我敏锐地感觉到，对插销来说，这个话题可能只是个铺垫。

“哈哈，谁说男人就不能八卦了？吃饭的时候，我问了教授，他对海归印象还不错，只可惜我不太待见这样的男人，总觉得他跟我们不是一类人。你注意到没有？他跟任何人笑的时候，眼睛都不笑的。这样的人啊，城府太深，微笑下藏着一颗冰冷的心，处起来拘束极了。”

“喂喂喂，你够了啊！一个大男人怎么可以这样说另外一个男人？有点风度好不好？”我挺不乐意插销这样评价海归，不是因为海归有多好，而是因为插销是我很好的朋友，我不希望他刻薄，或者因为嫉妒而变得刻薄。

“跟别人我也这么说。我总觉得吧，刘文静这辈子不容易，你没看她对海归那样儿，一直是笨巴巴地努力讨好着他，甚至还有些谄媚，就跟我当年讨好玫瑰一样。我以前可真不知道我在玫瑰面前那么贱啊！现在看了文静才知道。我就觉得，这男人何德何能，能让一个女人这样对他呢？我看他对文静也就那样，不见得有多好，我心里不高兴。”插销说。

提起玫瑰，我也有些唏嘘。没想到这么多年过去了，玫瑰对插销的伤害还一直在。

“你跟教授吃饭时低着头嘀咕什么呢，为什么教授总抬头看花花？”我不想让气氛持续在伤感中，转移了话题。

“我就问教授，我做什么，花花才能接受我。教授出了一堆主意，一会儿让我给她送花，一会儿让我写情书，一会儿让我接送上下班，没一个靠谱的。”插销说。

“教授这辈子就谈过一次恋爱，还是娜娜主动的，他能有什么经验？这事儿你还不如问我。”我说。

“哟，果子，你有多少恋爱经验啊？”插销拿我打趣。

“没多少，可我是女人，我比你更了解女人的心思。我还是花花的朋友，多少也了解些花花的心思。”我说。

“哎哟，果子，我的好妹妹，赶紧给我支几招吧！我能想到的招都用了，全都打动不了花花那铁石心肠，你说我怎么办哪！”插销揶揄说。

“真想听我的意见？”我故意卖了个关子。

“比真的还真，赶紧说说吧！”插销说。

“要我说，你趁早死了这条心。花花对你不来电，你做任何事情都是白搭。她没撕破脸，不过是因为大家是朋友，她是真的拿你当朋友。如果你不珍惜她的友情，她严词拒绝之后，你会更伤心的。”插销看不明白的，我看明白了。我不得不提醒他，免得他钻了死胡同。

“别呀，我是认真的。我就想着，花花是好女人，我是好男人，好女人就是要跟好男人在一起才不吃苦。我年龄比你们大，有结婚需求，跟花花过一辈子，其实挺好的。果子，你不觉得我们很般配吗？”插销说。

“不！觉！得！”我一字一句地说，“你们都是伤心人，这个我能理解。可这世上的痴男怨女那么多，总不能因为彼此是好人就凑在一块儿过吧？你喜欢玫瑰那种妖娆型的，花花这样的茉莉花，你会嫌她清淡。你现在之所以追她，不是因为你有多喜欢她，只是因为觉得你们合适，而她又是个过日子的人。可是人生不是凑合着过的，迟早你会遇上真正喜欢的人。那时候，如果你后悔了呢？你会怎么做？你让花花怎么办？”

“我是什么人你不知道吗？我疼媳妇，遇到任何人，都会以媳妇为重的。”插销赶紧解释。

“好吧，我权且相信你的话。那咱们再说说花花，以及花花为什么会喜欢李劲。除了李劲对她好以外，还有个很重要的原因——她根本就是外貌协会的。你的长相，做朋友这么多年，她都对你没感觉，现在、以后、将来都不会有，何必硬凑合在一起呢？另外，你可能从来没有意识到你跟花花之间的区别。花花身上有一种不撞南墙不回头的气势，她的自尊心比她自己了解的还要强。而你呢，你是个傻瓜，是个只适合老婆孩子热炕头的傻小子。你永远无法了解她的内心，也给不了她想要的精神生活。所以，去找个更适合你的女孩子吧！”我一口气说了一大堆，不过是想让插销少走点冤枉路罢了。花花对他没感觉，这一点所有人都能看出来，偏他还一门心思去追。

“你能不能不要打击我？”插销哭腔都快出来了。

“不是打击你，而是度你。苦海无涯，回头是岸啊，年轻人！”但愿我的苦口婆心会有一点点用处。

04

正如我们所看到的，刘文静和海归之间的感情，并不像刘文静自以为的那么“和谐”。

海归是刘文静的第二任男朋友，虽然是海归主动，但仍然是刘文静精挑细选了很久最终才确定的选择。

海归与耗子有很大不同，耗子是大上海普通小白领一个，长相一般、性格一般，各个方面都很一般，他其实就是个普通男人。而海归却是个高富帅，是一个很清楚自己是高富帅的高富帅。插销和耗子是一类人，他和耗子相处得非常愉快，但跟海归在一起却觉得别扭。我想海归一定也这样，他跟我们相处也觉得别扭。相反，他和薇薇却很聊得来，他们有着相似的气质和背景，这种契合不需要具备狗的灵敏度才能探得，深聊几句即可得知。

就像刘文静第一次出场，我用了“圈层”这个词来描述她和我们的不同。我们和海归的不同，也可以用“圈层”来形容。

海归和我们根本不是一个圈层的，若没有刘文静，我们本不会有交集。

海归却是刘文静的男朋友，是刘文静精挑细选了很久的男朋友。

刘文静此时和当初已有很大的不同。此时的刘文静是T大学生，是一个走在南京西路上回头率很高的美女。然而并不能称她为白富美。她的美貌是天生的，也是近一两年精心养护的结果。她的学历是自己考的，是用了一年的时间没日没夜念书得来的。可是有些东西，需要时间的积累。刘文静的底子仍然很薄，见识仍然很浅，因此，她和海归在一起总有一丝不和谐。

海归的品位很高，每次带刘文静吃饭的地方，无论是菜品、口味，还是气氛，都是精挑细选的。刘文静之前跟耗子约会、跟我们聚会，都是些什么地方呢？火锅店、大排档、夜市摊。稍微高档点的地方，我们通常会提前买好团购券才去。

刘文静跟海归在一起之前，忙着读书，忙着跑业务，整天都在忙，甚至没有时间坐下来好好吃一顿饭，更别提去环境高档的地方吃一顿优雅的西餐。

跟海归在一起之前，她几乎没有吃过西餐。海归带她去吃意大利面，刘文静拿着叉子，看着长长的面条，不知道该怎么下手。在海归的示意下，用叉子卷，却一不小心卷多了，喂不进嘴里。她卷面的姿势不够熟练，好几次眼看着即将喂到嘴巴里，却又掉到了盘子里。

刘文静拿那盘意面没办法，只好像吃炒面一样，直接叉起来，放嘴巴里咬断了吃。海归看到刘文静这样吃意面，眼神很惊讶。刘文静坐在海归对面，海归的表情自然尽收她眼底。她有些狼狈，却不敢像吃面条一样吸溜进去，更不敢直接找服务员要筷子，她怕给海归丢人，也怕给自己丢人。

见海归看她，刘文静不好意思极了，干脆放下叉子，不再进食。海归见状，坐到刘文静旁边，手把手很温柔地教她该怎么卷面，怎么吃。

之后海归再也没有提过这件事，当然也再没带刘文静去过西餐厅。

刘文静觉得丢人极了。她上网查了很多关于西餐的做法和吃法的帖子，甚至还刻意搜索过这方面的视频、买了书，就为弥补这一课。等经济稍微宽裕一点之后，刘文静一个人默默去西餐厅点一份牛排或意面，一点点摸索。

吃西餐必配红酒，刘文静所在的公司是卖红酒窖的，但刘文静平时却很少和人一起喝红酒，她对红酒的知识了解得很多，实际操作却很少。为此她又专门买了一套红酒杯，学着晃酒和闻香。

等自以为学得差不多了之后，她以“业绩不错，发了很多奖金”为由，请海归去吃牛排。海归看她没有丝毫纰漏的步骤，眼睛里显现出明显的惊讶和玩味。

海归年龄不小了，有需求，刘文静也曾经跟耗子同居过，两个人都不是第一次恋爱，也不是不懂男女之事，在一起没多久，就“坦诚相见”了。

刘文静每天都忙得像个陀螺一样，不上课就去跑业务，累成一条狗，晚上睡觉特别香甜，睡得最沉的时候，还会打呼。

我第一次听说刘文静睡觉打呼的时候，乐了半天，原来美女睡觉也打呼哟，没想到！旋即又想，她会不会是小时候没有被照顾好，支气管有什么问题，才会打呼呢？她却告诉我不是，只是太累了而已。

发现刘文静睡觉打呼后，海归也很诧异，但他不像我们，笑得像占了很大便宜似的，他只是招牌性地露出儒雅的微笑。

之后，海归从网上搜索了一些治疗打呼的方法，发给刘文静，可惜全都不管用。刘文静是太累了，晚上睡得太沉才会打呼。海归只好一次次推醒刘文静，提醒她小点儿声。

刘文静感觉很抱歉，她想了一个办法，就是强撑着不睡，等海归睡着了她再睡。可就算是这样，她还是会用响亮的呼声把海归吵醒。

之后，刘文静做了一件更极品的事情：跟海归见面之前先喝杯咖啡，悄悄在包里装罐红牛，夜里两个人在一起时，她硬撑着整夜不睡。

可惜她不是神。这样整夜不睡，第二天还有很多事情要做，她根本撑不住。也就坚持了一段时间，她的身体变得很差，脸上开始长痘，皮肤因严重缺水而起皮，精神也有些恍惚。

海归发现刘文静做了那么多事，只为将就他的睡眠，此后，他晚上再有需求，就到外面开钟点房，而不再到自己家里。到后来，可能是厌倦了，钟点房也很少开了，吃了饭就散，不知道这跟刘文静打呼有没有关系。

刘文静和海归在一起的那段时间，看得出来，她一直非常笨拙地努力讨好海归，想要拉近彼此之间的距离。

他们之间一开始，是海归追刘文静；到后来，情况就变了，刘文静完全成了附属，小心翼翼地维护着这段感情，而海归却显得随意得多。

海归究竟是哪种男人呢？据我观察以及刘文静偶尔透露出来的只言片语，我是这样理解的：有一种男人，一开始接触的时候，你会发现他又谦逊又低调，你根本看不出他的深浅。即使他不说任何话，你也能从举手投足间看出他的高贵。这个高贵，来自修养。而这份修养，来自阅历、受过的教育以及良好的家庭环境。

像海归这样的男人，可能有的时候，你未必能了解他的精神世界，也未必能轻易走进他的内心。但是，他总能在不经意间，用一种温柔的方式打开你的眼界，给你惊喜；用温柔的态度和睿智幽默的语言，让你不由自主地崇拜他、仰望他、爱慕他。

当他一旦成为你的男人，你内心深处那种小甜蜜和小骄傲，会每天滋润着你，成为你的精神食粮，让你在糟糕的现实中，感觉自己是美好的、洁净的。

这种男人，你跟他在一起，能体会到他的好。同时，你也能感受到自己的好。这种男人是最好的补品——养颜美容、滋养心灵。

如果他能同时包容你所有的狼狈，抚慰你所有的辛苦，感知你所有的情绪，同时还出手大方，足够浪漫，那么，他将会成为所有女人的杀手，让女人不知不觉深深爱上他，甚至不惜转身讨好。

刘文静跟海归在一起的初期，她受宠若惊，战战兢兢。当他们在一起之后，她就像上了贼船，越跟海归接触，就越发没办法下船。到最后，刘文静基本上已离不开这个男人。

05

有一次，刘文静突然主动提出闺密聚会，然而那次，出席的只有我和花花。

见面之后，刘文静很诧异地问：“薇薇呢？她在忙什么？”

我嘴快，回答说：“去英国了，说要去看一个老师。”

刘文静自言自语：“真巧，海归也去英国了，说去出差，顺便看望老友。”接着又说，“早知道两个人都去英国，就让他们一道走了，好歹还能相互照应，长途飞机上也不至于无聊。”

我们所有人都没有把海归和薇薇同时去英国联系到一起。虽然和大家的那次见面，薇薇和海归之间聊了很多，但之后他们并没有见过面，也从未听说过两人有交集，而海归和刘文静之间，也如常交往着。

在刘文静的描述中，海归第一次见她时是惊艳的，正因她是漂亮的T大大学生，他主动展开了追求。如果真像刘文静说的，海归喜欢漂亮女人，那么他和薇薇之间想必不会有太多交集。

然而，海归从英国回来没多久就跟刘文静提了分手，这让刘文静很诧异。她跟海归在一起，一直很努力地讨好他，也一直很努力地变得更优秀，想要跟上他的脚步。她的进步很快，无论是外形还是气质，她都越来越优秀，跟海归站在一起，没有人不说他们是郎才女貌。那么，海归怎么就突然毫无征兆地提分手了呢？

“你在英国，遇到什么人了吗？”刘文静问海归。

“没有，只是出差，顺便拜访老友而已。”

“你这段时间喜欢上别人了吗？”

海归沉默，一句话不说。刘文静有些懂了：“她是谁？”

“她拒绝我了，你大可不必知道她的存在。”海归闭上眼睛，复又睁开。

刘文静感觉很伤心，她忍住伤心，问：“既然如此，为什么还要分手呢？”

“我已经不喜欢你了。”海归说。

“是不是我不够好？”刘文静问得很卑微。

海归说：“你很好，聪明又漂亮，上进心也很强，是我配不上你。”

“瞎说！”刘文静突然怒了，男人甩掉女人，为了让女人心里稍微舒服点，通常都会找“我配不上你”这样的借口，心里指不定认为谁配不上谁呢！

“瞎说，你没有配不上我。”刘文静说，“如果我哪里不够好，你告诉我，我可以改，我是真心喜欢你的。”

“你很好，只是我觉得我们不太合适。”海归说。

刘文静突然哭了，语无伦次：“为什么？为什么？”

海归看着她，没有说话，良久才拿起桌上的纸巾递给她：“你是个好女人，各个方面都特别好。有时候我在想，我何德何能，有你这样的女人倾心待我？可是后来我仔细想了想，我们不合适。”

“我说了我可以改呀！我还这么年轻，我有很多时间可以改。”刘文静哭着说。

“有些东西，不是你想改就能改的。我看到了，你这几个月为了我，改变不少。可你的改变都不是我想要的。我承认，一开始见到你，我非常惊艳。你努力读书，好好工作，懂事、聪明，又独立。我从来没见过像你这么励志的姑娘。我喜欢你，即使有时候你有一些无伤大雅的毛病，我都跟自己说，这只是你没有经验而已，慢慢就好了。可是到后来，时间越久我越发现，跟你在一起很累，很不习惯。这个不习惯不为别的，只是因为我俩根本就不是一类人，走不到头。”海归一口气说了很多话。

刘文静慢慢止住了眼泪，难得海归并没有欺瞒她，把真心话跟她坦白了。

她突然觉得心里特别冷，犹记得才在一起时，闹出了不少笑话，海归从来都是很温柔地告诉她：“没关系，一切都会好起来的，你会越来越好！”她真的以为，她会越来越好，一切都会越来越好。可是，这个从来没有指出她哪里不好的男人，突然就提了分手，还跟她说因为不是一类人，两人根本走不到头，这让她怎么接受得了？

“我可以改的，相信我。”刘文静说。

海归摇摇头：“我想，我可能没有耐心陪你走完这段转变的路程。我想，我还是对你爱得不够深，才会这样计较，对不起。”海归说完，抱了抱刘文静，径自走掉了。

刘文静一个人蹲在地上，很久很久都没有起身，之前和海归交往的所有细节，一一在脑海里闪现，尤其是那些让海归皱眉头的细节。

在T大报到之后，为了省钱，刘文静退掉外面租的房子，住进了学生公寓。和海归恋爱期间，刚好是刘文静最忙最焦虑的时候，除了打呼，她还大把大把掉头发。海归偏偏有洁癖，只要刘文静在他家，他总是跟在刘文静身后捡头发。于是，刘文静常盘着头发，可是，她不可能无时无刻总盘着头发。掉头发这件事，无法根绝。

在海归家里过夜时，刘文静洗完澡明明已经收拾过卫生间，海归进去，还是会再收拾一遍。刘文静收拾得再干净，海归却总能从角落里找出断掉的头发、没有擦干净的水渍……

刘文静喜欢在看电视时吃零食，在客厅里倒还好，若在房间看，她会抱着零食袋坐被窝里吃，这是海归最反感的。当然，如果海归提出来，刘文静自然就不在被窝里吃了——她会坐在床头柜上吃。这让海归更加无语。他从来不知道，原来床头柜也是可以一屁股坐上去的。然而他实在不好再张口，于是就看着刘文静坐在那里，一把一把朝嘴里塞薯片，间或用抓薯片的手挠一下头发，或者在海归身上掐一把。这种方式，刘文静觉得是亲昵，海归却忍不住起一身鸡皮疙瘩。

还有，尚未吃完的零食，刘文静总是随手一放，忘记用夹子把袋口夹紧。两个人在家煮饭，刘文静会撑着吃完剩菜。海归阻止她，说这样伤胃，她却说："都是钱买的，扔掉好可惜的。"若剩得太多，她也坚决不肯倒掉，而是放冰箱让海归下顿热着吃，却经常忘记包上保鲜膜，任其裸放在冰箱里，直到散发出难以忍受的气味，污染了冰箱里的其他食物。海归提了一次要包保鲜膜，刘文静倒是很听话，去超市买了几个乐扣饭盒，专门用来装剩饭剩菜，美其名曰："用盒子装饭更环保，也省了保鲜膜钱。"保鲜膜能有多少钱？海归实在不喜。

自从两个人谈恋爱，即使刘文静只周末去海归的住处，海归也能感觉到，他家里被刘文静所有坏的生活习惯占领了。哪儿都有她留下来的痕迹，洗手间镜子上突然出现的口红印，厨房地上莫名其妙的饭粒，角落处的头发，鞋柜里她没有扔掉的勾丝丝袜……

刘文静突然想明白了，海归说的"根本不是一类人"，不过是嫌她生活习惯不好，或者说，他嫌她脏。

她言语之间无法掩盖的乡土气息，某些特别短视的观点和行为，都为海归所嫌弃。尽管她已经很努力去改变，可她到上海的时间毕竟不久，之前的经历在她身上打下的烙印太深，深到她即便如此努力，依然漏洞百出。

海归追她的时候，两人接触不多，他只看到她光鲜靓丽的外表，没看到她在生活细节上的不讲究。可毕竟是亲密接触的爱人，追的时候，眼里只有优点，相处得久了，就是跟对方的缺点谈恋爱。海归虽因刘文静的优点而心生爱慕，可随着时间的推移，在他心里，她的缺点已将优点全都掩盖。她在他的眼里，甚至变得面目可憎起来。

然而，这些话，海归如何跟刘文静说？他平时已经委婉地说了很多。他以为他说三分，刘文静就能懂得他话里剩下的七分。无奈刘文静太迟钝，直到分手，才幡然醒悟。

刘文静有些恨海归，两个人都已经这么亲密了，什么事不能当面指出来，至于突然莫名其妙提分手吗？

某一天，刘文静将她的上述想法向我倾诉时，我打断了她："不是突然，你仔细想想，肯定是有迹可寻的。爱人之间，但凡一个人动了异心，另外一个人除非太迟钝，否则都会在细节处、从字里行间感受到他的疏远。你肯定是太忙了，才会忽略这些细节。"

海归在去英国前的一个月，基本上已经不怎么主动联系刘文静了。偶尔见面，也不过是一起吃个饭，饭后就找借口走掉。有需求的时候，只在酒店解决。

刘文静有时候会打电话给海归，海归像以往一样，不怎么接。偶尔接通了，便告诉刘文静，他非常忙，忙到没时间见面。

一个男人不联系你，你联系他，他却总是告诉你他很忙，很显然，他已经不再爱你。

可惜刘文静并不知道这一点。海归太优秀，是她的神，再加上她太忙，没时间去想海归不再爱她这种问题。跟海归在一起的这段时间，她一点点变好，逐渐建立了"自己会越来越好"的自信。她一直觉得，随着自己的成长，海归只会越来越喜欢她，却没想到海归会突然提分手。

海归并没有告诉刘文静，他是和薇薇一起去的英国，薇薇也没有主动说，而我是怎么发现这件事的呢？

其实，也是偶然。他们从英国回来没几天的一个夜晚，我正在刷朋友圈，薇薇发了条“被表白了，可我却不能接受”，发完不到一分钟就删除了。我觉得奇怪，找了薇薇聊天，才得知整件事情的来龙去脉。

这事儿得先从海归说起。

海归在美国读博士的时候，曾经暗恋一个校友，就是薇薇在英国华威大学念书时的老师路露。海归暗恋多年，毕业时表白却被拒。之后，路露到英国教书，海归回国。

回国之后，海归的事业顺风顺水，他也曾谈过一个女朋友。女孩各个方面都堪称优秀，然而相处越久，海归就越发觉得她平凡。路露的身影一直在他脑海里徘徊不去，对比之下，她总觉得女孩不够好，于是选择了分手。

之后，海归联系过路露一次，却得知她已嫁给同校的教授，一个德国人。海归痛苦不已，无法自拔，直到很久之后遇见刘文静。刘文静美丽沉静的形象吸引了他的眼球，他从刘文静的只言片语中了解到她的经历，更是被这个上进的女孩深深打动。

他们在一起之后，海归却越来越觉得刘文静美则美矣，但跟他不是一路人。他喜欢的东西，刘文静努力去欣赏，却总不是那个味儿；他不喜欢的一些生活习惯，刘文静身上都有。刘文静学习吃西餐、品红酒，学着喝汤时不出声，睡觉前偷偷喝咖啡克制打呼……然而从小到大养成的生活习惯，总是通过细节不经意地告诉别人，你究竟来自哪里。

海归记得，在刘文静的反复要求之下，他带她去参加同事们的聚会。

到场的几乎都是海归的手下，吃的是自助餐，刘文静狼吞虎咽，吃了很多帝王蟹。海归看到同事们怪异的眼神，便很委婉地提醒她喝点饮料，她却悄悄跟海归说："这么贵的自助餐，就是要多吃好东西，才能把钱吃回来。"

从那天起，海归再也不想带她去见自己身边的任何人。

海归还记得，刘文静第一次带他见她的朋友，也就是我们，刘文静在自己的朋友面前，帮他夹菜，托着腮听他讲话，故意表现出一副特别恩爱的样子，看起来做作极了。

从那天起，他再也不想跟她一起去见她身边的任何人。

而她那些生活卫生习惯、一言一行，接触得越多，他就越反感。

随着反感频率的增加，他想念路露的频率也越来越高。他很痛苦，为自己"这山望着那山高"而懊恼。他反复跟自己说"路露已经结婚了，我不能再惦记她，刘文静挺好的"，却根本不管用。

有一天，他终于忍不住联系了那个同样认识路露的女孩，哪怕从那个女孩嘴里多打听点路露的消息也是好的。那个女孩是刘文静的朋友，她叫薇薇。薇薇给他的印象很好，虽不够漂亮，但气质非常棒。看得出来，薇薇教养特别好，也够博学，够聪明，他俩非常谈得来。

海归问了几句关于路露的事情，便忍不住把这么多年的暗恋全部跟薇薇说了出来。

"你跟文静在一起，心里却想着另外一个女人，这对文静公平吗？"薇薇虽然是批判，语气却特别温和，就像是在单纯地问一件事情，不带任何感情色彩。

他也知道不公平，但是他控制不住想念路露。

"想弄清楚你究竟是过不去路露这个坎儿，还是真的不喜欢文静了，不如去英国见路露一次，或许就能释怀。”聊得多了，薇薇这样建议。

海归不肯去。终究是不敢，八年未见，海归想到要去英国就全身颤抖。

而那个叫薇薇的女孩仿佛洞察到他所有的懦弱，不再提这件事情，对他的态度也冷淡了许多，只交代他：“不要做任何伤害刘文静的事情，即使分手，也尽量体面些，将伤害值降到最低。”

有一天，他终于无法忍受对路露的思念，跟薇薇说：“你陪我去一趟英国好不好？”

薇薇一开始是不答应的，经不住他的软磨硬泡，才跟他说：“陪你去一趟可以，回来如果死了心，就跟文静好好过日子。”他自然答应了她。

去了英国，路露怀着七八个月的身孕，虽身材走形，但眼神依然明亮，像往常般神采奕奕，头脑清晰。路露带他和薇薇参观了学校，在周边进行了短途游。她偶尔会提到她的老公，那个大胡子教授，言语虽然平淡，但处处显示出信赖和亲昵。海归明白路露非常幸福，他自然不会去打扰这份幸福。

跟路露接触的那些天，海归一直在想他为什么会喜欢路露，为什么这么多年始终对路露念念不忘。

他喜欢的，不是路露明朗美好的外表。实际上，从长相来说，路露跟刘文静根本没办法比，就连和海归上一任女朋友相比，也差了很远。他喜欢的，不是路露的贤惠和温柔体贴。路露是一个有个性且独立的女人，甚至还有些女权主义，而他喜欢的，是路露广博的见识、良好的修养，以及一切都心如明镜的态度。路露所散发的独特魅力，让他这么多年来都念念不忘。

也正是这次短暂的旅行，和薇薇近距离接触后，海归发现了薇薇的美好。

薇薇与路露有共同点——虽然不漂亮，却非常有魅力。同时，对任何事情都心如明镜，知识足够丰富，教养足够好，两人的品位也相似。

从另外一个角度说，薇薇和他才是同类，是良好家庭环境培养出来的那种人。海归相信，他和薇薇之间，永远不会没有话题。

想明白这些，海归回国后迅速跟刘文静提了分手，同时跟薇薇表白。

“文静是我的朋友，撬朋友男朋友这种事，我薇薇从来不屑做。”薇薇只说了这一句话，就拉黑了海归。

06

“你对海归其实也动了心？”我试探着问薇薇。

“没有。我说过，朋友的男朋友，我不会动。”薇薇说。

“若一点都不动心，为什么会发出‘被表白了，可我却不能接受’这样的感慨？”我穷追不舍。

“好吧，我得承认，第一次见到海归，我就知道，他是我想要的那种男人。可他却是别人的男朋友，而这个别人，偏偏是我的好朋友，他们还做了男女朋友之间所有的亲密事情，这让我无法忍受。所以，即使他们分手，我也不会要他。”薇薇说。

“你有情感洁癖？”我问。

“没有。我今年二十五岁，从来没有跟任何男人发生过除了拉手以外的亲密关系。我知道现在有婚前性行为很平常，我也不是不能接受。可他偏偏是我好朋友的男朋友。假如我跟他在一起了，万一将来也发生了关系，他会不会把我跟刘文静比较？我会不会一想到他俩做过那事就觉得恶心？刘文静知道了会怎么想？这都是我要考虑的问题。”

想得还真够多的！然而薇薇说的却是事实，换了别的女人，只怕都会这样想。我忍不住在心里叹气：就是因为这些，明明男有情女有意，她却不得不拒绝他。为了表示决心，还拉黑了他。

“那么，之前那个总买高价话剧票请你看的帅哥呢？”我忍不住提起这一茬，此时距离薇薇提这个人，时间并不久。

“分手了，刘文静带海归跟我们见面之后不久就分手了。遇到海归之前，我觉得他挺好的，只是家里条件差了点。但人比人，他显得一无是处，所以必须分手。”薇薇说。她还真是太清楚自己想要什么。

我又提起了海归：“既然打定主意不要他，为什么还会跟他谈心，还会跟他一起去英国？”

“那时候没想这么多，我以为我是在帮文静，再加上我对海归有好感，他找我倾诉，我就没拒绝。”薇薇说。

瞧这事儿整的。

“这些事情，请一定替我跟文静保密。我不想让她误以为海归是因为我才跟她分的手。”

“如果你真心喜欢海归，还想跟他有一段发展，不如自己主动跟文静说清楚，她应该能理解。如果你打定主意，再也不跟海归联系，我帮你保密也是可以的。”我说。

海归主动分手这件事把刘文静整个打蒙了，她一时之间反应不过来，继续联系海归，甚至哀求他和好，哀求的语言无外乎：“我都会改的，我会成为你喜欢的那类女孩子。”无奈海归想清楚了两个人之间的感情，把话说清楚之后，见刘文静继续纠缠，干脆消失不见了。

短短两个月，又似乎过了很久，这期间，刘文静沉浸在失恋的痛苦中，我们每次的聚会，都是花花在不停地安慰刘文静，而我和薇薇在旁边坐立不安，不知道该说什么好。好在刘文静根本没怀疑过薇薇，反而显得我和薇薇有些做贼心虚。

刘文静还没从失恋的伤痛中走出来，就接到家里传来的坏消息：下大雨，屋顶的瓦被掀翻，刘爸爸上房修补时，脚下一滑，从房顶上摔了下来，跌断了一条腿。

本来就是穷家破业的，哪经得起什么事？何况是伤筋动骨的大事。刘妈妈给刘文静打电话，在电话里泣不成声，她倒也没指望还是学生的刘文静能帮忙解决刘爸爸的医疗费。

刘妈妈跟刘文静抱怨：“家里实在太穷了，找亲戚借钱，穷亲戚拿不出来，有钱亲戚不敢借给咱，怕咱还不上。他们看着我和你爸挣不来什么钱，你弟弟又不争气，你还在上学更是无底洞，都不敢借给咱。再加上上次你考上大学，没请他们吃饭，他们都怪咱家呢！”刘妈妈说，“如果你没上大学，还在你表哥店里打工就好了，我也不至于这么愁。”

妈妈的随口抱怨，让刘文静伤心不已。妈妈埋怨她，仅仅只是因为她上了大学没办法给家里钱了。

然而农村出来的孩子，通常有更强烈的家庭责任感和自尊心，但凡自己稍微好过点，就想拉家里人一把，免得自己吃肉他们喝粥，心里不落忍。

刘文静说：“妈，你别急，我手里还有几万块钱，给家里寄过去。”

刘妈妈很好奇，一个学生怎么会有几万块钱？她问："你哪来的钱？你好不容易考上大学，可别不学好啊！"

"我在之前的公司跑业务，卖酒窖呢！"

刘文静这样解释之后，刘妈妈就心安理得地收下了刘文静的辛苦钱。

过了一段时间，刘妈妈又打来电话，电话一接通就号啕大哭。刘文静问了半天，刘妈妈才把事情的始末说了出来："你爸爸的断腿算是接上了，只是他的膝盖处磨损性损伤，引发滑膜炎，积水非常严重，必须治。"

"怎么会这个样子？"刘文静问。

"还不是年轻时候干活太重，积下来的毛病！你们那时候都小，一家子那么多张嘴吃饭，全靠我和你爸爸。我身体又弱，做不了重活，一家人的生计都压在他身上。以前，他总是说膝盖疼，天一阴，疼得就更厉害。我只当风湿，用土方法给他治，也没见好。哪里知道这次到医院一检查却这么严重！他住院闲了一段时间，膝盖反而更娇气起来，积水导致路都没办法走了……"

"能治好吗？"刘文静问。

"能，医生说治好的话，或许以后还能继续干活。治不好，这两条腿就废了，只能瘫在床上。可怜你爸爸年纪轻轻……"刘妈妈说着说着又哭起来。

"妈，你别着急，我再想想办法。"刘文静安慰她。

这时候，刘文静其实已经没有钱了，但因为不久前她才寄了几万块回家，给了家人太大的惊喜，所以这次，当刘文静说再想想办法，刘妈妈几乎把宝全部都押在了她身上。

刘文静找我们借钱，毕竟是大事，我们几个人凑了两万块给她，让她先把爸爸的病治好再说。闻讯而来的耗子，委托插销悄悄给刘文静送了五千块。插销虽然没有直说，刘文静又怎会不知道？人穷志短，面对前前男友的好意，她也只好拿着他给的钱应急了。

然而就算是这样，给爸爸治病的钱仍然不够。刘文静只好把海归送的包和项链折价卖了出去，才勉强凑够钱。也幸亏海归大方，送的礼物都比较贵。

要爱情还是要面包？这是吃饱了有闲的年轻人关心的问题。刘文静虽然还年轻，但在生活的凌迟之下，她的内心似乎有了上下五千年的沧桑。本来还沉浸在失恋的痛苦之中，却因为原生家庭的变故，不得不把爱人送的礼物卖掉，换银子解决实际困难。

“我算是想明白了，爱情于女人来说，是奢侈品，唯有 Prada 才是最真实的，起码能在分手之后换钱解燃眉之急。”刘文静如是说。

“当然了，有很多很多钱也是好的。”说这些话时，刘文静的眼睛在发光。

“我再也不能像以前那样傻了，只想着和男人结婚，做贴心女友。以后呀，挑男朋友，第一条就是有钱，第二条是看他在我身上花了多少钱。”刘文静继续总结。

“哦，对了，欠你们的钱，我会想办法尽快还上的，你们也不容易。”刘文静话题一转，突然看着我们大家说。不知怎的，我似乎在她的眼里看到了怜悯。她在同情我们吗？她突然意识到，我们在大上海只是一群普通人吗？我觉得很诧异。

“薇薇呀，如有金主，求介绍。”刘文静突然拉着薇薇的胳膊，笑得一脸谄媚。薇薇胳膊上的鸡皮疙瘩瞬间掉了一地。

混沌

Chapter5

01

插销突然跑来跟我说，他喜欢上了公司前台，要去追求她，问我有什么建议。我说："先去调查一下她的背景，说不定人家有男朋友呢！"

过了几天，插销给我打电话，语气特别沮丧："还好我先查了下，好家伙，吓我一大跳。果子，你猜我们那前台男朋友是干什么的？"

"干什么的？"

"道上混的，还蛮有势力，黑白通吃的那种。你说我要真去追求人家，岂不是分分钟被灭掉？"

"嗯，说不定还会被毁尸灭迹。"我毫不客气地点评。

教授的女朋友娜娜大学毕业了，在她的暗示下，毕业当天，教授拿着钻戒去求婚，她却提出三个要求：长宁区或静安区最好地段的房子做婚房，面积不小于150平方米，精装修无贷款；婚宴要在喜来登办；结婚戒指钻石不低于3克拉。

这三个条件一提，教授直接傻眼了。我们都没见过娜娜，在教授的只言片语中可以了解到——她很做作，经常会提一些匪夷所思的要求。但这次匪夷所思的程度，实在是让我们大跌眼镜。

这事儿，其实如果换了一个富二代，轻轻松松就能搞定，但偏偏是教授。教授有才归有才，爹妈毕竟只是开公交车的，他自己，也才刚刚起步没多久。虽然他在同龄的年轻人中已经非常优秀，但他手里的存款，全款买房的话，顶多只够在南翔买个小两居，想全款在长宁或静安买150平方米精装修房，还差得远。

教授很郁闷，怎么跟娜娜讨价还价都不听，借钱又借不到那么多，急得头发都快白了。

耗子这时候已经很少跟我们一起玩了，但偶尔还有他的消息传来，据说他又找了一个长得还不错的女朋友。耗子妈再次杀到上海鉴定，听闻刘文静已考上T大，自力更生，还找了个海归男友，她对有眼不识刘文静这款金镶玉后悔不已。又得知刘文静才和海归分手，便鼓动耗子再去追回来，且对耗子现在这个女朋友百般看不上。耗子自然不肯听她的，两人爆发了又一次大战。

朋友里几个男孩子这段时间各有各的郁闷，女孩子们倒还好，虽然没有特别好的运气，但也没有遇到什么坏事。又过去了一年，薇薇和花花再一次光荣升职加薪。最了不起的是花花，成了某大牌化妆品上海某区的区域总监。没想到她不声不响，在事业上铆足了劲儿，跑得还挺快。

刘文静单身没多久，又交了一个男朋友李林，二十五岁，是个帅哥，在上海有一个设计师工作室。

刘文静明明整天把“钱”挂在嘴边，却找了一个这么年轻且显然没有什么大钱的男朋友，这让我们感觉很惊讶。

我忍不住问她：“李先生是富二代吗？”

刘文静摇头：“独立设计师，开了个工作室，吃不饱饿不死那种。”

她怎么找了个听起来就不太富有的“艺术家”呢？

“可是他会跟我结婚呀！”刘文静解了我们的惑。

刘文静说：“他认识我不到十天就提了结婚这事儿，说看见我的第一眼就确定了，我就是他想要找的结婚对象。我问他：‘我一个学生，一穷二白，你看上我哪点儿了？’他说T大学历是最好的嫁妆。”

我们这下子明白了，这孩子是被耗子和海归接二连三给刺激傻了，才会抓住一个见面没几天就提结婚的人当真爱。

虽然我们大家都觉得这事儿不靠谱，却不忍心扫了刘文静的兴致，只小心提醒：“再处一段时间看吧，他还年轻，你也还在上学，多处处，才能了解彼此是不是合适的结婚对象。”

刘文静重重地点头。

李林是个设计师，没什么钱，品位还不错，他住在一个六七十平方米的小公寓里，公寓装修得精致、有个性。他在公寓里装了一个小吧台，吧台后面摆满了红酒。刘文静基本也算是半个红酒专家了，他们聊得非常投机。

李林对刘文静极好，甜言蜜语一串一串的，动不动就抱着刘文静在她耳朵边轻喃："宝贝儿，你怎么就这么漂亮呢！"

李林年轻，精力十足，甜言蜜语多，两人才在一起时，只要是周末，就都在床上厮混。

李林之前，刘文静并不知道做爱是这么美好的事情。和耗子在一起，两个人都还不熟练，刘文静感觉还没到呢就结束了。和海归在一起，不知道怎么的，总是感觉两个人之间有距离，即使是最亲密的时候。

海归的时间很长，有时候会把刘文静弄疼，她都咬牙忍着，心里想的是"取悦"而不是"享受"，就像尽义务似的。

作为一个女人，刘文静是第一次被这样开发。虽不是第一次谈恋爱，却是第一次在身体和灵魂上收到这么多赞美。那些赞美的话听多了，感受多了，刘文静自我感觉特别美好——这真是一件不容易的事，她之前可是自我厌恶型。美而不自知，这是曾经的她。

有一次半夜饿醒，外卖一时叫不到，又不想穿衣服起床出门吃，冰箱里的存货只剩两个鸡蛋，刘文静走进厨房，拿起平底锅想煎鸡蛋，李林跟来："女人不要总进厨房，油烟对皮肤伤害可大了，这种事儿让老爷们儿做。"

刘文静若是坚持，李林会撒娇："宝贝儿，你为了给我煮饭，把皮肤熏坏了，我会心疼的。"又说，"你还要当我最美丽的新娘呢，要漂漂亮亮的，不可以被油烟熏，知道不？"

不能总厮混在一起呀，还得上课呢！业务可以荒废，功课可不能。再亲密，刘文静也得收拾好了出门。她化妆的时候，李林一手撑着下巴，胳膊肘搁在梳妆台上，帮她挑选眼影的颜色。他偶尔还会倚着梳妆台，帮她画眉，此情此景下，刘文静总能想起一首诗："洞房昨夜停红烛，待晓堂前拜舅姑。妆罢低声问夫婿，画眉深浅入时无？"

刷指甲油是个技术活，李林第一次帮刘文静刷，就比她自己刷得还要好。

李林爱抽事后烟，刘文静却闻不惯烟味儿，李林嘻嘻哈哈把抽了一半的烟往刘文静嘴里塞，嚷嚷着有福同享。

李林抽完烟从床上跳起来，去厨房煎鸡蛋，只要房间温度合适，他就裸着，裸着煎完鸡蛋，裸着端到刘文静的面前，看着她吃完。

早上李林通常比刘文静起得早，裸着洗脸刷牙，裸着做三明治、煮牛奶。

刘文静一开始极不习惯，让李林把衣服穿上。李林笑嘻嘻地转过身背对着刘文静，屁股晃三晃，回过头来娇嗔道："你就是羡慕我身材比你好。"

李林极会玩，斯诺克、二十一点、溜冰、泡吧……刘文静关于玩的"第一次"都是跟李林一起。

在李林的熏陶下，刘文静学会了抽烟，学会了泡吧，学会了各种游戏。甚至，在妆容上，她也适应了百变造型。

刘文静那颗苍老的少女心，跟李林在一起的时间越长，就越发鲜活。李林像毒品，让刘文静沉溺其中，无法自拔。

李林、李林、李林，那段时间，刘文静所有的明媚和笑容都是为李林绽放。李林给了她新的生命，她爱极了李林。刘文静常常想：李林根本就是个落魄的贵族公子，贾宝玉似的。无论做任何事，都生生透出一股亲昵，天生就该生在女儿堆里。能做他的女人，可真是前生修来的福气。

在李林给予的温柔乡里沉浸得再深，总归要回归现实。刘文静跟李林说："不行不行，再这样下去，我就彻底废了！"

"怎么了？"李林问。

"学习呀，工作呀，都荒废了呀！"刘文静说。

李林只笑："宝贝儿，你有我呢！再不济，我还是能养得起你的呀！"

"又哄我呢！"嘴上这样说，刘文静心里却很高兴，虽然她的男人赚得不多，可却很有男人的担当，提起生活，张口闭口都是要养她。

02

薇薇突然给我发了条短信："果子，有没有空？我有事想跟你聊聊。"

我们约在咖啡馆见面，一落座，薇薇就说："我和海归在一起了。"

我还没说话，薇薇就急着解释："在把海归拉黑那段时间，我过得特别不好。为了能尽快忘记他，我同意家里给我介绍对象——我爸在上海有些朋友，不少混得还不错。我刚到上海，他就想帮我介绍，我一直没答应，想自己谈。后来想想，当时还真是挺清高的。最近，我算是想明白了，自己通过社交去认识一些男孩子，大海捞针，碰运气的成分比较大。家里介绍的，才知根知底，才可能遇见更好的。那些叔叔阿姨，介绍了许多，有不少个人条件还不错，我却总觉得不尽如人意，想来少的就是那一点感觉。前一阵子，在一次客户联谊酒会上，又遇见了海归。他再次提出让我做他女朋友，他给我讲他和刘文静、他和我。我决定还是接受他。"

我点头："茫茫人海，能遇见一个喜欢你，同时你也喜欢他，又门当户对的，真挺不容易的。"

薇薇说："我之前心里一直有道坎儿过不去。一想到他和我的朋友曾经在一起，就觉得挺硌硬的。再见到他，我自己想通了——他跟文静，发生在我遇到他之前。如果文静不是我的朋友，我其实并不会那么介意。文静都能放下这一段，跟李林你侬我侬谈恋爱，我又何必揪住不放呢！”

“是呀，你能想通最好了。”我说。

我突然想到，以薇薇的性格，如果不是十拿九稳，这件事她应该会瞒着我们大家，毕竟海归是刘文静曾经的男朋友，他们迟早会见面，再见面该多尴尬啊！

“你们，到什么程度了？”我试探着问薇薇。

“前几天，我爸妈来上海了，他父母也从美国飞回来了，大家见了一面。”

果然不出我所料，双方父母见面，她又拉我摊牌，说明很多事情已经定下来了。

“有没有商量婚期？”我问。

“我本来还想着谈的时间不长，可以再了解了解。我爸见着他，说他不错，人品没问题，性格也好，跟我很相配，说可以早点儿定下来，婚后继续了解也不迟。我相信我爸看人的水准和眼光，他觉得不错，那应该就不错。这次见面，在双方父母的示意下，算是已经订婚了。至于婚期，再看吧，快的话半年，慢的话八九个月，谁知道呢？看进度了。”

我倒吸一口凉气，好神速。我突然想到一个问题，跟薇薇说：“婚前还是验一验货比较好，免得婚后后悔也来不及。”

薇薇突然就脸红了，啐了我一口：“你一个女孩子，怎么就死没正经呢！”

好吧，提到这个话题还会脸红，说明真的是处女。我还没来得及打趣她，薇薇蚊子般的声音飘来：“以前隐约听文静提过一次，说他时间挺长的，既然她试过，想来总不会错。”

我张大了嘴巴，好个刘文静，这都能“隐约”说出来，也不给人家“高富帅”留点面子。

“这件事，你需要我帮你跟大伙儿说吗？”我问。

“嗯，别人倒是其次，主要是文静，你跟她提一下，看看她的反应，后面我会自己跟她说的。”薇薇说。

我跟刘文静说这件事的时候，我们两人正在冷饮店喝冷饮，她咬着吸管，长时间不说话。我只好没话找话：“你跟李林谈了也有一阵子，现在还蜜里调油吗？”

刘文静抬头看着我，直把我看得毛骨悚然。她突然说了句：“他当时说，我不是合适的结婚对象，薇薇就是了吗？”

我心里咯噔一下，不知道她这么尖刻是不是出于嫉妒。已经过去这么久，海归为什么跟她分手，她心里一定是清清楚楚的，却还要这么问，想必还是非常不痛快。我只好絮絮道：“他俩有相似的背景和经历，更谈得来也说不定。”

刘文静冷笑：“你是说更门当户对是吗？说白了，薇薇不过是投胎投得比我好。”

投胎投得好，本来就是优势。我很想这样说，可刘文静这么不开心，我是她朋友，我不能刺激她。我说：“不错过海归，怎么能遇见李林？”

她愣怔了一下，笑了：“是的，没错，李林比海归强多了。”

刘文静又开始说起李林的好来，翻来覆去也不过是那几样，如何体贴入微、一诺千金之类的。但我却从她的语气里听出了不自信和不确定来。我不知道，她究竟是从李林的好里发现了什么，还是薇薇再一次刺激了她，把她骨子里的自卑激发出来了，才导致她这么语无伦次，想要强调些什么。

人都有秘密，两个天天腻歪在一起的人，想隐瞒住自己的秘密，是一件特别难的事情。

李林手机设了密码，每次输入时都背着刘文静。然而毕竟天天在一起，就算不刻意看，刘文静也记住了李林的开机密码。刘文静相信李林，却控制不了女人的好奇心。一次李林在厨房煮饭，刘文静躺在床上等着吃，听见短信响就打开了李林的手机，瞬间脸色苍白如雪。

短信说：“你寄点钱回来吧，阳阳又生病了。”

发短信的是个女人，刘文静看了这条暗示性特别强的短信，忍不住朝前翻，却发现每一条短信都很实在，比如：“上海明天有雨，别忘记加衣服。”“你给家里打个电话，我有事跟你说。”短信都不长，却透着熟稔，而李林的回复却很简单：“好！”“行！”“嗯！”“等会儿，现在忙着呢！”

有一条短信瞬间抓住了刘文静的眼球：“阳阳说他想爸爸了，你什么时候回来啊？你不回来，那放暑假我带阳阳去上海看你吧？”

这条短信的回复是：“到时候再说。”

刘文静的心咚咚跳，她关了短信，又打开李林的手机相册。相册里一个叫“阳阳”的文件夹，出镜最多的是一个四五岁的小男孩，那眉眼和李林像极了。还有几张照片里，一个漂亮的年轻女人单独抱着小男孩。更有几张，是李林和年轻女人及小男孩在一起。照片里，李林笑得特别开心，跟每次对着刘文静笑的时候一模一样。

刘文静瑟瑟发抖，放下电话。那边李林饭已煮好，叫她去吃。她最终还是忍不住追问起来。李林倒也不瞒她，一五一十交代清楚了。

原来，李林早已结婚，阳阳是他的儿子，老婆孩子在老家，他一个人在上海创业。

这事儿也太荒谬了吧！他才二十五六啊，怎么就结婚了呢？

可是，他就是已经结婚了啊！

刘文静抓起包要走，李林抓住她："我从来没告诉过你我并没有结婚，你也没问过，所以这事不能算我刻意瞒你。我想过，如果你发现了怎么办？我估计你是接受不了的。可我得把我的心里话说出来。我爱你，当然我也爱她。我也不知道为什么我会同时爱上两个女人。其实对于男人来说，同时爱上两个女人，还真是挺痛苦的，因为根本无法抉择。现在你发现了，我对你会不会留下来一点把握都没有，但我仍然希望你能留下来，毕竟我爱你。"

刘文静看着李林，突然觉得特别荒谬，一句"我爱你"，就能心安理得让她沦为小三？就能坐享齐人之福？这个世界究竟怎么了？

03

分手之后，刘文静有段时间特别低落，想起来就忍不住哭。可生活总是得向前，他已经结婚了，她有什么办法？

刘文静自己算了笔账，跟李林在一起时间不长，但好像大部分开支都是她在出。

没办法，李林的工作室一直不怎么赚钱，他俩约会总得吃饭吧？总得一起玩吧？刘文静出钱的时候心甘情愿，此刻算账却心疼到了极点。

刘文静和海归分手之后，她跑业务赚的钱基本都在跟李林吃喝玩乐时搭进去了，他们玩得开心，她却连业务都有些荒废了，学业也丢了大半。

刘文静越想越生气，气着气着，就把自己给气病了，还到了住院的程度。当然也有可能她的身体本来就有问题，因为生气，把所有潜在的毛病都激发出来了。

独自在大城市打拼的人，什么时候最苦？当然是生病的时候。其他时间，即使没钱、没朋友，但起码有好的身体。有好的身体就什么都不怕，每天两个馒头，就着方便面调料也能吃得津津有味。而生病就不同了，吃喝不便，再加上身体不适引发的心理不适，要多凄惨有多凄惨。此时，朋友显得尤为重要。

我们去看她之前，计划：实在不行，我和花花，每天每人轮流抽几个小时去医院照顾她。但等我们到了医院，她曾经的追求者 Tom 竟然在那里，耗子也在。我们没想到能在刘文静的身边碰见耗子，他俩很长时间没有见面了，这让我们感觉有些尴尬。

耗子是前前前男友，Tom 曾经对刘文静有意思，他俩算是情敌。情敌相碰，空气中难免弥漫着酸味和火药味，偏又被我们目睹，不管怎么说，气氛都很怪异。

好在我们是一群善于化解尴尬的年轻人，假装不知道他们之间的恩怨情仇，只一心一意问刘文静的病情，关心着她，和她开着玩笑。

刘文静说：“按医生的说法，胃病一直都有，只是这次抑郁伤肝，被激发出来。医生一提醒我才想起来，这几年每次钱不趁手，或者忙急了，就饥一顿饱一顿的，饭没好好吃，零食倒吃得不少。以前每次肚子疼，都没在意，这次教训来了。”

我刚准备张口问究竟是什么毛病，Tom 和耗子一前一后抢着说话了。

Tom 说：“谁让你为了减肥不吃饭呢？这下吃苦头了吧！”

耗子说：“我跟你说多少次了，麻辣烫不能吃，你就是不听我的。”

两个人几乎是同时说话，说完，大家都愣住了，他们语气里的亲昵，都是真的。两人说完，彼此看了一眼，都皱了眉头。

然而这可不关我们的事，我们就是来打酱油的，哦，不对，我们是来看望病人的。

趁着气氛尴尬没人说话，我终于把想问的问了出来：“胃病也分好多种呢，你到底怎么回事啊？好不好治？”

刘文静说：“医生说是胃积水，肠道也有问题。没事，别担心，能治好，后期注意养护就行了。”

这时候，耗子和 Tom 又一前一后开口了。

耗子：“你这个人……”

Tom：“你呀……”

鉴于上次抢答造成的尴尬效果，这次两个人都没说完，就不约而同停住不说了。Tom 看耗子不说了，才又把话说完，只是由亲昵变成了责怪：“我说了不听，医生说了总该听吧！”而耗子始终没把想说的说完。

花花跟我耳语：“看样子不需要我俩伺候她了。”

我点点头：“我相信他俩照顾得一定比咱俩细心。”

我们又聊了会儿天，就准备走了。

出门的时候，薇薇跟刘文静说：“我下个月结婚，那时候你应该已经出院了，来参加我的婚礼吧！”

刘文静的表情呆了呆，眼睛眯了下，最终什么都没说，只点了点头：“嗯。”

我们走之后，据说刘文静的情绪一直特别低落，想必是想到海归甩了她却又娶了薇薇的缘故。刘文静的低落情绪，让耗子和 Tom 都有些吃味，再加上两人之间时时存在的尴尬让他俩心塞，居然没有一个人留下来照顾刘文静，都陆续告辞离开了。

耗子晚上打电话给刘文静，问她怎么样。刘文静这时候饭也没吃，正孤独寂寞冷呢，接了耗子的电话，“哇”的一声哭了。耗子就带着便当，去了医院。

也正是这个电话，让刘文静出院之后干了一件让她后悔很多年的事情——出院后没多久，她跟耗子复合了。这个后面再讲。

祸不单行，刘文静这边失恋失钱又生病，她父母在家里也不好过。她们家住在半山腰，这年夏天，雨下得特别大，刘文静家的房子被冲垮了半边，屋顶被掀掉了，无法再住人。家里有限的财物损失大半，连被褥之类都需要添置新的。这些年，刘文静跑业务陆续赚了些钱，隔三岔五，家里有人生病、春耕买肥料、请牛工，打电话找刘文静要钱，她只要有，多少都会给家里寄点。这次房子垮了，刘妈妈第一个想到的仍然是刘文静，而这时刘文静才刚出院。

刘妈妈说：“根儿中专毕业了，整天待在县城不着家，我让他回来也不肯回，说县城比咱那小山村好。你不知道，县城到处在搞开发，可热闹了。你爸在工地上做工，赚的钱比在村里种地多多了。我们合计了一下，地不打算种了，太不划算，想到县城租套房子住。我趁着还能做事情，找家饭店打打杂，或者去谁家里做保姆伺候老人。趁着还能挣点钱，争取把给你弟娶媳妇的钱存下，也免得什么事儿都找你要钱不是？”

在外面的人，早就习惯了凡事报喜不报忧，生病的事情，刘文静并没有跟刘妈妈讲。听了刘妈妈的话，刘文静沉吟了一会儿，问：“县城现在房价怎么样？咱家钱凑凑能买得起不？”

刘妈妈像是受了惊吓：“别胡说，咱家怎么买得起！把我跟你爸爸这把老骨头卖掉也买不起。”

刘文静说：“爸爸这两年不都在县城打工吗？现在工地上工资高，我上学又不找家里要钱，家里没有大开销，应该存了点儿钱吧？”

刘妈妈说：“你是不当家不知道柴米贵，家里人情、修缮房子、添置东西、一家人吃喝,哪样不要钱？以前咱们家过的什么日子你又不是不知道。一年到头别说肉了，连鸡蛋都很少能吃到。现在你爸爸在县城打工，能挣点钱，也只是刚刚够生活罢了，哪里有余钱可以存啊！”

刘文静每次想到那些在家的日子，想到家里那个破烂不堪、黑乎乎的房子，就忍不住一阵心酸。现在连那套房子都没有了，她的父母要租房住了。她在上海，跟李林在一起，吃好的，喝好的，花的大部分都是她的钱，收获的不过是几句甜言蜜语。想到钱都这样给男人花了，真是一点都不值，还不如给父母，起码能让老人家生活得好点。

刘文静坚持问：“县城现在房价多少？”

“最贵的两千多块一平方米，是个大开发商在那儿盖的，一般的一千五六的样子。你别说了，反正咱们也买不起。我跟你爸合计着先租一套住。算了下，房租一个月要三百块，一次性就要交半年房租，我想问下你手里有没有多的钱，给家里寄个两千块，咱们把头半年的租金交了……”

刘文静打断刘妈妈：“嗯，行，我下午就出去寄钱，你把房子租了。我还有十几天就放暑假了，到时候回去一趟，看看需不需要添置些家具。”

放暑假了，刘文静回到家，回到她父母租的房子里。父母对她特别好，炒一盘鸡蛋，直往她碗里夹，弟弟刘根儿刚把筷子伸过去，刘妈妈就拦住了他的筷子头：“给你姐吃的。”刘文静越发心酸——她在大上海，什么好吃的没吃过？和李林谈恋爱时，更是换着花样拣新鲜的吃，就连比较贵的日料，想吃也就吃了。可在家里，鸡蛋都是好东西，一家人都不吃，让给她吃。

刘文静端着盘子拨了三份，一份拨到刘妈妈碗里，一份拨到刘爸爸碗里，一份给刘根儿，说：“在上海，这些东西我都吃厌了，你们别跟我客气，只管吃。”

刘爸爸不住地感叹：“我逢人就说我三闺女命好，现在看来，我三闺女也是个孝顺的。”

虽然这话听起来怪怪的，但刘文静却不做多想，反而还挺感动。因为是个姑娘，她从小到大，爸爸可没给过多少好脸色看。

刘文静从来没想过，正是因为她上大学这几年，隔三岔五朝家里寄钱，成了家里的“金主”，才会在家有如此待遇。她还以为是她常年不在家，父母想她了呢！刘文静跟父母说了好多遍：“爸，妈，我是你们闺女，你们别跟我客气。”可她的父母并不听，还是对她特别好。

住了几天，刘文静和刘根儿两个人把县城转悠了个遍，看县城的发展，看新开发的房子。路上遇见曾经追求过她的王山鸡，刘文静面无表情，并没有打招呼，而王山鸡却眼前一亮：“这不是我来弟妹子吗？回来了啊！越发俊俏了，跟天仙儿似的。”

王山鸡边说边朝刘文静这边凑，刘根儿拦住他，递根烟过去：“我姐现在是大学生，名牌大学，能不俊吗？”

刘文静拉着刘根儿的胳膊就走。这种人，话都懒得跟他说。

刘根儿边走边跟刘文静说：“姐，当年的事儿你别放在心上，那时候年龄小不是？后来你考上大学，山鸡哥就知道他跟你不可能了，这几年，不少人给他介绍对象呢，他和邻村的春花走得挺近的。”

刘文静看着这个从小被家里所有人都当成宝一样的弟弟，拍了下他的脑袋：“你替他说什么话？我跟你才是一个妈生的好不好？”

刘根儿摸摸头，很委屈地说：“我不是怕你心里不舒服吗？”

在家里住了一个多星期，刘文静搞定了一件事——给家里买了套房子。

刚好有卖家因为要在城里买房急需凑钱而出售二手房，价格比市面上便宜一点，刘文静带着刘根儿看了之后觉得还不错，房子挺新的，装修也还算新，简单修补一下，再添置一点家具就可以住了，遂做主敲定下来，把房子过了户，落在她父母的名下。

这一切瞒着她父母进行。交钱的时候，刘根儿说：“姐，没想到你这么有钱，我还以为你是穷学生呢！”

刘文静说：“我明年就大四了，上大学这三年，一直都在跑业务，也就存了十几万块钱，又找朋友借了些，才买了这套房子，回上海之后就要抓紧时间跑业务还债了。”

刘文静把新房钥匙交给她父母时，刘爸爸的嘴唇直哆嗦，颤抖着接下了钥匙，喃喃说：“没想到这辈子，我们在县城也有了套自己的房子。”

刘妈妈很激动，在新房子里转来转去，县城的房子窗明几净，不是之前那个半山腰上的黑屋子可以比的。刘妈妈在厨房停留的时间最久，这是她以后将要长时间劳作的地方，看着管道煤气、抽油烟机，刘妈妈满意极了。

又过了一天，刘妈妈回过神来，想找刘文静问几句，可是刘文静已经匆匆坐上了回上海的火车。刘妈妈私下跟刘爸爸嘀咕：“你说她一个学生，才这两三年，哪里就存了那么多钱？她该不会做什么坏事儿了吧？”

刘爸爸也犯了嘀咕：“我听说现在大城市里，有不少女大学生被有钱人包养，你说咱们家三丫头不会也这样吧？她自己不是说跟以前那个男朋友分手了吗？难道现在又找了一个没跟我们说？”

过了一会儿，刘爸爸又说：“前几天看电视，新闻里说，有些女大学生贩毒，把毒品藏在胸罩里，靠这个赚钱。这可是犯法的事儿啊，三丫头应该不会这样做吧？”

老两口越嘀咕越担心，忍不住给刘文静打了个电话。刘文静一听气坏了，骂道：“我挣的都是干净钱！一分一厘都是双腿跑出来的干净钱！”

刘妈妈见刘文静发了火，连忙表示关心：“你把钱都给了家里买房，学费和生活费怎么办啊？你考上大学的时候跟我们说学费贷款，明年你就毕业了，贷款还上了吗？可别只顾着我们苦了自己。”

刘文静说：“你别管了，学费贷款还欠着，那没多少钱，跑跑业务，大半年就能还上了。你不知道，我现在是公司里的销售冠军呢！”

挂了电话，刘文静还是很难过。不遗余力帮家里，却被误会，这是她不愿意看到的。然而她却没办法责怪她的父母，他们就那点能力、那点眼界，从来没见过那么多钱，在县城买房更是想都不敢想。她是一个学生，不花钱，还赚钱给家里买房子，这确实不可思议。

刘文静很难过，但想着辛苦了一辈子的父母终于住上了县城里的明亮房子，这也算了了她一桩心愿，就又高兴起来。

04

这世上的事，通常是一家欢喜一家愁。有些人生下来就抓了一副好牌，无论怎么打，都会赢；而有的人，用尽心思，却总是捉襟见肘。

薇薇的婚期定了下来。婚期定了之后，她从自己的房子搬去了海归那里，而她自己的那套大房子，等她父母到上海出差或者看她的时候住。她邀请我们到她的房子里吃顿告别宴。

刘文静找了个借口不肯去，我们其他几个人去了。我们到的时候，薇薇和海归系着围裙在厨房里忙着，一个切菜、一个炒菜，配合默契。我站在厨房门口，看着他俩忙碌的身影，听着他们的对话，随意自然，毫不做作。我不由得感叹：他们才是珠联璧合的一对。

吃饭的时候，这种感觉尤其强烈，他俩随意交谈着，偶尔抬头看对方一眼，默契十足。

薇薇吃了会儿，感叹："哎呀，吃太多了，又要胖了。"

坐她旁边的海归微笑着揉她的肚子："亲朋好友都通知了，我退货也来不及了，你该吃还是吃，不要有心理负担，只要到时候婚纱能穿上就行。"

薇薇说："你不说我还真忘记了，定做那套婚纱的时候，我貌似比现在要瘦个几斤。"

海归说："我专门交代了设计师，留了改的空间。"

薇薇嗔怪地看了他一眼，而海归只宠溺地笑。

吃完饭，我和花花站起来想帮忙收拾，薇薇说不用。接着，她和海归在厨房门口剪刀石头布，谁输了谁去洗碗，这是他俩之间的“传统”。

薇薇赢了，她做了个胜利的手势，帮忙把盘子端到厨房就出来了。

花花悄悄跟薇薇说：“他比你后出。”

薇薇笑得都看不见眼珠了：“我知道，他每次都比我后出。他舍不得让我洗。”

回去的路上，花花感叹：“他们应该是真正的soulmate（灵魂伴侣）吧？”

我点点头，海归和薇薇是一类人。以前他俩没在一起时，我们总感觉薇薇有时候太白莲花，而海归有些冷，不好接触。两个人在一起之后，反而接地气多了。

插销冷冷地说：“薇薇比刘文静不知道高了多少个段位。在驯服男人方面，刘文静还要学。”

见插销说风凉话，花花还没开口，我已经忍不住了：“刘文静可不比薇薇，她父母什么见识？薇薇父母什么见识？刘文静所有的人生经验都要自己攒，要摸着石头过河，要撞得头破血流才知道哪些是对的、哪些是错的；而薇薇生下来，就有人为她铺好了路，有人教授她各种经验，她还有大把大把的钱包装自己，培养优雅的气质。这些，刘文静能比吗？”

大多数时候，我话并不多，偶尔牙尖嘴利，倒也能说得人哑口无言。

薇薇和海归的婚礼，刘文静并没有去，只托我们带了礼金过去，连礼物都没有买。她不来，大家早已料到，却没想到耗子也没来。

薇薇的婚礼没在上海举行，而是在江浙某千年古镇，古镇尚未开发，景色特别好，人文古迹多，游人却相对比较少。她家包了几辆豪华大巴，把我们全部拉到了古镇。我们在婚礼现场就座，一架小型直升机载着薇薇和海归、伴娘伴郎以及他们的父母，停在了婚礼当天的大草坪上。

薇薇穿着 VeraWang 的限量版婚纱，款款走下飞机。我突然发现，她并没有我以为的那么不漂亮。相反，她让我自惭形秽。当薇薇挽着父亲款款走向婚礼主席台时，我甚至有些羡慕。我很心酸，像我这样出身平凡、资质平庸的女孩子，只怕这辈子都不会拥有这么奢华的婚礼。

花花跟我耳语："还好文静没有来，不然更受刺激。"

我说："别说文静了，连我都受刺激了。"

花花说："我也是。真是货比货得扔，人比人得死。"

我看了看周围，问："耗子怎么也没来？"

"他陪着文静。"花花说。

"干吗呀？文静又生病了？"我问。

"他俩又在一起了。"花花说。

我一个没站稳，差点摔倒在地。这消息太令人惊讶了。

"快说说怎么回事。"我忍不住催问起来。

"还记得上次在医院，咱们同时碰上 Tom 和耗子吗？那天咱们走了之后，他俩想着不是味儿，也先后走了。刘文静一个人在医院里待着，越想越难过，这时候刚好耗子打了个电话，问她有没有吃饭，刘文静就哭了，越哭越伤心，耗子赶去陪了她一晚上，之后没多久，他俩就和好了。"

"耗子不是有女朋友吗？"我很好奇。

"你的消息太不灵通了，那姑娘早就把耗子给甩了。她自从见了耗子妈，知道未来婆婆不省油，男朋友又惧母，果断提出分手。这已经是好久之前的事儿了。"花花说。

看样子我对朋友的关心实在少了点。我问：“这次耗子妈该不反对了吧？”

花花脸上呈现出诡秘的微笑：“据说上次耗子妈来的时候，还鼓动耗子再把文静追回来呢！”

这事儿我早听说过，花花再一次说出来，听着总有些喜感。

花花解释说：“耗子这些年，其实一直都挺关心文静的，只不过文静的日子一直向前，又曾经受过他妈那么大的侮辱，对耗子心怀怨恨，所以态度比较冷淡。这次生病，她变得特别软弱，再加上在海归和李林那里受到挫折，让她对男人心生警惕。耗子毕竟曾经对她托付过真心，或许是为了那一点温暖吧，他们又在一起了。”

两个人分手之后，各自兜兜转转很多年，在情感上和生活上吃了很多苦，再回首才发现，之前的那个人才是最好的。我突然有点想掉眼泪，这如果按照电视剧的演法，只怕便是花好月圆的大结局。

我说：“但愿他们这次不会再出什么问题，能和和美美地过下去。”

然而我终究是低估了人性的力量，他们在一起不到一个月就又分手了。

这次分手，是刘文静主动提出来的，提得那么突然，让耗子一时接受不了，他絮絮叨叨跟我们每个人打电话谴责刘文静，于是我们所有人都在第一时间知道了这个消息。

我问刘文静究竟是怎么回事，刘文静有些难过，说：“一个人，吃惯了燕窝鱼翅，再回头吃萝卜白菜，不习惯。”

我秒懂了。刘文静和耗子分手之后，也就谈了两次恋爱，但无论是海归还是李林，在情趣和经济方面，段位都比耗子高太多。耗子不过是个没什么出息的小职员，这么多年过去了，依然如此。

耗子依然是那个耗子，而刘文静却不是当年那个刘文静了。跟了海归和李林，她的品位和眼界发生了翻天覆地的变化——她已经看不上耗子了。

刘文静说："我很遗憾，但是不得不跟他分手，不然两个人都会特别痛苦。我这样跟他说，他却听不懂，你能不能帮我跟他解释一下，并跟他说，让他不要再缠着我了？"

"嗯，我跟他说。"我答应了刘文静。

"果子，你知道吗？跟耗子在一起的这段时间，我才突然懂得为什么海归会跟我分手。不是我不好，只是还不够好，还没好到能跟他站在一起，而薇薇能，这是我和薇薇之间的差别。之前我隐约知道海归为什么和我分手，却过不去心里的那道坎儿，挺恨海归和薇薇的，这次突然就想通了。海归和我，就像现在的我和耗子，我们确实不是一类人。"刘文静对我推心置腹。

"你能想明白就最好了。"我说。

刘文静是个聪明姑娘，当她想明白一件事，她就会迎来人生的质变。我相信，她下一个男朋友，若还是海归这样的，她一定不会因为生活上的细节，再让对方感觉不舒服。刘文静一定会用最快的速度，把从原生家庭带出来的所有 bug 一点点修补好，变得无懈可击。

耗子这时候心理特别不平衡，他错误地以为，刘文静跟他在一起又甩了他，是为了报复，报复上次他妈给予的伤害，而不是因为他们已经不相配。

耗子做了很多不太体面的事情，比如说对刘文静谩骂、纠缠、哀求……而对着我们，一会儿说他多爱刘文静，一会儿又说他多恨刘文静，他甚至还说了很多她的坏话。我们能理解他的心情，能理解他这些年在情感方面的不如意，可是我们不愿意看到朋友在姿态上这么不漂亮，当他说得过分时，我们会委婉地打断他。

有一天，他喝了点小酒，跟我们说着说着，言辞激烈起来。

他指着我和花花说："我不知道她给你们灌了什么迷魂药，从一开始你们就向着她，跟她一起对付我。别忘了，我们才是多年的好朋友，她是因为我才认识你们的。"

又指着薇薇说："你不知道刘文静背地里怎么说你的吧？她说你把她用过的破烂货捡回家当成个宝……"

这话实在太过分，耗子还没说完，教授和插销一个捂着他的嘴，一个抱着他的腰，把他拖走了。而他那一把鼻涕一把眼泪的样子，真让人记忆深刻。

我跟薇薇说："耗子喝醉了酒，说的话不当真，你别跟他一般见识。"

薇薇冷笑："我早知道她嫉妒我，只是碍于大家是朋友，没当我面说出来罢了。"

花花打断她："行了，她也不容易，甩了她的男人跟你结了婚，这事儿换了谁，心里能好受啊？若耗子说的是真的，你就当她心里难受发泄一下罢了。若耗子说的是假的，那就更没必要生气了。毕竟耗子喝醉了，真的假的还不一定呢！"

我明知道花花在薇薇和刘文静之间，无论是非对错，都会选择站在刘文静这边，却什么话都说不出来。她和刘文静算是老乡，又在一起住过很长时间，在两个人都最穷的时候相互扶持过，还合伙开了一个淘宝店。在我们这个朋友圈里，她俩之间的感情胜过跟我们。没事的时候，大家都是朋友；一旦有了矛盾，选择的倾向性就越发明显。这种女孩子之间的小心思，我都懂。我感觉非常不好，却无能为力。毕竟，薇薇和花花说的都是事实，没有哪个人说了假话。除了和稀泥，我又能做什么呢？

05

耗子和刘文静第二次分手后没多久，他就要走了，这事儿是插销说的。那天，插销给我打了个电话，叫我出来一起给耗子饯行。我大吃一惊，连忙问怎么了，这才知道，和刘文静的第二次分手，对耗子的打击实在太大，他心生去意，不愿意留在上海。

这次聚会，在一个酒店的包间，其他几个朋友都到了，刘文静却没有来，不知道是大家刻意没通知她，还是她本身就在回避这件事。

我进门的时候，明显感觉耗子的眼睛亮了，但看见是我，目光瞬间又暗淡下来。

我不是最后一个到的，在我之后，包间的门每一次打开，耗子的眼睛都会亮一次，也会暗淡一次。他盼着刘文静来，可刘文静始终没来。

耗子的表情看着真让人觉得心酸，插销和教授一直陪着他喝酒。这期间，耗子一句话没说，插销和教授一开始反复劝他想开点，喝高了之后，他们三个男人就在一起不停地骂女人。

插销说："我跟你说，不要相信女人，女人心狠的时候，就像那三个棱的冰碴子，直接刺到你的血管里，让你的心抽抽地疼。这还没完，刺完之后，还旋转一圈。啧啧，那滋味想起来就毛骨悚然。"

见薇薇、花花和我瞪着他，插销连忙露出讨好的笑："你们几个不算，你们是我见过的心最好的女人了。"

这句话说完，我们瞪他瞪得更厉害了，他连忙心虚地别转过头去，跟耗子和教授说：“喝酒，喝酒！”

酒喝多了之后，该骂的还是照样骂。从他们三个细细碎碎的醉话中，我得知：耗子打算回老家，听他妈的话考公务员，同时接受他妈给他介绍的对象。插销到现在夜里做梦都会梦见玫瑰。走在大街上看见背影和玫瑰相似的女人，会突然打个冷战，害怕得想要逃走，他有时候都怀疑自己是不是有病。而教授每天被娜娜逼婚、责怪，怪他没出息，在长宁或静安买不起大房子，几乎都要被逼疯了。

这群男人的遭遇，让我不知道该说什么好。我能说什么呢？我一直以为，作为一个普通女人，生在这世上，压力已经够大了，没想到男人的境遇也并没有好到哪里去。

教授跟耗子说：“别说你对上海厌倦了，想走了，连我这个从出生起除了出差和旅游几乎没离开过上海的人，都想离开上海了。”

插销喝了一大口酒，大声嚷嚷：“上海，我恨你！你剥夺了我的梦想和快乐！”

我的眼眶有些湿润，再看花花，已经哭开了，而薇薇则面露怪异之色。我们三个女人相互使了个眼色，悄悄出门买单，然后各回各家，留这几个男人在这里疯。

刘文静大四之后更加忙碌了。T 大向来以教学严谨著称，前几年，她一直忙着跑业务、谈恋爱，学业都是勉勉强强通过，这下子快毕业了，她有些着急。然而尽管她把所有的心思花在学习上，家里的事情还是扰着她的心。

刘妈妈打来电话哭诉："刘根儿谈了个女朋友，之前女孩父母嫌咱们家穷，怎么都不肯答应他俩在一起。后来看咱家买了房子，好歹成了县城人，就同意了，但提出了一个要求，要五万块彩礼。"

刘文静说："那咱家也拿不出五万块啊！根儿好像才过二十岁吧，着急结什么婚啊？等几年，等有钱了再说。"

刘妈妈说："二十岁在农村不算小了，像他这样的，有的人孩子都抱到手了，其他的要么结婚了，要么在处对象。我想着趁年轻，还能帮他们带几年孩子，这样他们小两口也轻松些。"

"这只是你的想法，他才二十岁呢，还没到法定结婚年龄。他的青春刚刚开始，还没有享受就结婚生孩子，随着孩子的成长，他的压力会非常大，这样的人生有什么意义呢？"刘文静用她的现代思维劝说着。

刘妈妈打断刘文静的话："嗨！你瞎说什么呢！农村哪个人不是这样的？早点儿结婚生孩子，年纪还不算大的时候，孩子就长大了，到时候只等着享福。总比年轻的时候吃喝玩乐，年纪一大把了还要伺候孩子强吧？"

刘文静哑口无言。她知道，妈妈的思维是受了整个村子、整个县城大环境的影响。在刘文静的家乡，大部分人都从事体力劳动，挣的钱只够日常开支，好不容易存点钱，要考虑盖房子、给家里添置大件。到了老年，做不动了，没有钱，孩子大了就好了，靠孩子养，好歹也有个正常的晚年，总比年轻的时候瞎晃荡，年纪大了养孩子强。

"养儿防老"是传统，老了跟着孩子住，只要不生病，吃穿花费不了多少。万一生病了，小病靠扛，稍重一点的病就去医院打针，大病就等死好了。这已经是最理想的老年生活状态。如果不早点儿生孩子，年纪一大把的时候做不了工，再有个嗷嗷待哺或正在上学的孩子，那一家人的生活就会很凄惨。

也正是因为这样，在农村，很多人结婚都很早，且在年轻的时候就把孩子生了。

当然早婚还有个原因：大部分人早早退学，早早成了社会人，一旦成了社会人，无论年龄大小，都成人了，成家立业就变得迫不及待起来。

刘文静已经从家里走出来了，她来到了大上海，成了T大的学生，飞出了鸡窝，命运跟家乡的人有了很大不同。再回头看自己的亲人，她很难过，为父母难过，为弟弟和姐姐们既定的命运难过。

刘文静说："你们觉得早点儿结婚好，那就早点儿结婚吧。只是这个彩礼钱怎么办呢？我手里的钱给家里买了房子，现在是一点都没有了。"

"你不是说跑业务挺能挣钱吗？你下一笔工资什么时候发？能不能找公司借一点？你是什么冠军，你张口的话，公司应该会借给你的吧？"刘妈妈终于把她的目的说了出来。

刘文静的心里一阵厌恶，他们的胃口越来越大，一家人都指望着她。一开始，她以为只要能让家人吃饱穿暖，有鸡蛋有肉吃就可以了，于是赚的钱一笔笔朝家里寄。后来爸爸生病，修葺房子，这也是没有办法的，寄钱回家就寄钱回家吧。再后来就是买房，她的存款全没了。家就像一个黑洞，吸光了她所有的钱。之前好歹都是她自愿的，毕竟他们把她养大，她愿意拿出所有的钱回馈父母。但现在连弟弟的彩礼钱都找她要，还主动开口，打她下一笔提成的主意，让她找公司借钱，这让她很反感——他们太得寸进尺了。

虽然刘文静心里对贫穷的父母有爱、有同情，可当妈妈成了伸手党，还打主意到了她尚没拿到手的钱，她还是会厌恶。

穷人的原生家庭，根本就是个无底洞啊！刘文静绝望地抬头看天，却丝毫没有办法。于她来说，这些钱是下一笔提成；于她家人来说，却是解决人生大事的关键。

“我也不知道下一笔什么时候发，可能还得几个月吧。等发了我给家里寄过去。”刘文静平复下心情说。她总是不忍心拒绝父母的任何一个要求。

“好！那我们就等着。你弟弟指望这笔钱结婚呢，你抓紧时间。我总跟人说我三姑娘能干又孝顺，靠自己上了好大学，不向家里要一分钱学费，还赚钱寄到家里，给爸爸治病，给家里买房子。别人都说我们家祖坟埋得好，能冒青烟……”每次找刘文静要钱，得逞之后，刘妈妈都会对刘文静一番夸赞，似乎说几句好听话，就能让她伸手要钱的时候更心安理得。这是比较好的情况了。刘文静一旦表现出为难，刘妈妈就会连嚷带骂，诉说当年养他们四个孩子的艰辛，以及在农村生活的困难，仿佛生那么多孩子，都是刘文静要求的，仿佛家里之所以那么困难，都是多了刘文静一个人的缘故。

刘文静有时候真的很吃不消。

“行了，妈，我在复习，没别的事儿挂了啊！”刘文静心生厌恶，打断刘妈妈，挂掉了电话。

刘文静查了下银行卡里的钱，还有两三万，要维持这一阶段的生活，还得防着家里突然哪个人又生病，这笔钱不能动。

“到哪儿去弄笔钱好呢？”刘文静一边玩着笔，一边咬牙思索。

结婚之后的薇薇搬去跟海归住了，她有了新的朋友圈子，跟我们的联系越来越少。但是我们聚会，还是会习惯性地叫上她。

刘文静的心结早已解开，薇薇也不是小气的人，经过花花抢白，决定原谅刘文静的羡慕嫉妒恨。虽然她们两个人并没有成为特别要好的朋友，但大家聚在一起玩时还是有说有笑的。

我们叫薇薇一起出来玩，薇薇却说："懒得跑，到我家玩桌游吧！我婆婆给我们介绍了个绍兴阿姨，菜烧得相当不错。"

我们都很开心地答应了，刘文静却说："我还要复习呢，就不去了。"

薇薇现在的家，刘文静曾经很熟悉。刘文静失落的样子，让我们多少都有些尴尬，兴奋之情打了些折扣。

那天刚好海归也在，他见到我们有些意外，却仍然很有礼貌地跟我们打招呼。他有些胖了，许是婚姻生活相对比较安逸的缘故。

饭还没好，我们几个朋友坐在一起玩桌游，海归在厨房里给阿姨打下手做饭，时而出来帮我们倒杯茶，顺便指点下薇薇。

我看着他们挂在墙上硕大的结婚照，不知怎的，脑海里跳出这样一幅画面：婚纱照里，薇薇的头像变成了刘文静的，刘文静和海归亲昵地依偎在一起，笑容灿烂。

回去的路上，花花说："薇薇家阿姨烧的菜可真好吃。"

插销说："那可不！一盘糖醋小排都被你一个人吃了。"

花花回嘴："你还好意思说我！那么大一个酱肘子，你一个人吃了大半。"

插销说："你们几个要不跟我抢的话，另外一半我也能吃得下。"

我看着他们打打闹闹，想到了第一次见到海归时的情形。那时候，谁都没有想到，他有一天会成为薇薇的丈夫，他们在一起那么幸福。

金钱

Chapter6

01

刘文静才感叹完“到哪儿去弄笔钱好呢”，没多久，她就认识了几个有钱人。

先认识的是个女的，叫梅大姐。

梅大姐第一次出场就镇住了刘文静：一头披散的长卷发松松散散垂在腰间，黑色的真丝衬衣在腰袢打了个结，简单的牛仔裤黑皮鞋。皮带扣上有个大大的“H”，毛衣链上是“CD”两个字母，一抬腕，金光闪闪，是一只百达翡丽手表。

吃饭的时候，梅大姐时不时表现出很照顾刘文静的样子，还帮她挡酒。饭后出门，主动提出送她回学校。梅大姐开梅赛德斯，在车上，问刘文静用什么香水，刘文静笑笑：“香奈儿五号。”

梅大姐说：“我闻着就是！五号就跟苹果手机似的，早成了‘街香’，别人轻易就能闻出来，反而显得廉价了。”

刘文静第一次听到这种说法，赶紧讨教。梅大姐说：“用混香。内衣、内裤上喷不同的香水。量少点，种类多点，别人就闻不出来了。”

梅大姐从来不掩饰对刘文静的喜爱，各种饭局总叫上她，还送了她几件只穿过一两次的名牌衣服。

梅大姐像个真正的姐姐一样，事事处处照顾刘文静，教她各种社交礼仪以及穿衣打扮的知识，还动不动跟她炫富，让她羡慕。刘文静跟梅大姐在一起的次数越多，就越佩服她，也越发地依赖她。

刘文静把自己的困惑和悲伤告诉了梅大姐，还把耗子妈对她的伤害、别的男人对她美色的觊觎、李林已婚却想让她当情人这些事都告诉了梅大姐。

梅大姐听了之后，轻描淡写地跟刘文静说：“妹子呀，你就是年轻，没经历过事儿，才会被这些男人骗。我跟你讲，男人没几个好东西，你可得擦亮眼睛，找个真心爱你的有钱人——真心爱你倒是其次，关键是要有钱。”

梅大姐强调：“女人就是得有钱！”

梅大姐说：“文静，你还年轻，体会不到，等你到了我这个年纪就明白了。女人二十多岁漂亮是爹妈生得好，三十多岁漂亮是气质好，四十多了还漂亮，唯一的原因只能是有钱。女人有钱才有闲，风不吹日不晒，开好车，住好房，用好化妆品，吃喝拉撒都有人伺候着，日子过得惬意，心情就好，这些在脸上都能表现出来。把美容师叫家里来全套保养，不行还能去打点肉毒杆菌，能不美吗？我跟你说，那些女明星五六十了还那么美，靠的是啥？肉毒杆菌！肉毒杆菌哪里来？钱！没钱，你还真打不起！”

梅大姐的这几句话说到刘文静的心坎儿里去了，她这一段时间，天天想着到哪儿去弄笔钱。梅大姐这几句话一说，立刻引起了刘文静的共鸣。不同的是，刘文静想钱，只敢在心里想想，跟我们这群老朋友提一提，可不敢见着谁都说。一个二十多岁的姑娘，天天把钱挂在嘴边，别人得怎么想她啊！

梅大姐看刘文静若有所思的样子，亲昵地摸了下她的脸说："你别担心找不到合适的男朋友，我老公是开发商，认识各种官员和做生意的，随随便便就能帮你介绍个资产上亿的大老板，你到时候跟着吃香喝辣就行。"

刘文静问梅大姐她老公叫什么名字，梅大姐说："问那么清楚干什么？他跟我不一样，大小算个名人，总上电视，我不想老把他挂嘴上，更不想打着他的名义出来混，我梅金凤有自己的天下要打。"

刘文静打电话问我，可知道有什么知名开发商的老婆叫梅金凤的。这我哪儿知道啊？我跟她说："一般来说，资产那么多的人，家属都挺低调的，像你说的大嗓门、穿衣打扮 logo 闪瞎人双眼的还真不多，二奶倒不少，可这种嘴巴牢靠的人，二奶地位能稳固吗？她年龄又大，据说身材还不怎么样……我还真没听说过梅金凤这样一号人。"

刘文静将信将疑地挂了电话。

没多久，梅大姐果然给刘文静介绍了一个有钱人，是个做工程的，据说和政府关系很好，主要承接地铁建设及政府指定项目。

刘文静没太看得上这个男人。他长得肥头大耳，皮肤黑，嗓门大，说话素质不高，整体气质和海归、李林相比，差很远，倒像个暴发户。

刘文静刚提出质疑，梅大姐就说："做工程的，经常在工地跑，能白到哪里去？我跟你说，你看男人不能光看长相，长得好又不能当卡刷。男人最主要是要有钱，其次是对你好。老王这个人，可有钱了，你别看他大大咧咧，对女人好着呢，你要是跟了他，他的钱可着你花，你就有福享了。"

这个叫老王的男人，穿的衣服倒是一般，开的车也是十几万的代步车。刘文静尚未对此提出疑问，梅大姐就主动解释：“他们男人跟我们女人不同，男人有钱都不敢给人知道，装得比那小白领还穷，好像生怕别人找他们借钱，这叫低调。”

刘文静赔着笑脸干笑了几声。

尽管梅大姐总是不停地强调老王多有钱，刘文静却始终看不上他。老王那个风格，根本就不是刘文静的菜，刘文静喜欢的是海归和李林这种长相斯文、读书多、言语素质高的男人，而不是老王那种大嗓门的糙汉子。梅大姐可不管刘文静心里怎么想，还是经常单独约他们出来。

梅大姐总是在刘文静的耳边宣扬，男人有钱比什么都重要。梅大姐的强势，契合了刘文静心里对钱的渴望，尽管对老王没有任何想法，却还是一次次跟梅大姐出去见老王。

老王出手够大方，第一次单独约会，就送了刘文静一个包，后来又送了一对耳钉，耳钉上的钻是五分的，看起来也值不少钱。

老王言谈间喜欢炫耀别的女人怎么追他，张口闭口就说：“我们公司有个小姑娘，才二十来岁，追我追得可紧，只可惜我看不上她。长得一般不说，还是专科毕业。我要找的老婆，要漂亮、要温柔、要学历高，这样才能给下一代一个好基因。”

或者说：“之前有个女的，快三十岁了，是什么外企的部门经理。人是不错的，对我也好，天天给我做饭吃，可我嫌她年龄太大，马上就成高龄产妇了，那怎么行呢！我老王可看不上这样的女人。”

等下一次见面，又说：“前一阵子，约会了一个女的，长得挺漂亮，学历也不错，也年轻，各方面都符合我的要求。我带她出去吃饭，她上我车的时候，一脸鄙视，好像坐便宜车脏了她屁股似的。我没理她，直接带到威斯汀去吃饭，她看见里面的服务员跟我特别熟，上的菜也是她从来没吃过的，眼睛都直了。我跟她说，我在全国各地都有房子，我公司承接的都是政府项目时，她腿都软了，整个人黏在我身上，一口一个‘哥’喊我，声音嗲得林志玲都比不了，恨不得当场就跟我回家。但是我呢，吃完饭就给她送回去了。我见不得这样见钱眼开的女人，我想娶的女人，得爱我，而不是爱我的钱。”

这些话，配着老王的大嗓门和不知道哪里口音的乡土普通话，怎么听怎么别扭，刘文静听的时候直皱眉头，却看在包和钻石耳钉的分儿上，并没有起身走掉。

老王总是张口闭口说：“嘿嘿，文静，我就是喜欢你这样的。”

而梅大姐又不停地暗示刘文静：“男人有钱很重要，以后跟着吃香喝辣就行。”在梅大姐的百般洗脑下，刘文静虽然不喜欢老王，却竭力忍受着——看在钱的分儿上。

人是很奇怪的动物，再不喜欢一个人的言行举止，若有了一定的心理暗示，再加上相处得久了，也会习惯。习惯是一件很可怕的事情，它会让人误以为，其实她并没有那么讨厌他。

熟悉之后，梅大姐就逐渐淡出了。老王单独约会刘文静，自然会动手动脚，也只有到那时候，刘文静才知道自己心里有多么厌恶这个男人——女人通常都是这样，如果心里没感觉，身体上自然会抗拒，除非装，否则连半推半就都做不到。

刘文静的抗拒，老王只当她害羞，说：“你迟早都会经历这一步，怕什么？”

刘文静知道，老王是误会了，误以为她从来没有经历过，却也不揭穿，只注意避免跟他单独到非公共场合。

老王能看出刘文静的心思，对此也不勉强，在他眼里，刘文静这么“单纯”的女孩子，迟早会是他碗里的肉，他不急。只是在朋友聚会时，老王处处以刘文静的男朋友自居。刘文静虽不喜，但老王能带她认识很多在社会上有些地位的人，比如说某局长的公子，某单位一把手的秘书，刘文静喜欢见这些平时不怎么见到的人，她觉得这是机会，虽然现在她还不知道，这机会对她有什么用。

另外，默认是老王的女友，还有个好处：别人灌她酒，老王都挡了或帮着喝了，她不必应酬，做壁花即可——自从把刘文静交给了老王，梅大姐很少再帮刘文静挡酒了，这种事，自然是“男朋友”来。

刘文静跟梅大姐和老王他们走得很近，对着我们也张口闭口梅大姐说什么了、老王怎么样了，语气非常之炫耀。

我和薇薇对此尚未说什么，花花却不太高兴：“他们有钱跟你有关系吗？不就送了你一个包、一对耳钉吗？眼皮子这么浅，小心吃亏上当。”

刘文静知道花花是真心待她，不由得羞得面红耳赤，嘴上却很强硬：“我跟你没办法比。你家人虽然对你一般，却从来不找你要钱。而且你不上学了，不必交学费。我呢？我随时都在担心什么时候突然就没钱了。老王送我的东西是不多，也值不了多少钱，可那只是开始，我看得长远。”

花花说：“说什么长远，不就是盯着他那点钱吗？你还年轻，有的是挣钱机会，不要那么虚荣好不好？”

再虚荣的女人，都见不得别人说她虚荣，刘文静气得浑身发抖：“是，我是虚荣，我是盯着他的钱！那又怎样？有些人长得丑，想盯着男人的钱，都没男人给呢！”

02

刘文静说完就气冲冲走了。花花看着刘文静扬长而去的背影，气得浑身发抖，指着刘文静说：“你们看她！你们看她！这么不知好歹，迟早有她吃亏的时候。”

好朋友有时候胜似亲姐妹，只有真的关心一个人，才会担心她走弯路，才会总想要提点她，才会气急败坏。

我跟花花说：“你现在说什么，她都听不进去的，不如缓一缓。”

花花生气地说：“我嘴贱，才去说她。下次她就是全身都在火坑里，你们拿刀逼着我，我也不说她一个字了。”

薇薇悠闲地看了我们一眼，什么话都没说，就好像刘文静的事情跟她无关似的。我知道，在我们几个女孩子之中，薇薇是心里面最明白的那个人。她什么都不说，可能是觉得现在不是说话的最好时机。

刘文静跟我们不欢而散之后，一个人越想越生气，忍不住跟梅大姐发了个短信：“为什么我做什么事情，我的朋友们都不支持呢？”

梅大姐回复：“想必不是多好的朋友吧！”

刘文静很恼火地说：“在我心里，她们不仅是非常好的朋友，还是我在上海的亲人。我对她们贴心贴肺，不求她们一样对我，起码她们应该理解我。”

梅大姐说：“真正的朋友，是无论你遇到什么事情，无论你的选择怎么样，即使全世界都跟你作对，即使你想要跟全世界作对，都坚定地站在你身旁。做不到这样，那就不是真朋友。”

梅大姐的火上浇油让刘文静备感宽慰，她不会想到，她做错了还支持她的人是恶魔，是把她朝魔鬼的小屋引领的人。而我们是仅有的、看她走错路会忍不住出手拉她一把的人。

然而什么是对错呢？自己做出来的选择，即使将来再后悔，选择的那一刻，也会觉得无比正确吧！

梅大姐说：“心情不好，那就出来玩吧。淮海路上一个德国人开的酒吧，今天晚上有表演，名字叫什么猫女秀，特别有意思，老王托了很多关系才买着票呢！”

刘文静收拾收拾，化了个很浓的妆，去了梅大姐指定的酒吧。刘文静到的时候，表演已经开始了，只见人声鼎沸的酒吧里，所有人都一脸兴奋，望着远处的舞台。刘文静努力地挤到梅大姐身旁，舞台上一群身材很好的年轻女人，穿着豹纹胸罩和短裤，戴着猫耳朵，脸上画着猫眼睛和猫胡须，张牙舞爪做出猫的样子，虽群魔乱舞，但确实很好看。

梅大姐递了一杯酒给刘文静，刘文静一仰脖子喝掉了。

喝了那杯酒之后，刘文静的情绪被调动起来了。她甩着手，和舞台下的人一样随着音乐欢快地舞动起来。

老王觍着脸凑过来：“怎么样？表演还不错吧？”

刘文静把手放在耳朵旁边，大声嚷嚷：“你说什么？我听不见！”

表演结束，各自落座，在包房里，老王当着刘文静的面，将一颗白色小药丸丢进苏打水中，摇了摇，递给刘文静。

刘文静问：“这是什么？”

老王神秘地笑笑，梅大姐说：“到酒吧想玩得尽兴，就得靠这东西。”

摇头丸？毒品？刘文静瞬间就想到了这些东西，也问了出来，梅大姐说：“不是，只是兴奋剂而已，运动员上场前都喝这个。”

刘文静心里还是很害怕，梅大姐他们太高大上，而她又没有见过毒品和兴奋剂的样子，不知道有什么区别，她不敢碰。

老王看刘文静不肯喝，劝了她几句，她直摇头，就是不肯喝。老王生气了，一副“你不给我面子”的表情，一仰脖子，把那杯放了药的水喝掉了。

因为刘文静的防备，大家都有些索然无味，只要来各种酒，一杯接一杯地喝着。梅大姐不动声色地跟刘文静你一杯我一杯喝着酒，没有之前那么热情了。刘文静有些不好意思，因为不知道那杯苏打水里是什么药，她没肯喝，而这些酒由酒吧服务员亲自端上来，当着他们的面调好，刘文静再不喝就说不过去了。好在这些酒大部分都是由饮料、果酒和啤酒调制而成，喝起来倒还好，酒味不是特别大。

刘文静没有料到的是，就是这些喝起来跟饮料似的混酒，后劲才大。她不记得自己究竟喝了多少，只知道，自己越来越晕。

刘文静带着醉意摇手：“不能……再……喝了，不能……了，明天还有课呢！”

梅大姐鄙夷地看了刘文静一眼：“大学里的课，上不上都行，考试能考过就可以。你别担心，万一到时候考不过，姐姐找人帮你考。”

刘文静摇头："T大很……很变态，重点课不……不……不去上，也要……要扣分的。"

老王看着刘文静醉酒后憨态可掬的样子，那酡红的双颊，那娇滴滴的嘴唇，那媚眼如丝，忍不住色心大动，一把抱住刘文静："你只管喝，明天我送你去上课。"说着就把嘴巴凑上来，打算亲刘文静的脸。

老王不是第一次动手动脚，但大多数都是两个人的单独场合，后来，刘文静为了避免跟他亲密接触，几乎不跟他到任何人少的地方约会。她没想到，老王居然这么大胆，当着这么多人的面，嘴巴直接就凑上来了。刘文静使劲儿推老王，但哪里推得动他？最终还是被他抱了个结结实实，亲得满脸都是口水。

老王的嘴巴气味很奇怪，刘文静不喜欢，这又喝醉了酒，胃里本来就难受，一熏就给熏吐了，"哇"的一声，她毫无征兆地把胃里半消化的酒精和食物都吐在了老王的脸上和衣服上。

大家哄笑起来，老王很尴尬，瞪了刘文静一眼，去卫生间清理。刘文静这一吐，酒也就醒了大半。

老王走后，包厢里静极了，大家看着刘文静，都不说话，就连一向最会打圆场的梅大姐都一声不吭。刘文静有些坐立不安，过了一会儿，老王出来了，他们对老王冷嘲热讽起来。

有的说："你真行啊老王，这么久了，连女朋友都搞不定，亲个嘴儿都能吐你一身。"

有的说："大学生就是不一样，吐也吐得是时候，刚好在最关键的时刻吐了。"

有的说："还好老王从来不穿贵衣服，这要是阿玛尼上身，动辄几万块，又不能水洗，一吐岂不是衣服都废了？”

另一个接口:“美女吐出来的,那都是香的,别说阿玛尼了,再贵的衣服,也得裱起来，天天挂着看，没事儿的时候闻一闻。”

刘文静又尴尬又歉疚。老王遭了嘲讽，突然发了狠，一把抱住刘文静，把她按在沙发上，嘴巴再次凑过来。刘文静本来想竭力忍着，毕竟已经默认是他女朋友很久了，而且刚刚又吐了人家一身，之前还不肯喝他放了药的水，表明了不信任他嘛！这让他的面子朝哪里放？他好歹也是有身份、有地位的人，就只好竭力忍着。

然而刘文静始终无法适应老王的靠近，她对这个人实在没有好感。老王这次发了狠，不像之前，多少还有些强装的温柔，这次，老王不仅把嘴巴凑上来，手也不安分，直接放在了刘文静的胸上，另一只手去拉她的裙子。刘文静挣扎起来，可她哪里挣得过老王？眼看着裙子被他揉得快掉下去了，拉链也几乎被他拉开，刘文静不知道他是不是要当着这么多人的面办那事儿，推不动，叫他停止他也不听，一着急，张口在老王胳膊上狠狠咬了一口。

老王“哎哟”一声坐了起来，扬起手就要扇刘文静，梅大姐眼明手快，一把抓住了老王的手。

老王哼了一声，朝旁边坐了点，气得火冒三丈，却再不肯搭理刘文静。

鸦雀无声，气氛尴尬极了，刘文静小声说了句“对不起”，就打算起身走掉。

梅大姐一把拉住刘文静：“你吐了人家一身，又把人家的胳膊咬肿了，这就准备走吗？”

刘文静小声说：“我已经说了对不起。”

梅大姐冷哼道：“一句对不起就够了？看样子刚才他打你，我真不该拦着。”

刘文静回想一下就觉得怕，老王虎背熊腰，人又胖，那一巴掌下来，得多疼啊，只怕脸要肿一个星期吧！那还怎么见人啊？

梅大姐跟刘文静说：“你认识我们以来，我们对你怎么样，你心里应该很清楚。今天你跟我说心情不好，还说你朋友不支持你。我就想着拉你出来散散心，才把大家约到酒吧来陪你。你先是不肯喝我们给的水，你不放心谁？怕我们在水里放药害你，马上就把你给迷奸了？好，你不喝，老王自己喝掉。他喝了不也一点事儿都没有吗？你是老王的女朋友对吧？我从来没听你否认过，就当你是了。做人家女朋友，要自觉点。老王这个岁数了，有需求很正常。你不同意就直接说，别占着茅坑不拉屎呀！你早说明白了，老王去找别的女人，也好过在你身上干耗着。你什么都不说，不明着拒绝，我们就当你还是学生，害羞，给你时间。今儿老王心情不好，还陪你出来玩，喝多了点，是有些冲动。可是你呢，先吐别人一身，再把别人胳膊咬肿了。有你这样当人女朋友的吗？”

老王拉了一把梅大姐：“行了，别说了，算我倒霉，白认识了她，白对她好了。”

梅大姐说：“刘文静，我算看出来了，你就是一白眼狼，我们对你再好，你也是看不见的。你不知道老王最近经历了什么事儿吧？他是男人，遇到事儿都埋在心里，不说出来而已。你不仅帮不了他，还给他添堵……”

老王打断梅大姐：“你也喝多了？别说了。”

刘文静弱弱地问老王：“你遇到什么事儿了呀？”

老王叹了口气，不肯说。

梅大姐却竹筒倒豆子说了出来：“老王不让我告诉你，可你们毕竟还没分手不是？我还是得跟你说。”梅大姐说，“老王的工程出了点问题，死了一个人，家属一直闹，上面扛不住压力，冻结了他的资金，可工人还等着发工资呢！天天都有人找他。他现在手里穷得连吃饭的钱都快没有了。”

“那怎么办呀？”刘文静问。

“他最近愁啊，一直想着到哪儿去弄笔钱，扛过这个危机。按说我们关系这么好，我帮他义不容辞，可是我们家那口子最近才拿了块地，钱都给了政府。他们几个，又各有各的难处，一时谁也帮不了他。”梅大姐指着其他几个人说。

刘文静低着头，默不作声。

大姐说：“你也跑了这么多年业务，手里应该攒了些钱，不如拿出来给老王救救急，虽然起不了太大的作用，但起码不用让他卖车吃饭。就他那辆破车，卖的话也卖不到多少钱。”

刘文静一听就急了：“我？我没有钱。”

梅大姐拍了刘文静一下：“怎么会没有钱呢？你不是天天跟我吹牛，说你们公司你业绩第一吗！你们公司也不算小，业绩第一，想必钱不会少吧？”

刘文静着急地说：“我要交学费，还有生活费，前不久才帮家里买了房子。我真的没钱。”

老王突然站起来大声嚷嚷：“我就说了，当我白认识她了！在我眼里，她是我未来老婆。我本来想着，她还有不到一年就毕业了，我好好赚点钱，在好地段买套别墅，把她娶进家门。可是现在呢？你们看看，她对我怎么样？”老王说着说着把头埋在膝盖间，哭了起来。

刘文静向来把钱看得比什么都重，再加上曾经在李林那里吃过钱的亏，就发誓再不为哪个男人花一分钱。梅大姐和老王提到钱，她暗自警醒。却不知道为什么，听到老王发火，看到他哭，她觉得她错了，就像他们指责的一样，她是个特别没有良心的人，她感觉很不安。

刘文静想了想，决定帮老王一把，她说："我是真没有钱，我的卡里只有两三万，下一笔提成下周才能到账，你不嫌少的话，我先把卡里的钱取给你。"

老王和梅大姐自然是不信的，去了银行，看了余额，都特别失望，但还是二话不说，把卡里所有钱全部取出来放进了老王包里。

梅大姐问："下一笔提成有多少？下周几到账？是发到这张卡里吗？"

刘文静说："五万块左右吧，下周一，是这张卡。"

梅大姐趁热打铁："那你这张卡就先放老王这里，到时候他直接来取，取完钱把卡拿给你。"

刘文静正准备说那笔钱是打算拿给弟弟当彩礼的，话还没说出口，梅大姐就眼明手快地把卡装老王包里了。老王一把抱住刘文静："等我过了这个难关，你就跟着我吃香喝辣吧！"抱了之后，又像是突然想起来，刘文静不喜欢身体接触，连忙放开了手。

刘文静看老王一副待她很小心的样子，也不知道该说什么好，眼睁睁看着他们拿走了她的银行卡。

03

刘文静回家之后，不是没有后悔。她仔细想了想自己今天的举动，拒绝喝加了料的水、吐老王一身、咬他，这些行为除了对老王厌恶以外，潜意识里其实是并不太相信梅大姐和老王这群人。刘文静被自己的想法吓了一跳，转念想，却又觉得合理，毕竟接触时间不算长。她有些后悔一冲动就给了他们钱，可是毕竟已经给了人家，她也只能相信，等老王渡过难关之后，会把钱还给她。

思来想去，仍然不放心，刘文静打了几次梅大姐的电话，梅大姐对她的态度特别热情，拍着胸脯保证，等老王过了这个难关，会加倍把钱还给她。

“你就算不放心老王，还能不放心姐吗？老王还不上，还有我。我少买个包，还你的钱就绰绰有余了。”梅大姐说。

刘文静又打电话，想把自己的卡要回来，梅大姐不高兴了，连嚷带骂：“你那多少钱啊？我们能看上你的钱？你那点钱够我们塞牙缝吗？”

梅大姐一会儿拍胸脯保证，一会儿骂刘文静眼皮子浅，这点钱都不放心，弄得刘文静也不好再打电话。刘文静只好自我安慰，老王送的包和耳钉还值不少钱呢，不行卖掉好了。

到了周一，刘文静的手机接到短信，收到了提成，可没几分钟就被取走了。她心里一阵暗恨，可谁让自己答应了人家，并把卡都给了人家呢？

过了几天，老王又来找刘文静，把卡还给她，跟她说：“你的钱我倒是都拿去救急了，可还远远不够，我记得你有些朋友来着，他们都工作很多年了，能不能帮忙想想办法，借点钱？”

刘文静说：“他们都各有各的事，找他们借钱不太好。”

老王说：“什么好不好的？借钱才最能检验友情。你不是说，有个叫花花的，对你特别好，一直很照顾你，现在还是什么华东区总经理？那么牛的人，手头钱应该不少吧？你找她转借点儿，反正我有了总会还她的。还有那个什么薇薇，不是富二代吗？据说挺有钱的……”

刘文静说：“花花才在上海买了房子，手里已经没有钱了，她还想买车呢！至于薇薇，我和她的关系还没好到一伸手就能借很多钱的地步。”

“能借多少借多少吧，实在不够，我再去别处想办法。”老王继续游说。

刘文静却一副不为所动的样子。这些年，她麻烦我们的次数不算少，她不想因为“别人”的事情，来找我们借钱。

老王见刘文静不肯，随即从包里掏出一个盒子，从盒子里拿出一个鼻烟壶说：“你梅姐没跟你说过吧，我平时喜欢收集些古董什么的。这个鼻烟壶是乾隆年间的，不值什么钱，卖掉的话，也就百十万。可这是我最喜欢的一个鼻烟壶，我舍不得卖。着急脱手的话，也卖不出价钱。我是想娶你当老婆的，这个你帮我收着，免得到时候我撑不住把它卖掉了，那就得后悔一辈子。”

老王说着把鼻烟壶装到盒子里，把证书摆放好，一起塞到刘文静手里。刘文静推着不肯接，老王惨淡一笑：“我这次得罪了些人，还真不知道能不能过这个坎儿呢，万一过不去的话，你把这个鼻烟壶卖掉，还能过几年好日子。”

看着老王一副交代后事的样子，刘文静突然特别感动，甚至为之前的怀疑以及阴暗心理自责不已。刘文静说：“我不要你的东西，你拿去卖掉，能卖多少卖多少，好歹救救急。等以后有钱了，再赎回来。”

老王惨然一笑：“急卖卖不出价。放你这儿吧，既然你不愿意帮我找你的朋友借钱，我只能想别的办法了。”

刘文静问：“现在出手的话，能卖多少钱？”

老王说："顶多二十万吧。"

刘文静算了笔账，一个价值一百万的鼻烟壶，因为急着卖就折掉这么多价，实在太不划算了，就跟老王说："我去跟我的朋友们说说，不能保证他们就愿意帮你。"

老王一脸感动，一把抱住刘文静："你对我实在是太好了！朋友如果有困难的话，就不勉强他们，免得你为难。"说着就把鼻烟壶塞到刘文静手里，让她收着。刘文静推让了几次，还是收下了。

刘文静找我们借钱，为了帮老王。我们大家集体沉默，气氛尴尬。花花有些不忍，说："我倒是还有五千块闲钱，要不等下回去打你卡里？"

刘文静求助似的看着我们，我们虽然很为难，却不忍让她伤心，也只好一人报了一个数，不过每个人也就两三千块钱，加起来数目并不大。

插销是怎么都不肯借的，他高声嚷嚷："你怎么能那么容易轻信别人呢？你们毕竟没有结婚！不仅把自己所有的钱都给了他，还找朋友借。你认识他才几天？万一他不还你怎么办？"

刘文静唯唯诺诺："我就想着，老王对我还不错，而且他真挺不容易的。你们不要担心他不还。他送我的东西就值不少钱了，他还有个鼻烟壶押在我这儿，我也不怕他跑了。"

"那鼻烟壶，他说真的就是真的啊？你懂古董啊？"插销说。

"我看了证书，是真的。"

插销冷笑："证书？淘宝上五块钱买俩！看证书你都相信，我看你是脑子糊涂了吧？"

薇薇突然插了一句："文静，你不会是看在他有个鼻烟壶押在你这儿的分儿上，才找我们借钱的吧？”

刘文静沉默。我们都倒抽一口冷气，看样子，这才是她的真实想法。

我说：“轻易就把一个乾隆年间的鼻烟壶押在你这儿，这事儿怎么看怎么都不像真的，你还是找个人鉴定一下吧！”

经过这番话，本来我们都打算借钱给刘文静的，这下子，又都不肯借了，我们怕她上当。刘文静见我们不肯借钱给她，很郁闷地走了。

老王听说刘文静没有找朋友借到钱，沉默了半天，跟她说：“没事儿，本来也不指望那一点点钱，塞牙缝都未必够。”

老王约刘文静出来跟一个朋友吃顿饭，理由是：“他当年想考T大没考上，心里面一直很遗憾，听说我女朋友是T大的学生，就想见见。”

老王说：“这个人有一定的职权，对我的事儿在上面多说几句好话，能顶很大的作用，你不要得罪他。”

老王带刘文静到了一个会所，梅大姐也在，几个常常见面的人，大部分都在。新面孔就是老王所说的想见刘文静的人。这是一个中年男人，白胖，并无特色。然而老王介绍的时候却很慎重，说：“这是郑秘书，可是我的贵人呢！”

刘文静跟郑秘书打了招呼，坐在老王身旁，另一边是郑秘书。

刘文静以为不过是平常的聚会，像前几次一样。哪知吃吃喝喝间，郑秘书就把手伸到了刘文静的大腿上。刘文静很厌恶地躲开他的手，他却继续，反复几次，锲而不舍。

因为老王跟刘文静交代过，不能得罪这个男人，刘文静只好低声问老王：“这个人怎么回事？”

老王沉默了一下说："看样子他很喜欢你。"

"可是我不喜欢他，我们俩换个座位。"说着刘文静就准备起身。

老王按住刘文静的肩膀："你忍耐一下，就当是帮我。"

"这个怎么忍？"刘文静不干了。

梅大姐悄悄把刘文静叫到卫生间，跟她说："郑秘书是我们不能得罪的人，对老王能起到生死攸关的作用，你不要把事情搞砸了。"

刘文静有些生气："他吃我豆腐，你们都没看到吗？"

"看到了，我和老王的意思是让你忍一下。"梅大姐沉吟了一下说，"老王遇到这种事，心里也难受，毕竟你是他的女朋友，你被吃豆腐，他头顶就是绿色的。只是他现在刚好遇到难题，全部身家都押了进去，却还不讨好，急得恨不得跳楼。本来还指望你能帮一把的，结果你工作了这么多年，居然才那么一点点渣渣钱。你答应得好好的，找朋友借，也不知道你那群朋友是些什么人，居然一点都没借到。我们这群朋友一直在嘲笑老王，不是说你没用，而是说他没用。现在郑秘书喜欢你，你之前也没帮上老王什么忙，这次你忍一忍，就当帮老王了。帮他过了这个难关，我们大家都会感激你的。"

"忍到什么程度？"刘文静问。

"今天晚上，你陪下郑秘书。"梅大姐直接把目的说了出来。

刘文静惊呆了，她没想到，这才是他们的终极目的。她更没想到，他们会这样无耻。她跟他们讲感情，他们却一直算计她。算计完她的钱，再算计她的人。

刘文静在洗手间里盯着梅大姐足足有三分钟，这三分钟里，无数个念头在她的脑子里奔腾而过。她首先想到的是跑，可是他们人多，很显然有备而来，她打不过，也跑不了；第二个念头是屈从，可是她始终不甘心，真这样做了，只怕以后她该要自我厌弃了；第三个念头是装来了大姨妈或者有什么妇科病，可没有的事情，怎么装呢？生活又不是演电视，万一被发现，只怕死得更惨……

“我知道了，我上个厕所，顺便补个妆，马上出去。”刘文静努力挤出一丝笑容，跟梅大姐说。

梅大姐没想到刘文静这么爽快就答应了，狐疑地看了刘文静一眼，有些不太放心。

“你担心我找救兵啊？我手机放在外面的桌子上，我现在是叫天不应叫地不灵，而且我也没打算叫，能帮老王过了这个难关，想必将来他也会感激我，对我更好的。”刘文静的语气装得特别哀伤，甚至有些心如死灰的味道。

“你能想通那是最好了。”梅大姐拍拍刘文静的肩膀，出去了。

除了花花以外，没有人知道刘文静还有第二个手机。一款蓝屏的诺基亚，充满了电，用特制的绑带绑在手臂内侧，不仔细看根本看不出来。

刘文静才跑业务时，有时候会一个人坐黑车到很远的别墅小区推销酒窖，有些地方太远，而黑车有风险，为了保护自己，手臂内侧常放置一个平时不用的手机用于自我保护。没想到这几年没用，今天倒派上用场了。

刘文静快速拿出手机，编辑了一条短信，把会所地址和她遇到的事情简单说了出来，同时发给了三个人——花花、插销和Tom。

发给花花，是因为花花是唯一知道她这个号码的人，而且花花胆大心细，想必会有办法；发给Tom，不过是担心万一花花和插销解决不了这件事，还能有个备选，毕竟，鸡蛋不能放在一个篮子里；至于为什么会发给插销，刘文静心里很清楚，插销这人嘴巴坏是坏了点，人却极靠得住。上次和耗子一起到她表哥店里要钱，两个男人扮白脸，刘文静扮红脸，都是插销的主意。插销这个人身材高大，看起来挺威猛，心又够细，找他很放心。

发完了三条短信，刘文静为了避免哪个不开窍打她电话穿了帮，立刻关了机，把手机重新塞进手臂里，稍微整理了下妆容，就走了出去。她决定把命运交给她的朋友们。

04

刘文静发短信给插销、花花和 Tom 的时候，他们都在上班。插销一个电话打给了花花——他知道她们关系最好，跟花花确认一下这件事。确认之后，部署了一番，叫了七八个虎背熊腰的同事一起出门，还交代花花，让她安心上班，不必管这件事了，他公司离那个会所最近，他去搞定就好。

刘文静发出短信后不到一个小时，插销和他的同事们就赶到了，而这一个小时对于刘文静来说，简直是度秒如年。

刘文静不能保证他们会来，更不能保证来的人能顺利救走她，她一边应付着郑秘书，一边想着其他方案，是再找个借口回卫生间给其他人求救呢，还是装作不胜酒力早早晕倒，等跟郑秘书单独相处时再想办法呢？这两个方案，刘文静觉得都不太靠谱，营救的第一候选人都靠不住的话，指望其他人也就更渺茫了。至于单独和郑秘书相处，谁能保证到时候就郑秘书一个人呢？

或者像上次对待老王一样，吐郑秘书一身，借酒装疯咬他？

好像这种方案也不太好，已经用过一次了，他们防着呢！

刘文静和郑秘书一杯接一杯地喝着酒，说着话，他有心灌醉她，而她还没想好究竟什么时候醉最合适。

胡思乱想之际，插销带着一群同事浩浩荡荡地冲了进来，同时进来的还有会所的保安。

见着刘文静，插销一把揪住她，骂道："我就算病死，也不用你的钱，更不需要你用这种方式换钱！快跟我回去！"

老王他们站起来，拦着插销问："怎么回事？"

和插销同来的一个男人亮出记者证："我是报社的记者，这个男人刚打电话说，他得了重病，他女朋友为了给他筹医药费，在这儿卖淫。"

另一个拿着相机的男人适时地各种拍照。

郑秘书以手挡脸。老王去抢相机："别拍，别拍！"

和插销同来的几个人护住不让抢。

插销恐吓刘文静："你跟我走，不跟我走，我就打110，把你抓进去关起来。"说着就拉刘文静出门。

梅大姐一个箭步冲上来："你说你们是记者，就真是记者啊？记者证也有假的呢！"

拿记者证的男人冷笑说："明天看新闻。"

与梅大姐同行的一个男人赶紧拉住梅大姐："这种事宁可信其有，不可信其无。"又掏出烟对拿记者证和相机的两个人赔笑说："不是有组织的卖淫，是自由恋爱，他是这姑娘的男朋友。"说着一指老王，又看着插销说："会不会是这个姑娘脚踏两只船啊？我们之前知道她只有老王这一个男朋友。"

郑秘书走上前，用手势制止住这个男人继续发挥，又对拿着相机的“记者”说：“把你的相机卡给我。”

“记者”自然是不肯的，老王他们想上来抢，被护着，郑秘书说了声：“别动手。”就制止了这群想抢相机的人。

郑秘书回到沙发处，从随身携带的包里掏出一沓钱，递到“记者”手上：“这是一万块，买你的相机卡。如果你们愿意呢，就把卡给我，我放你们走。不愿意，你们今天谁都走不了。就算是今天走了，我也能保证明天你们的新闻发不了。”

“记者”自然是不肯收的，嘴上还嚷嚷：“发不了新闻，还不能发网上啊！网友对这种事最感兴趣了。”

郑秘书上前一步，把记者证拽到眼前看了一下，对“记者”说：“陈新贺是吧，我一个电话过去，你明天就不用去报社上班了。年轻人出来做事不容易，我不想坏了你的饭碗。”郑秘书放下记者证，把钱朝他手里使劲儿一塞，说，“这事儿就这样算了。”接着，准备自己动手拔相机卡。

“等等！”插销说，“他还欠我女朋友一笔钱呢！那可是给我救命的钱。”

郑秘书看着老王，老王在郑秘书的威压下，头上的汗一滴滴掉下来：“钱，钱我已经花掉了，我这两天想办法筹到了就给文静打卡里。”

刘文静指着梅大姐说：“她不是有钱吗？”

刘文静看梅大姐的眼神，该有多怨毒就有多怨毒。刘文静恨她，只要一想到刚才在卫生间里她说那些话时的表情，就恨得牙痒痒。

“哎哟妹子，我之前跟你说我有钱都是骗你的，其实我是个穷光蛋，真的，我那车是二手的，都快报废了，刷的新漆，不值什么钱。”梅大姐后退一步，躲在老王的身后。她的意思很明显：钱是老王拿的，你找他要啊！

老王哭丧着脸，试图拉刘文静，却被刘文静躲开了。老王说：“我跟你保证，我这两天就筹钱，筹到了立刻还给你。”

郑秘书发话了：“你们常看电视的话，对我应该不陌生，我跟你们保证，他们会把钱还给你们的，他们不还，你们去找我。”

插销说：“那相机卡就先放在我们这儿，什么时候钱给了，什么时候给卡。”

“不行！”郑秘书说，“你们没注意吧？就在你们刚进来的那一刻，我们的同伴已经有人打电话叫人了。今天你卡给我也得给，不给也得给。我不想跟你们几个平头百姓硬着来，免得把事情闹大，这件事大家还是好说好商量，不然今天你们一个也别想走。”

插销想了一会儿，想着好汉不吃眼前亏，示意拿相机的同事把卡给郑秘书，之后拖着刘文静出门了。

出门的那一刻，听见郑秘书冷漠而气急败坏的声音：“这都是些什么事儿！”

他们刚出门，就遇见花花带着几个人正准备朝里面进，插销使了个眼色，花花立刻转身，大家一起上了提前准备好的一辆商务车。

插销把那一万块钱递给刘文静：“虽说他们答应了，但其他的钱，还真不知道要不要得回来，这点钱你拿着，也算是弥补一些损失。”

刘文静推着不肯要，插销打开刘文静的包，把钱丢她包里了。

刘文静发自肺腑地说：“谢谢你们。”

插销揉了揉刘文静的头发，把她的头发揉乱，又一把抱住她说：“傻丫头，下次不要这么傻了，什么人都相信。”

这句话说出来，刘文静有些傻眼，插销放开她之后，她依然愣愣的。插销对她，可是从来没有任何亲昵态度的。

插销把手放刘文静眼前晃了晃：“喂，你傻了呀？放心吧，像你这么蠢的丫头，我不会有感觉的！”

那个叫“陈新贺”的“记者”开玩笑说：“别说，这一出英雄救美，就算是以身相许，也不为过。”

插销轻轻打了“记者”一拳：“乱讲。”

“快说说，究竟怎么回事儿啊？”花花追问。

“你忘记我是做什么的了？我是平面设计师呀！”插销不无得意地说。

原来，插销跟花花打完电话之后，苦思了两分钟，立刻安排一个同事网上搜了一个假的记者证，重新调整了一下，彩色打印出来，装在他们工作牌的透明袋子里，另一个同事拿着相机，假装是记者，又把公司的司机叫上，开着车，一路上就把事情安排得清清楚楚。

到了会所，用记者的身份唬住了会所的管理人员，这才能带着会所的保安一起“英雄救美”。

插销先送花花他们回公司，又送刘文静回学校。花花下车之后发了条短信给插销：“如果当时你打电话的时候，我跟你说我没接到短信，你会不会以为这是个骗局？”

过了很久，插销回复：“这种事，宁可信其有，不可信其无。就算你告诉我，你不知道这事，我也会去的。”

刘文静打电话给Tom，跟他说：“你不要来了，我已经平安出来了。”

Tom身边异常嘈杂，他笑着说：“收到你短信之后，我立刻回拨过去，已经关机了。看了看时间，今儿不是愚人节啊！又想着或许是哪个知道我追求你的哥们儿开我的玩笑。我打了你常用的电话，居然也关机了。想到大上海治安还不错，朗朗乾坤不至于会出什么事儿，一定是谁开我的玩笑，或者你无聊想考验我——你们女人不都喜欢这样干吗！我当时这边挺忙的，正处理一起客户纠纷呢，就没过去，反正这种事事后也能解释。"

刘文静静静地听着，心想：还好我多个心眼儿，出门就把常用的手机关了，不然，所有的事岂不都坏在 Tom 身上了？刘文静的心有些冷，却不知道该说什么，Tom 的反应虽在情理之外，但也在意料之中。

Tom 顿了顿说："你刚才不会真有事儿吧？"

刘文静说："现在没事了。"

"那就行，改天我请你吃饭！现在忙，先挂了啊！"Tom 说完就没心没肺地挂了电话。

有的人，追求你的时候再热烈，关键时刻也会掉链子。这样的人又如何值得信任呢？刘文静虽没删除 Tom 的联系方式，却在内心深处把 Tom 默默地拉进了黑名单。

刘文静找人鉴定了鼻烟壶，假的。委托二手店帮她把包和耳钉卖掉，被告知都是高仿，加起来不过千把块，不值什么钱。

虽然早有预感会是这个结局，但是刘文静心里还是很难过。

刘文静打了老王很多次电话，都是忙音，过两天再打，居然停机了，打给梅大姐也一样。刘文静知道，她借给他们的钱，只怕是打水漂了。

本来就不是什么有钱人，辛辛苦苦跑业务赚的钱，被人骗了个精光，不光被骗了钱，还极有可能落入更危险的境地。刘文静又伤心又难过，越发地自责，胃病突然加重了，居然又进了医院。好在这次不必住院，在家休养，每天按时挂水即可。

我们去看她，她对着我们哭。我们安慰了几句，却起不了什么作用，她依然一副黯然销魂、泫然欲泣的模样。

我们各有各事，都走了，花花留下来照顾刘文静，帮她煮煮饭什么的。

刘文静跟花花说："我真不甘心。"

"不甘心能怎么办？那群人都消失得无影无踪了吧？"

"你说郑秘书当时的承诺算数吗？"刘文静问。

"那种情况下，有记者看着，他跟你说如果老王不还钱，让你去找他。现在时过境迁，再去找只怕不会承认了。更何况，你心甘情愿给老王的钱，关郑秘书什么事儿啊？他不会帮你的。"

"我给老王和梅大姐打过电话，都停机了。现在想来，他们的名字都有可能是假的，茫茫人海，我根本找不到他们。"刘文静说，"可是我真不甘心。八万多块啊！给我取了个干干净净。我得跑多久的业务才能赚到这八万块。"

"把身体养好，再去赚钱吧。现在也只能如此了，你尽量放宽心，这样胃病才能好。"花花劝解道。

"你说他们布局这么久，怎么就只骗这八万多块呢？要骗也不应该只骗这一点啊！"刘文静纳闷地说。

"那是因为你全部的钱加起来只有八万多块，如果有更多，他们一毛钱都不会给你留的。你要庆幸的是，他们只骗了你的钱，其他的并没得逞。"

"我还是不甘心。"刘文静摇摇头说，"我妈昨天晚上还打电话来，他们等着我寄钱回家给我弟弟交彩礼呢！"

提到刘妈妈，花花忍不住皱了下眉头，想起了自己那个偏心的妈妈。

花花说：“你有没有想过，对家人稍微保留些，不付出这么多？”

刘文静沉默了，一句话都没说。

刘文静怎么可能像花花一样想？她从小受到的洗脑是：要孝顺，要对父母好，要对弟弟好，男人是天，女人不能太有想法，女孩子有本事了，首要的就是为家里付出……

她总听到刘妈妈说：“你表姐在广东打工，每个月的工资一分钱不花，都寄给家里了，她可真孝顺啊。”

“邻村老王家的姑娘，嫁了个有钱人，回来盖了三层楼，还买了辆车给她弟弟开。她可真有本事。”

“你三大姑的二大爷的七舅奶奶家的姑娘，结婚的时候，她妈什么都没说，她自己找男人要了十万块彩礼钱，给了她妈，让她妈留着给她哥娶媳妇。”

刘文静从小生活在一个不健康的、疯狂的世界，根深蒂固的观念以及对家人的爱使得她永远不会抛弃她的家人，即使他们把她当成摇钱树，拼命压榨到最后一分钟。

05

刘文静的胃病暂时控制住了，可她的精神却出了状况，她变得消沉、迷茫以及不知所措。

我倒挺能理解的，换了谁，一门心思往前冲，遭遇这么多挫折，都会消沉一阵子，而且八万块对普通大众来说，真不是小数目。她天天想着到哪儿去弄笔钱，最后不仅没弄到钱，还被人把钱骗光了，怎么能不郁闷呢?

花花不想刘文静一直这样消沉下去，我们聚会的时候硬拉她出来。刘文静又瘦又苍白，低落的表情与聚会的气氛格格不入。哦不，准确来说是我们闹腾的气氛与她沮丧的心情格格不入，于是我们大家都被带得开心不起来了。

该劝的都劝过了，该说的也说了，插销甚至还说了几句狠话，她还是一副要死不活的样子，说多了就掉眼泪。

“我真的好不甘心！我想报复他们。”刘文静这样说。

她的话一出口，我们都沉默了。我们不是她，虽看到她难过，亦能感受到她的难过，可她究竟有多难过，我们并不知道。

她从小生活在一年到头吃不到几次肉的家庭，她赚点钱不容易，她家里还总找她要钱。这八万块对她来说有多重要，我们能想象却感受不到。

她很漂亮，打她主意的男人不少，当面占便宜的也不是没有遇到过。像这种设了局给她钻的，却是第一次遇到。她不难想象，如果那天插销他们没有赶到，或赶到了没能把她救出来，她会遭遇些什么事情。一想到这个，她的心里仍是一阵恶寒。

她说：“我真的好不甘心！我想报复他们。”这句话让我们大家难过不已。

“你自己没脑子能怪谁？”花花劝她，“钱没了就没了，再想办法挣就是了。”

刘文静只哭，不停地哭，哭得肝肠寸断。那八万块对她来说很多，谁让她没钱呢！

最后，仍是花花受不了，心软了，跟她说："别哭了，这事儿我们合计合计，看有没有解决的办法。"

"他电话停机了是不是？"花花说，"那你把他们带你去过的地方告诉我，特别是经常出没的。我们去找他们，看能不能让他们把钱吐出来。"

"上次你们装记者已经骗了他们一次，他们当时没反应过来，上了当，这次再去，他们就是有准备的了，只怕没那么容易吧？"教授打岔。

"人一辈子，总有吃亏上当的时候，就当花钱买个教训吧！这样冒险不值得，万一到时候再把人给搭进去，就更不划算了。你们应该能猜出来，他们的计划里，让刘文静陪郑秘书只是第一步。后面打了什么主意，可想而知。毕竟，文静这么漂亮。"薇薇说。

我看着他们，不知道该说什么。我是个胆小的人，遇强则弱的那种。如果是我的事儿，未必敢伸头出去。可是我的朋友这么伤心，我不忍说出任何让她更难过的话。

"咱们把计划做周详了，想必问题不大。"花花说，"插销，你向来胆大心细，一起来想想这事儿怎么整。"

"我也觉得可以干，这世上历来是撑死胆大的、饿死胆小的。咱们是要回自己的钱，又不是做坏事。计划做周详了，打他们个措手不及，没什么问题。"插销说。

"要不咱们报警吧！"我想了想说。

"这钱是文静自愿给人家的，又没有借条，报警最多也只能算是民事纠纷，又不可能抓他们去坐牢，让他们把钱吐出来。而且，我们没抓住他们任何做坏事的证据。没有证据，警察不会管。"插销说。

"还是算了吧，我们斗不过他们的。我也不想让你们因为我陷入危险。"

刘文静哭着说。

“那你就这样天天没事儿一个人哭，动不动就胃疼啊？”花花制止住刘文静，还是坚持去要钱。

商量好了就开始行动。花花花钱找了几个大学生在老王和梅大姐他们常出没的地方蹲点，一旦看见他们，就打电话给花花。几天之后，果然被我们逮了个正着，这次，老王和梅大姐两个人都在。

我们几个人全都去了，就连薇薇也瞒着海归一起去了，同时还叫了几个虎背熊腰的朋友一起。

在花花的策划下，我们都穿着平跟鞋、运动裤，打算万一事情闹大了，看风头不对就跑。

到了他们常去的KTV，插销和另外一个朋友制住了老王，插销手里的水果刀抵在老王腰间。教授和另一个朋友冲上去抓住了梅大姐，我举着一个玻璃瓶对着梅大姐。其他几个人堵着门，摆出一副随时要打架的姿势。

那群人当场就吓傻了，跑没地方跑，只能眼睁睁看着梅大姐和老王被我们挟制住。

主持大局的花花很强势地指着我说：“都别动，谁动，她就把硫酸泼在这女人脸上。”

花花还说：“你们的车，也有我们的人守在旁边，十五分钟之内我们拿不到钱，他们就会敲碎玻璃，划花车身；半个小时，我们还没出来，他们会直接点火的。你们别不信，我们说到做到。”

梅大姐还在挣扎：“别骗我们了，上次装记者骗得我们好惨。后来我们查了，报社根本没有陈新贺这个人。”

花花冷漠地看了她一眼："你不相信是吧？"又对我说："用硫酸泼她。"

我退后一步，拔掉瓶盖。当然不会真泼，玻璃瓶里面装的是矿泉水，一泼可就露馅儿了。

我刚拔掉瓶盖，梅大姐就双手挣扎着挡住了脸，颤声叫道："别泼，别泼，我们还钱，一分不少还给你。"一边说一边尿了裤子，包厢里立刻散发出一股特别不好闻的味道。

花花忍不住皱起了眉头，教授低声咒骂："真他妈恶心！"却并没有松开她。

在花花的示意下，我把瓶盖盖上。花花问："钱在哪里？"

梅大姐眼看着老王，老王见大势已去，叹了口气，说："在我卡里，派个人跟我去取吧！"站在旁边做路人甲、实际上内心深处最为动荡的刘文静，和我们同来的另外两个虎背熊腰的男同伴一起去了。

没想到那么顺利就拿到了钱，我们都觉得很荒诞。

离开的时候，我们都很高兴，花花威胁他们说，如果谁敢找刘文静麻烦，走到天边也会把他揪出来，到时候就不会轻易放过他。

出来这么长时间，又经历了这样惊心动魄的事情，大家都直呼过瘾，摩拳擦掌，兴奋极了，恨不得再来一次。教授说："一起出去吃顿饭吧，我就要离开上海了。"刘文静也建议大家一起吃饭，她请客，感谢大家为她这样付出。

听到教授说出这么爆炸的消息，我们忍不住追问究竟是怎么回事。

原来，教授的女朋友娜娜提的那些要求，过了这么长时间，教授还是没有做到，娜娜便提了分手。谈了那么多年，就因为这些物质要求分手，教授自然不愿意。教授哀求她："市中心的房子，不是买不起，只是这阶段买不起而已。基金公司的生意现在相当不错，我准备辞职专心做公司，没几年总能买得起的。至于其他的，也不是多大的问题。随着时间的积累，我们都会有的。你可以先嫁给我，吃喝总是不愁的，等有了足够的钱，再去买市中心的房子。”

娜娜却怎么都不肯同意，坚持现在就要。

教授恨不得给娜娜跪下，她却始终不肯。逼急了，娜娜只好说了实话：“我其实是个女同，初中的时候就认识了我女朋友，比跟你的时间还长，我们俩背着你常常在一起。每次跟你说和女孩一起旅游，也都是和她。你知道，在中国同性婚姻是不合法的。我们俩就商量着，各自找个人结婚。我找到了你，她找到了另外一个人，我想着就算是没有爱，有很多钱也是好的，所以才一再地逼你赚钱给我花。可是就在几个月前，她婚礼的前几天，和那个男人分手了。她说她实在无法忍受和一个男人生活在一起，更无法忍受将来还要为他生儿育女，她很痛苦。”

这个理由，教授惊呆了。他不是没有怀疑过娜娜有可能是同性恋，比如，他俩在一起的时候，娜娜常常走神；只有在花他钱的时候，娜娜才稍微高兴一点；除了才在一起的那两个月，娜娜对性生活一直特别抗拒……

娜娜说：“我想，如果这辈子跟一个不爱的人结婚，那么他很有钱也不错。可是你并没有多少钱，这让我很失望，觉得完全不符合心中所想。我其实不是那么物质化的人，如果跟她在一起，粗茶淡饭租房住也可以。跟着你，我始终不甘心，才希望你能有钱，起码这样我的日子会好过点。可是，连她都忍不住跟男人分手了，我又怎么能继续和你在一起呢？”

娜娜的强盗逻辑、前言不搭后语的话，还有那一副“我跟了你，是做了很大的牺牲”的委屈表情，让教授忍不住想给她一巴掌，只可惜教授是个斯文人，原则之一是不打女人。

娜娜说：“你是个好人，我也不忍心伤害你。现在不分手，将来迟早也会分的。”

教授说：“呵呵。”之后头也不回地走了。

教授有多痛苦，他没有跟任何人说，只是把蒸蒸日上的公司给关了，设计院的工作也辞了，甚至打算离开从小生活的大上海。

教授和插销在一起喝酒，如果是往常，喝高了之后，插销会骂女人，骂女人的负心，说出类似于“女人靠得住，母猪会上树”这样的话，然而这次，插销根本没提，我猜是他喝得还不够高的缘故。

可是，他却开始唠唠叨叨指责起刘文静来。插销说：“步子太大容易扯着蛋，动作太猛容易夹着毛。刘文静，你就是太心急了，才会一次次吃亏上当。”

插销的话实在太俗，刘文静有些尴尬。薇薇来打圆场，后又悄悄跟刘文静说：“刘文静，你知道吗？你跟男人相处，最大的毛病是不挑。女人一旦不挑，那就完了，不挑才会没要求，没要求才会被轻视、被欺负。”

刘文静没说话，只是很凄凉地看了一眼薇薇，我知道她的意思，她其实想说，如果她有薇薇的“硬件设施”，她也挑。可她是刘文静，一个童年时期就没吃过几次肉的刘文静，她没有立场挑。

家人

Chapter7

01

虽然钱顺利地要了回来，然而刘文静的情绪依然不太好。

这一次，如果不是朋友们仗义帮忙，她根本不可能拿回钱。和梅大姐、老王走得最近的那一段时间，她有时候会对我们这帮朋友冷嘲热讽几句。现在出了事情，真正帮她的，却只有我们，就连让她心理上一直不自在的薇薇，都瞒着海归为她冒了风险。

刘文静考上T大之后，自卑感逐渐消失，在她交了一个个不错的男朋友之后，甚至有些膨胀。她自认为不比我们差，反而偶尔对我们的生活方式不太认同，认为我们没什么出息。

这次我们帮她，她再一次欠了我们的情，而且还是一个比较大的情。她又没什么能还我们的，虽然我们并不介意，也没想过让她还，但她自己心里还是过意不去。这也是她情绪不太好的原因之一。

到上海的这些年，自从遇上耗子，经历了被逼分手、拼命读书考T大、拼命赚钱交学费、给家里买房子以及读书之余谈恋爱等事情，刘文静一直非常忙碌，心理压力特别大，再加上经常饥一顿饱一顿，她的身体状况很不好，胃病更是常常犯。

她有一次住在花花家，要起早赶地铁去学校。那个时间段刚好是上班高峰，地铁上的人摩肩接踵，空气还特别闷。刘文静没吃早饭就去挤地铁，被挤得东倒西歪，到站了，好不容易挤出来，走了几步就突然感觉头晕眼花，于是在滚滚人潮中直接晕倒在了地铁站。

来去匆匆的都是要赶着上班的，围观她的不过是些早起在地铁站纳凉的老头老太太。大家围着她七嘴八舌，却没有人扶她起来，只是帮忙叫了地铁站的管理员。管理员还没赶来之前，终于有个好心的阿姨蹲在旁边，拍着她的肩膀把她叫醒了。

刘文静晕倒了不过几分钟，醒来之后说了句“我没事，只是太累了”，就出了地铁站。

马路上阳光照耀，空气完全不同于地铁站。她头晕眼花，精神恍惚，放在包里的手机被偷了都不知道，到了学校才发现。这件事成了压垮刘文静的最后一根稻草，她突然特别崩溃，课也没上，跑到一个无人的角落号啕大哭。

悲伤的事情太多，向来坚强的刘文静承受不住了，选择了逃避。好在这时候也快放假了，刘文静硬撑着，考完试就逃回了老家——她回去，是脆弱时的选择，也是亲人一次又一次“甜蜜的召唤”。

县城的房子已经入住，弟弟也快要结婚了，一切都谈妥，只差五万块彩礼钱。妈妈也希望她这个给家里带来骄傲的女儿能回来参加弟弟的婚礼，顺便把钱带回来。这段时间，刘妈妈在电话里对刘文静特别温柔。刘文静在大上海遭遇了太多的挫折，刘妈妈给予她的关怀就变得尤为重要。于是一放假，刘文静就坐上了回家的列车，同时还把给弟弟的五万块钱取出来带了回去。

给女方交了彩礼，刘文静本以为等着参加弟弟的婚礼就可以了，却不料刘妈妈再次提出要钱。

那天晚上，刘文静都要睡觉了，刘妈妈走到她的房间，找她再要两万块。

刘文静第一反应是惊愕。她手里仅有的七八万，是她的朋友们冒着生命危险去找老王他们拿回的。而在这之前，她为了钱，一直忍受着恶心敷衍老王。

刘文静赚点钱不容易，赚的钱除了日常开销，基本都支援了家里。她本来以为给了彩礼钱，弟弟成了家，也算是成人了，不需要再找她拿钱。哪里知道，还没结婚呢，就又要两万块。

刘文静问："为什么又要钱？"

刘妈妈说："我跟你爸爸商量着，毕竟咱家已经在县城买了房子，也算是走出咱们村了。以前在村里总被人看不起，现在成了县城人，也算是扬眉吐气了。咱家就一个儿子，儿子结婚是大事，我想把全村人都请到县城饭店吃饭。村里人加上亲戚，吃饭和婚礼开销大概是两三万。都是穷亲戚穷邻居，没什么钱，我和你爸毛估了下，能收到六七千块礼金就不错了。刨去礼金，还差两万块呢！"

刘文静说："请他们干啥？以前咱家穷的时候，他们怎么对咱们的？你和爸这辈子啥时候在村里抬起过头？我有那两万块钱，买一堆骨头喂狗，都比给他们吃了强。”刘文静想起小的时候穷，有时候吃不饱饭，邻居家正在吃饭，她和弟弟站在邻居家门口看，对方“砰”的一声把门死劲儿关上。后来，她到上海之前，王山鸡纠缠她，邻居冷嘲热讽地说她攀高枝……

在她人生的记忆里，村里人给她的大都是满满的恶意，因此，她对他们并无好感。当然，也有少数曾经对她散发善意的人，她其实并不介意请这些人吃饭。可这些善良的人，实在太少了。

刘妈妈打哈哈：“那都是过去的事了。那时候不都穷吗？现在咱们日子好过了，根儿结婚不能不请他们，咱不能做那么没良心的事，以后村里人还要来往咧！”

刘文静说：“我没钱！”

刘文静很生气，为了虚荣、为了面子又找她要钱。他们难道不会算账吗？给家里买房子，花掉二十万，也就才过去了半年多，又给了五万块彩礼钱。还有刘爸爸那腿，已经是老病根儿了，隔三岔五要花钱，更不论平时家里各种开支了，花的可都是她的钱。他们当她是摇钱树呢！

刘文静很生气，她却不知道，父母之所以一次次要钱，最主要是她有求必应，一次又一次寄钱回家，他们已习惯了花她的钱，认为她给钱是理所当然。她不停地寄钱回家，养大了他们的胃口，他们才会变得越来越贪得无厌。再加上，她从来报喜不报忧。在父母的眼里，她是销售冠军呢，一年挣不少钱呢，她吃过的山珍海味，一桌抵得上他们一个月的开支——他们不知道，她一直在吹牛，那些好东西，她只吃过一两次，还是别人请的。

刘文静不知道，自从考上T大，县城中学举办表彰大会时把她大字不识一箩筐的父母叫去坐主席台，之后刘文静又往家里寄钱、寄东西，刘妈妈逢人便讲“这是我女儿买的”“那是我女儿给钱买的”这样的话，在村里把她好生吹嘘了一番。这一次也不过是话赶话，别人问："你女儿那么有本事，那得在县城饭店请全村人吃饭啊！前年那谁谁谁结婚，就在县城饭店请全村人吃饭了。"

为了不比那谁谁谁差，刘爸刘妈忙不迭应承了在县城饭店请全村人吃饭这件事。

他们本来以为，刘文静连房子都给家里买了，五万块也都出了，这区区两万能给全家人带来那么大的面子，她怎么会拒绝呢？他们从来没想过，她并没有他们吹嘘的那么光鲜，她也有劳累生病的时候。

刘文静说："我没钱！"

刘妈妈说："你不要这样，这也是给你长面子的事，你不知道村里人都怎么夸你……"

刘妈妈一张口，刘文静就猜到她下一句话想说啥，不外乎夸张地说她好话，再敲打敲打，例如"你不能因为这一点事儿，因为这两万块让人戳咱脊梁骨"这种话。

刘文静懒得听，她打断刘妈妈："我又不在家里住，要这面子干啥？我也不稀罕谁夸我。"

刘妈妈轻声絮叨："我都已经应承了。"

虽然刘妈妈声音很低，刘文静还是听到了。她非常反感妈妈这种没有钱却在外面吹牛、乱承诺的行为，皱着眉头说："你答应了你自己想办法，我反正是没钱。"

刘妈妈试图再说点什么，刘文静突然嗓门就提高了："你自己算算，这些年我给家里多少钱，这都已经让我很吃力了。我又不是印钞机，到哪里搞更多的钱？"

刘妈妈低声下气："你总是比我们有办法的，骆驼掉根毛，比蚊子大腿粗。"

刘文静一听这话就怒了，原来在刘妈妈眼里，她是那骆驼，他们就等着她拔毛呢！刘文静生气的后果是，站起身把刘妈妈推到门外，"砰"的一声把门关上了。

关上门，刘文静忍不住悲从中来，趴在床上小声啜泣起来。

刘妈妈也很委屈，她没想到，自己已经那么低声下气了，亲生女儿居然给她甩脸子，跟她吵，还把她推到门外，把门"砰"的一声关上。

刘妈妈能不委屈吗？她可不相信刘文静没有钱，你听她平时说的，这条裙子一千块，那条牛仔裤五百块，就那一小瓶香水，八九百块钱，用几个月就没有了……既然没钱，买这么贵的衣服干什么？买那么好的护肤品干什么？都舍得买那么贵的衣服了，给家里钱却抠抠搜搜，一点都不大方。刘妈妈怨恨起刘文静来：亲生的女儿还这么小气，不肯给她钱，不肯帮她解决人生中最重要的事——在全村人面前长脸！这什么女儿啊？还不如外人贴心呢！

经过那晚吵架，刘爸爸刘妈妈安静了两天，但那两天，家里的气氛冷到冰点。虽然刘妈妈对刘文静依然是端茶递水伺候着，但言辞之间却并没有好话，至于他们背着她故意说出的让她听到的话，就更难听了。说来说去，不过是说她不孝顺，以及养育她的不易，还有村里人只怕要骂他们家背信弃义之类的话。这些话给了刘文静很大的心理压力。

婚礼前几天，就要去饭店下订金了，刘文静依然没有松口给钱。那天晚上吃完饭，刘文静推开碗想回房休息，弟弟刘根儿扯住她，突然跪在刘文静面前，哭着说：“姐，我的亲姐，你帮了我一次，就再帮我一次吧。彩礼钱都给人家了，总不能现在不结婚了吧。”

刘文静哭了，她想过刘妈妈一次次打电话让她回家，虽确实有关心她的成分在，但更多的是希望她把五万块彩礼钱带回来。但她没有想过，让她回家是为了当面再次逼迫要钱——如果她在上海，刘根儿就不会用下跪的方式逼她了吧？

刘妈妈的每一句话都偏向刘根儿，而刘根儿又蠢又贪得无厌，他们几乎逼得她无路可走。

毕竟是亲人，她怎么能眼睁睁看着他们因为两万块受到心理上的折磨？又怎么忍心看着他们哭闹而无动于衷？刘文静最终还是取了两万块钱给家里。

02

刘文静难得回家一次，偶尔回去也是在家住几天就走，除了办必须办的事情之外，大多数时候都宅在家里看书，或者帮刘妈妈做点家务。村里能见到她的人很少。这次回去，要参加弟弟的婚礼，村里人都被邀请到县城饭店吃饭，刘文静相当于要在全村人面前亮相。她已不再是当初那个饭店里的服务员，倒不是衣服、首饰变了，而是整体气质脱胎换骨。

她本来就漂亮，被T大的学术氛围熏陶之后，平添了些书卷气，再加上她刻意保养及包装，如今的她，不是村里其他妹子能比的。

很多人夸她："这闺女，跟天仙儿一样，根本不像农村出来的孩子。"还有些婶婶阿姨，捏着刘文静的手不肯放开："这小手，白白嫩嫩的，一看就是从来不做家务。"还有的，就是当她面夸她父母："你爹妈有福气，生养了这么好的姑娘，我要有这么好的姑娘，给我十个儿子都不换。"

这些话，听得刘文静直皱眉头，而刘家父母却喜笑颜开。

还在上小学初中的小女孩们，对她手上的透明指甲油表示出浓厚的兴趣。别的从外地打工回来的同村姑娘，要么手指上染得五颜六色，要么根本不涂指甲油。她们的手伸出来，跟刘文静白白嫩嫩的、涂着透明指甲油的手根本没办法比。小女孩们被惊艳到了，围着她问长问短。

而那些她在外面学的经验，比如说醋泡手、牛奶泡手、洗完手之后立刻涂抹护手霜、定期去美甲店做保养，怎么可能告诉村里人？她们会骂她浪费的。很多村里人，活了几十年都没喝过牛奶，怎么能理解用牛奶泡手呢？

在弟弟的婚礼上，刘文静抢足了风头，虽然这不是她的本意。遇到这群在她身上、手上摸来摸去的农村老太太、大婶子以及黑乎乎的小姑娘，如果能藏，她早藏起来了。躲不过，才忍着暴起的鸡皮疙瘩，让她们在她身上摸摸捏捏。

弟弟婚礼过后，刘文静基本不出门，只在家看看书听听音乐，却有些流言蜚语传到了刘爸刘妈的耳朵里。她根本不会想到，那群当面夸她的村里人，背后说出来的话有多么恶毒。

流言说，刘文静看起来那么洋气，根本不像个学生，肯定是在外面做一些类似于被包养或者卖淫之类的事情。再联想到上次表哥表嫂回来时说的话，流言就传得更离谱了。

最离谱的，说刘文静被有钱人甩了，还打了胎。至于为什么会被男人甩，是因为她怀了个女儿。刘文静纠缠那个男人，那男人给了她三十万，这才让她给家里买了房，给弟弟娶了媳妇。

传流言的人言之凿凿："你看她那么瘦，那么白，肯定是小月子没坐好带出来的病。"

传流言的人越来越多，个个都有理有据，主要围绕大家的困惑点。比如，饭馆里的服务员，凭什么考上T大？肯定是有钱人砸钱支持。再比如，在上海上学，学费那么贵，她不仅不找家里要钱，还时不时朝家里寄钱，还给家里买房子，这动不动五万八万二十万的，干净钱哪能挣这么容易？

刘爸刘妈都是没什么出息的庄稼人，别人这么一说，他们的心思就动了，忍不住也这样想起来。他们从来没有反省过，就是因为他们不停地在村里吹牛，引起了别人的嫉妒，才会引发这样的流言；就是因为他们一次次索要，全家人一起躺着吸刘文静的血，才逼得刘文静想尽办法跑业务赚钱，一次次寄钱回家；就是因为村里人从来没见过有人上学期间，还能十万二十万地挣，眼界限制了他们的想象力，才会有这么多流言蜚语。

刘文静的父母，不记得刘文静的好，反而怪刘文静给他们丢脸了。但想到刘文静到底是他们的财神爷，除了脸上不太好看之外，终究没有当刘文静的面说些难听话。

结了婚，刘根儿还是经常跟村里的混混们来往。自从在县城买了房子，刘家基本就成了混混们在县城的根据地之一。那群混混，当然也包括王山鸡。

混混们自然也听过那些流言蜚语，在刘文静家吃饭，喝多了，有个混混看了看王山鸡，在他的默许下，对着刘文静吹起了流里流气的口哨。

有人带头，就有人起哄，刘妈妈和刘根儿还一副讨好的表情。刘文静自然知道他们是针对自己，在那群混混进门的时候，她就感觉非常不舒服。她努力说服自己，他们毕竟是弟弟的朋友，无论多不喜欢，都应该尊重弟弟的择友权。至于曾经发生过龃龉的王山鸡，她当年都没看上他，现在更不会把他看在眼里。

她自认为，自己比这群混混高很多个段位。她看着他们吹牛，看着他们不雅的动作、俗气的谈吐，甚至有些怜悯。她不喜欢看见他们喝酒时的放浪形骸，就根本不上桌，端个碗到旁边，边看电视边吃饭。

当混混们对她吹口哨的时候，她已经快吃完了。有人起哄她和王山鸡，她厌烦地快速扒饭，想赶紧吃完，好离开这个是非之地。但当看见自己的亲人一脸讨好，她终于忍不住，把碗端进厨房，几口扒完，搁下碗回自己的房间，眼不见为净——犯不着和他们一般见识，免得把自己降低到和他们一样的水准。刘文静这样跟自己说，然而她的沉默却无形中助长了混混们的气焰。

他们终于吃饱喝足，一个个醉醺醺的。不知道在谁的提议下，有人带头推开了刘文静的房门。一个年轻的混混打着酒嗝儿跟刘文静说："姐，大上海有什么好啊？咱都是一个村里的，你毕业了干脆回来吧，回来跟山鸡哥。"

刘文静拔下耳机线，对他们说："出去。"

混混们愣住了，他们没想到刘文静这么不给面子。混混是最要面子的，这群人出头是为了王山鸡，刘文静这么不给面子，杀的不是别人的面子，而是王山鸡的面子。

王山鸡流里流气地说："嗬，这么多年过去了，脾气不见小啊！"

刘文静面无表情，再一次吐出两个字：“出去。”

王山鸡上前一步，走到刘文静跟前。在他的压迫下，刘文静忍不住站了起来，后退一步。

王山鸡打着酒嗝儿说：“当初你去上海，我肯放你走，就是想着你们家穷，你出去赚几年钱，补贴下家里，顺便再给你自己挣点嫁妆钱，免得跟我结婚的时候不好看。你看你在上海也这么多年了，学也上了，钱也挣了。至于是不是干净钱，你究竟在上海干了些什么，我也不跟你计较，谁让我喜欢你呢，就当我吃了个哑巴亏。”王山鸡说着就想把手朝刘文静脸上伸。

王山鸡嘴巴里酒肉发酵的臭味扑面而来，刘文静几乎被熏晕了。他的话太不堪入耳，刘文静已经快要发飙了，却因为不想惹事而强忍着。王山鸡试图去摸刘文静的脸，刘文静终于忍不住了，站起来甩了他一巴掌，走了出去，转而进入她爸妈的房间，并顺手把门反锁了。

刘文静的这一巴掌，把王山鸡和这群混混打蒙了，他们是男人，向来都是他们打女人，何时被女人打过？等王山鸡反应过来追过去闹的时候，房间的门怎么都打不开。王山鸡骂骂咧咧说了很多难听的话，拿起凳子要砸门，被刘爸刘妈以及刘根儿他们拦住了。

无论他怎么闹，刘文静都始终一言不发，他骂累了也只好走了，走的时候扬言，不会放过刘文静这个“臭婊子”，让刘文静等着。

过了两天，不知道王山鸡用了什么方法，居然说服了刘文静的父母。刘妈妈找刘文静谈话，先从学校念书累不累谈起，绕了半天说到主题，大意是王山鸡的爹是村主任，家里条件不错，刘文静不如就跟他。

刘文静很诧异，不知道她妈妈从哪里冒出来这样的想法。刘文静在上海谈过几个对象，虽然最终都分手了，但无论哪个拿出来，都不是农村混混这种水准。

以她现在的眼界，只怕全世界的男人都死光了，也不会看上王山鸡这种货色。在刘文静的眼里，王山鸡就是一个小丑，她刘文静怎么可能会跟他？

刘文静扑哧一声笑了：“妈，你开玩笑吧！我跟他？就他那样的，我当年都看不上，现在怎么可能看得上？”

刘妈妈说：“闺女，你现在不比当年，当年你年龄小，还是黄花大闺女……”

刘妈妈说到“黄花大闺女”的时候偷偷看了眼刘文静，看她的反应，见她没什么反应，心里咯噔一下，落实了想法，才又继续说：“山鸡那孩子人不错，是我和你爸看着长大的，知根知底。以前我总觉得咱家配不上他。你看现在，咱们在县城把房子买了，你弟弟也娶媳妇了，咱家不比谁低一头。你有大学学历，他爸是村主任，也算是门当户对。难得他还喜欢你，你跟着他，不亏。”

刘文静又好气又好笑，这都哪儿跟哪儿啊？本来以为考上大学之后王山鸡就断了心思，哪里知道回来一趟，居然又提起了这茬。

刘文静说：“我是不可能跟他的。我看不上他，以前看不上，现在看不上，以后更看不上。这事儿你不要再提了，不可能的。”

“女人啊，找个对自己好的人不容易。山鸡这孩子对你不错……”刘妈妈继续洗脑。

“妈，你有没有想过，我那天打了他一巴掌，他转身就来求婚，会不会是故意报复，给咱家难堪？”刘文静引导刘妈妈。

刘妈妈愣住了，她从来没想过这个问题。

“你想啊，他无缘无故挨了一巴掌，心里一定恨死我了，但我马上就要去上海了，他抓不住我报复，就想了这招，让你们来逼我跟他结婚。实际上他根本不想跟我结婚，等咱家答应的时候，他再悔婚，给咱家一个难堪。”刘文静循循善诱。

刘妈妈嘴里直嚷嚷：“那不能够，那不能够……”她的心里，已经开始思考刘文静的话。

“妈，你再想想，咱们村的男人哪个不打女人啊？女人生在咱们村，已经够苦了，再被男人打，那过的是什么日子？结了婚的女人，连婚都不敢离，怕被人戳脊梁骨。你看我二姐，那么漂亮的女人，嫁了个混混，一天三小打，三天一大打，俩孩子都多大了，还没有离婚。我这次可把王山鸡得罪惨了，他指不定动什么坏心思呢！我要真跟了他，他准得把我打死。你不希望我被打死吧？我在上海，好歹还能给家里挣点钱呢！”刘文静继续诱导刘妈妈，刘妈妈将信将疑。

正当刘文静的手背在后面做出一个胜利的手势时，躲在门口偷听的刘爸爸听不下去了，一阵风似的冲了进来。

03

刘爸爸在家里向来是君主般的存在。刘文静印象最深的一件事是小时候，他的背后总藏着一根藤条，哪个孩子不听话，他也不提醒，悄悄走到身后，藤条“唰”的一声抽出来，照着后背就抽下去，疼得孩子们蹦起来，龇牙咧嘴。

刘爸爸的脾气很坏，刘文静十多岁的时候还经常挨打。等她到了上海之后，爸爸突然对她和颜悦色起来，一开始她还有些不习惯，慢慢也就逐渐忘记小时候他怎样打她了。

这一次，刘爸爸突然怒气冲冲地冲进来，一下子又激起了刘文静关于童年那些特别不美好的回忆。就像是条件反射，刘文静的后背突然起满了鸡皮疙瘩，她瞬间有一种想躲起来的冲动。

可是她已经二十四岁了，自尊不允许她这样做。她立定身子，看爸爸的手上没有拿任何工具，那么，想必不会有什么危险。刘文静的心稍微定了一点。

刘爸爸冲进来在刘文静跟前立定，冲着她嚷嚷："你别误导你妈，你妈耳根子软，我可不软。我告诉你，你别这么傲气，王叔的儿子看上你，是你的福气，你都残花败柳了，还有什么好挑的……"刘爸爸嚷嚷了很长时间，总的来说就是王山鸡他爹是村主任，是高高在上的贵人，而刘文静不过是一个破烂货，没资格挑。

刘文静被爸爸嚷蒙了。她在上海的事情，并没有跟父母说，他们是怎么知道的？虽然她前后也经历过耗子、海归、李林这三个男人，但都是真心相爱，还真不是冲着他们的钱。后来遇到老王，她想要他的钱，但还是守住了底线，并没有发生什么呀！刘文静问："你都听说了些什么？为什么要这么说？"

刘爸爸鄙夷地看了刘文静一眼："自己做的事自己心里明白，一个被有钱人用烂了的臭女人，有人要你，你不乖乖嫁过去，还想怎么样？"

刘爸爸一句"被有钱人用烂了的臭女人"激怒了刘文静，这太难听了，根本不像一个爸爸说出来的话。而这一句话也让她笃定，爸爸并不知道她在上海的事情，虽然她收了别人的礼物，但还真没有为钱出卖过身体。刘文静怒吼道："我做了什么事儿，你倒是说说看！"

刘爸爸说："你没跟有钱人睡，哪儿来那么多钱？你怎么考上的大学？就凭你？"

"我跟你们说过，大学是我自己念书考上的，钱也是我自己跑业务一点点挣的。"

"你拉倒吧，你的事儿现在整个村都在传。人家说得对，你挣的都是不干净的钱。"

"嫌不干净你还要？有本事当初别一次次打电话找我要钱啊！"被自己的亲人冤枉，刘文静气急了。

"那是你妈要的，不是我要的。你每次寄钱回来我都不想要，你的钱我花着恶心。"刘爸爸说。

"你生病的时候怎么不这么说？住着我的房子怎么不这么说？根儿要彩礼的时候怎么不这么说？把我的钱花掉了说这种话！"刘文静的嗓门跟她爸爸一样高，她以前从来不敢，这次是气蒙了，老虎胆都被激发出来了。

刘爸爸冲上来扬起巴掌就要打刘文静，被刘妈妈拦住了。

刘妈妈把刘爸爸推到门外，关上门，反复劝说她："闺女，不是我说你，既然在外面事情已经做下了，这个人也丢了，我们也认了。你看你王叔家条件不错，山鸡还答应你如果嫁过去，就给咱家十万块钱……"

搞半天就是十万块钱闹的！为了十万块，把女儿给卖了。她可算是明白了，为什么这四五年来，爸爸一直对她和颜悦色，甚至有些卑躬屈膝，怎么这次突然变脸变得这么快，恢复了童年时期凶神恶煞的样子，原来就是为了十万块钱。

她明白自己在父母心中的地位了，就值十万块钱，真够可以的！

因为生气，刘文静头上的青筋都暴了出来。她用颤抖的手指指着门，一字一顿从牙缝里迸出几个字："你们给我出去！"

刘文静的样子看起来实在太可怕，刘妈妈也有些害怕，却还是鼓起勇气说："根儿说想买辆车在县城跑出租，咱家哪儿有钱啊？你不是说也没有钱了吗？可他好不容易想学好，不在外面混了，咱们能不支持吗？你是当姐姐的，你应该率先支持啊……"

她所谓的支持就是牺牲女儿一生的幸福吗？越接近真相，刘文静越想死。刘文静推着刘妈妈，一步步把她推出房门，"砰"的一声关住门，坐在了地上。

地上很凉，然而她的心，比地还要凉。记忆如洪水涌来，刘文静想起小时候的很多事情。

那时候，每天早上，她们三姐妹天不亮就起床，一个煮饭，一个烧火，还有一个喂猪，父母和弟弟却在呼呼大睡，而没有一个人认为这是不正常的。她的父母从小教育她们，要爱护弟弟，什么东西都要让着弟弟，要帮弟弟把所有的一切准备好，而弟弟只用享受。小时候的她从来不认为这种观念是错的，毕竟，村里所有人都拥有一模一样的观念。一直到了上海，认识了我们，她才知道她以为的正常其实是最不正常的。这个世界上大部分的父母都是爱孩子的，无论是男孩还是女孩。只有她们家、她们村，才把正常当不正常，把不正常当正常。

刘家但凡来客人，女孩子都是不允许上桌的。而刘根儿常常在客人还没入座时就用手抓菜吃，大家居然还都宠着他。家里常年吃不起猪肉，家养的几只老母鸡，下了蛋大部分卖掉换油盐，刘妈妈会偷偷留几个给刘根儿吃。刘根儿五六岁的时候就嚷嚷鸡蛋吃厌了，三姐妹每次看他碗底里的油煎鸡蛋，馋得直流口水。刘根儿不懂事，宁可给邻居家小孩子吃，也不给她们吃一口。家里最让人念想的一罐白糖，妈妈把它放在柜子顶上，刘文静和二姐爬上去偷吃，吃完下不来，父母干活儿回来看到，抓住她们两个毒打了一顿，爸爸还踹了她们好几脚。之后好多天，她和二姐走路腿都是瘸的，而没过几天，她们看见弟弟抱着那个糖罐子，一把一把抓白糖朝嘴里送，手指头缝里漏出来的白糖，引来了很多蚂蚁。弟弟被蚂蚁咬了，向刘妈妈哭诉，妈妈反而怪她们姐妹俩没照顾好弟弟。

正是因为童年受过不公平的对待，父母偶尔的和颜悦色，才会让她受宠若惊，像患了斯德哥尔摩综合征一样，恨不得肝脑涂地。

刘文静想着，这几年在上海独自闯荡一定是太累了，在外面受过太多的伤才会自动屏蔽不美好的童年记忆，才会在母亲几句甜言蜜语、父亲几个笑脸下就误以为家庭是最后的避风港。

实际上，贫穷而卑贱的家庭，才是她真正的伤心地。

看清楚与父母关系的真相，刘文静难过极了，她收拾包袱，想要直接离开，恨不得回到上海就再不相见。

刘妈妈紧紧拉住了她，哭着说："你是我的孩子呀，我怎么能让你走了呢？你带着气走了，万一出点事我怎么放心得下？都是自家人，有什么话不能说？你爸爸就算是脾气坏一点，对你也没什么坏心思。这门亲事你不同意就算了，咱们一家人关起门来说话，好说好商量多好！"

刘爸爸在一旁抽着烟直叹气，虽没有说出道歉的话，但看那母女哭得厉害，伸手拿起刘文静的包："你晚上吃得少，回头让你妈再给你煎个荷包蛋吃。要走也不要晚上走，一个人多危险。明天一早，如果你还要走，我送你。”

这一日，因为太过伤心，刘文静的胃病再次发作。她最近一段时间总这样，只要一生气或者情绪波动得厉害，胃就抽抽地疼。刘文静不知道在路上胃病会不会更严重，这次回来，药没带，她担心在车上没人照顾。父母真心挽留，她就顺势留了下来。

刘文静打定主意，一旦他们再提嫁给王山鸡这件事，就立刻走。因此，即使留下来，她也没重新归整行李，反而做出一副随时都可能离开的样子。

刘妈妈这段日子非常矛盾，一方面想要努力维持一二十年培养下来的“母亲的尊严”，让刘文静对她言听计从；另一方面，看着刘文静冷冰冰的脸色，又有些惴惴不安，她担心刘文静带着情绪走掉，以后再想找她要钱就难了。

在这样矛盾的心理下，刘妈妈对刘文静特别好，变着花样给她做好吃的。得知她胃不好，更是每天开胃小菜轮换着来。

至于肉麻话，更是一句紧跟一句，把她夸得像朵花儿似的。刘文静特别不习惯她妈妈这种谄媚的态度，一次次要求她不要这样，可刘妈妈根本不听，该“偏心”的时候照样“偏心”，把刘文静当女皇一样伺候着，而刘妈妈自己，还是一如既往地每顿饭只吃菜汤泡白米饭，即使桌上有不少菜，即使这些菜大部分都会剩下。刘文静让刘妈妈吃菜，她也不肯，只是一句“汤泡饭就很好了，现在的菜汤油多，以前咱们家连这种菜汤都吃不起呢！”

刘文静给刘妈妈夹菜，转眼她又夹到刘文静或刘根儿或刘爸爸的碗里，打定主意就是不吃菜，这让刘文静感觉很悲哀，而刘爸爸和刘根儿，看见肉菜，筷子就在盘子和嘴巴之间两点一线迅速移动，根本不知道让着人。刘妈妈习惯了付出，习惯了照顾全家人，却从未被别人照顾过。

这是他们家的习惯，或者说，这是他们村，甚至他们县城的习惯。

之前，刘文静想着妈妈重男轻女，想起她说出的那些话，有点恨她。但看见她只吃菜汤泡饭，又心疼起来。

刘文静知道，刘妈妈这不是苦肉计，她没有装，她一直如此，一直是个很“贤惠”的女人。如果刘文静没有走出去，没有到大上海，或许有一天也会和她妈妈一样“贤惠”，可刘文静毕竟已经走出来了。她见着了花花世界，见过尊重女人的男人，便永远不可能像刘妈妈这样。

04

身体稍微好一点，刘文静提前买好了车票，并把走的日期告诉了父母。

但是在临出发的前一天，发生了一件让她哭笑不得、后悔没有更早一点离开的事情。

王山鸡跑到他们家，趾高气扬地拿了八千块钱扔在桌上，跟刘文静说：“别以为你在上海待了几年就是城里人了。我告诉你，你这种破鞋，城里人顶多就玩玩你。你那些破事儿，咱全村都知道了，你想嫁回来，咱村里只怕都没人肯要你。也就我不嫌弃，谁让我一开始就看上你了呢？你乖乖跟我，打我那一巴掌就不跟你计较了。这八千块钱是定礼，你过门儿了，我把彩礼钱一次性给清。要我说，书你也别念了，女人念那么多书干啥？

最终还不是要嫁人生孩子？还不如早点儿回来给我生个孩子呢！”

跟王山鸡同来的几个人，听见“生个孩子”这种话，起哄似的嘎嘎怪叫起来。刘文静气得浑身发抖，一句话都说不出来，而刘爸爸却低声下气地讨好王山鸡：“这么大的事儿，你爹怎么没来？”

王山鸡大大咧咧地说：“他哪儿有空啊？陪县长喝酒呢！这事儿我说了算。”

王山鸡的话很明显是在吹牛，一个小山村的村主任，哪儿有那么多机会陪县长喝酒？反正混混们吹牛吹惯了，他们的话，听听也就罢了。

王山鸡见刘文静和她爸爸都没说话，就来拉扯刘文静，让刘文静跟他走，恨不得一时半刻就同房。刘文静挣扎，刘妈妈拦住王山鸡：“马上中午了，我去做饭，咱们边吃边谈。结婚是大事儿，要两边老人商量才能决定，你还是知会下你爹。”

刘文静看父母低声下气的样子，觉得特别荒诞。村主任家的小混混就把他们吓成这样！她不过就是回来参加弟弟的婚礼而已，没招谁没惹谁，就闹出这么多事儿，这个世界还会好吗？

刘文静看着她的父母，思绪万千。是因为她走得太快，看到的世界太大，才会显得他们所在的井底太小吗？可他们是她的亲人，是她的原生家庭，是她朝前走时背后的阴影。他们跟她休戚与共，此生都无法摆脱彼此。也因此，他们对她的任何伤害，都会被放大。看见他们这个样子，她真的很伤心。

混混继续说些什么，刘文静听不见了。她头疼胃也疼，而她那不争气的弟弟还在说：“姐，嫁给山鸡哥多好啊！他家的房子造得跟别墅一样，家里还有车，门口养两只大狼狗，嫁过去你这辈子都不用愁了。咱村好多姑娘想嫁都没机会呢，他只喜欢你。”

刘文静气极爆发：“谁爱嫁谁嫁，别扯上我！长点脑子行吗？他这是求娶的态度吗？还真以为他看上咱家了……”刘文静转头指着王山鸡：“我不管你想干什么，打我的主意，你休想！你总说你爸陪县长喝酒，你见过县长吗？我考上大学的时候，跟县长一起坐在主席台上，我的奖金是县长亲自发的。之后我们还坐在一个桌上吃过饭，当时我爸妈都在场，县里有名的领导都来了，而你爸连参加的机会都没有！我到现在还留着县长的电话，逢年过节还会发短信拜年。你爸呢？他一个小小的村主任，就那么容易巴结上县长？你让我不念书跟着你，就算我爸妈同意，只要我不同意，打个电话过去说这事儿，你以为县长他们会不管？再说了，你也知道我在上海这几年赚了多少钱，你就不怕我在上海结识了什么了不得的人物？你想过到我家来闹一场，将要承担的后果吗？”

王山鸡被刘文静的这些话给说愣住了。刘文静又跟她的亲人们说：“你们就向着外人吧！这些年要是没有我，你们还住在半山腰上那又黑又破的房子里呢！用脑子想想清楚，将来这个家你们能靠谁？靠我就对我好点儿，我要真被他给糟蹋了，你们还会有好日子过？一群没脑子的狗东西！”

刘文静说完，直接回房，拿起行李，起身走掉。她突然爆发的气场太强大，屋子里的人眼睁睁看着她走，一句话都说不出来。

强势是做给人看的，一出门，刘文静的眼泪就汩汩流淌，止也止不住。

她几乎是连滚带爬回到上海的，要多狼狈有多狼狈。

我曾经和刘文静讨论过一个问题，关于信仰。我问她：“你的信仰是什么？”

刘文静说："我没有信仰，如果非要给自己加个信仰，那应该是金钱。"

"当你的收入能维持较好生活时，你就没那么缺钱了。如果这时候还拿金钱做信仰，要么是没有安全感或者欲望驱使，要么是有一定的使命感，想要更多的钱达到什么目的。"我这样分析。

刘文静想一想说："我想要更多的钱，改善家人的生活状况，最好能带他们走出来，走出那个封闭的小山村，让他们过上每天都有肉吃，不必再为不知道下一顿饭怎么解决而发愁的日子。如果有可能，我希望能带他们出去旅游，让他们看看这世上其他人是怎样生活的，从而让他们在精神和物质上都不再那么贫乏，能真正地从内心深处挺直腰杆做人。"

"那么，你所谓金钱的信仰，其实是为了改善家人的物质和精神状况。你的信仰是家人，而不是外在的金钱喽？"我这样问她。

"我想是的。"这一次，刘文静回答得特别肯定。

我不知道她的家人曾经怎样给她洗脑，才会让她以家人为信仰，只知道这次她的家人这样对她，给她的伤害特别深，而这种伤害，将直接导致她的信仰崩塌。

刘文静得了抑郁症，最早发现的人是我。

那段时间，她很少更新朋友圈，偶尔更新一次，也是一些厌世的言论。有一次她甚至在朋友圈里说："人活着究竟是为了什么呢？"我看了下时间，是凌晨四点左右，这个时间点，让我开始警惕。

因为花花跟她走得最近，我跟花花打招呼，让她注意刘文静的动向，不行的话，先接到花花那儿住一段时间，不要让她一个人住学生宿舍了。

花花去看望刘文静的时候，发现她抽烟抽得厉害，人瘦成了皮包骨，床边还放着胃药。

这时候，正好是学生放假期间，整个宿舍只有刘文静一个人。花花跟刘文静聊了半天，该劝的也劝了，该吼的也吼了，刘文静却一副油盐不进的样子，说多了还会说："我就这样子了，你让我自生自灭吧！"

花花那段时间正好处于职业的上升期，经常全国各地飞来飞去，非常忙，她没有时间专门照顾刘文静，而且，刘文静这颓废的样子，她也不知道该怎么办才好。她打电话给我，希望我能跟刘文静聊一聊，劝解一下她。

朋友有了事情，我自然愿意帮忙。我让花花把刘文静弄到我这儿来。花花好说歹说，总算把刘文静拉了来。

刘文静来了之后，我才发现，她不仅抑郁，还厌食，烟抽得格外凶。她不愿意吃抗抑郁的药，也没有任何求助的意愿，她自暴自弃，我拿她没有任何办法。我只好买了牛奶，煮开了给她喝；煮了白粥，放点白糖让她喝；经常熬绿豆汤、打豆浆，从生活上一点点照顾她。

我怕她营养不够，又去买了些维生素片，我俩一起吃。她抽烟，我陪她一起抽，我抽得少一点罢了。

周末我还会拉她出去，逛街或者去看画展、建筑展。我们去看轻松搞笑的话剧、电影，我甚至还带她到我的工作场合去过。我想，别人说"你朋友可真漂亮"或许会让她开心不少。

她不想说话，那么我来说。我知道她这次回家不仅没有疗伤，反而还受了很大的刺激。本着"谁不是在伤痛中长大"的原则，我断断续续跟她讲我童年的事情，讲那些受过的伤，流过的眼泪，以及后来是怎样想通的。我告诉她，当年看来天大的事情，现在想想只觉得好笑。每次想通一件事，我都觉得自己成长了。那么，现在看起来很大的事情，觉得天都塌了，将来再想想，只怕也会觉得好笑吧！

我说了很多话，她却始终没有任何回应，就像我从来不曾跟她说过任何话，就像她没有跟我住在一起似的。

她对我始终不冷不热，只沉浸在自己悲伤的小世界里，直到有一天我谈起了我的妈妈。

我妈这辈子挺不容易的，五岁的时候，我外婆就过世了。她十来岁的时候，外公入赘到现在的外婆家，新外婆自己还有好几个孩子。妈妈这辈子像个孤儿一样长大，后来我妈跟我爸结了婚，过得也不好。但无论遇到任何事情，她都不肯离婚。她从小没有家，对家的渴望太过于强烈，家庭给予的任何苦难她都可以忍受。她的忍耐力让我觉得恐怖。

我跟刘文静说，很多年之后，我才发现我妈有公主病。她似乎很希望所有人都围着她转，猜测她的心思，而她也总是会为了我们不经意的一句话而生气。她为家庭付出了很多，给我的感觉却像是圣母。一开始我不理解她，总发脾气，她又太容易哭，一边哭一边数落我，让我很崩溃。后来我突然想明白了，她只是太没安全感而已。丈夫不够贴心，儿女逐渐长大，有了自己的生活，她很孤独，也很害怕，她希望用大家都围着她转的方式来获取安全感。最重要的是，她不知道她这样做，给我们造成了困扰。

我想明白之后，就开始宠着她。毕竟，她要的真的不多，买盒巧克力、买件新衣服就足以取悦她，那么为什么不这样做呢？她莫名其妙跟我发火时，我即使当时因为生气跟她吵起来，过后还是会心疼她。我有时候恨不得能做她的母亲，让她做我的女儿，我好好疼她，以补偿她缺失的童年。

当我说到这里时，刘文静突然说了句：“我这辈子都不会再回去了。”

我知道，她愿意跟我说心里话了。

05

我不知道一个家，得把孩子伤成什么样，才能让她说出“我这辈子都不会再回去了”的话。仿佛一经说出，就真的与原生家庭割裂了。

刘文静愿意跟我敞开心扉，我就有意识地引导她讲童年的事情。其实这些事情在我们平时聊天中，她也讲了不少，但像现在这样系统地讲述，撕开血淋淋的伤口再回顾，却是仅有的一次。之前没有过，之后也不会再有。

刘文静的童年，怎么说呢？不能简简单单地用一个“悲惨”来形容。她出生的那个年代，计划生育管得非常严，刘妈妈又接连生了两个女儿，被她奶奶讽刺为“不会下蛋的鸡”。后来刘妈妈又怀了一个，整日嗜酸，都以为这下得生儿子了，哪里知道居然又是个女儿。这个女儿是刘文静的三姐，但刚满月就被邻村不孕不育的夫妻抱走了。过了一年，刘文静出生了，又是个姑娘，这次没有那么好的运气，家人打听了很久，快满月了都没有人愿意收养。刘爸爸狠狠心，天不亮就把还是婴儿的刘文静装襁褓里，背到山上，放在地上，丝毫不管孩子会不会喂了狼。

中午一家人围坐着吃饭，家里看家护院的狗大黄哼哧哼哧叼着刘文静的襁褓放在刘爸爸脚边，咬着刘爸爸的裤腿，一脸哀求。刘爸爸打它，也不肯走。

第二天，刘爸爸把襁褓带到河边，挖了个坑，埋在沙土地里。埋好之后，左右看看，没人，大黄也没跟着，才放心地走了。到家刚坐下，大黄又叼着襁褓放在刘爸爸脚边，襁褓里，小刘文静满脸泥沙，哭得厉害。

当天下午，刘爸爸把大黄拴好，抱着襁褓准备去厕所，打算把孩子丢茅坑里。刚走两步，还在院子里，大黄突然发了狂，挣断了绳索，冲上去照着刘爸爸的小腿狠狠地咬了一口。襁褓掉地上，大黄呜呜叫着叼起来，跑进自己窝里，用嘴把襁褓推到最里面，护着不让刘爸爸靠近……

刘妈妈哭得上气不接下气，爬到狗窝里把孩子抱出来，跟刘爸爸说，无论多艰难都要把孩子养大，哪怕家里每顿都喝粥，也要把孩子养大。

刘文静就这样捡了一条小命。

这个故事太哀伤，为缓和气氛，我说："武侠小说里但凡是主角，都有一个大难不死的出生以及无比坎坷的童年。小时候把坏运气用光了，长大了才会接二连三出现奇迹，成就大侠的一生。"

刘文静笑笑："每次遇到过不去的坎儿，我也是这样跟自己心理暗示的，我其实一直觉得到上海之后的运气未免太好了点儿。"

但愿这次她依然这样想，那么眼前的也不过是个坎儿而已，过去了就好了。

刘文静说这些事情时一脸平静，细节充足，像是在说别人的故事。我问她怎么了解得这么清楚。她说在她刚会说话还不太懂事的时候，村里人就都告诉她了。村里人还开玩笑说她是狗孩子，而刘爸爸在刘文静整个童年中，但凡有任何不如意的事情发生，都会说："如果不是多你一张嘴吃饭，日子也不会过得这么艰难。"

刘文静从来没有跟父母求证过这件事。她从记事起，就习惯了看父母的脸色，习惯了讨好他们，生怕一不小心又被抛弃——电视剧中，那些被收养或曾经被抛弃过的孩子，听说自己的身世之后，通常会跑到父母面前求证，哭着问究竟是不是真的。听了刘文静的故事，我才发现那些还能去跟父母求证的人，多半在父母面前曾经得到过爱，才会信任他们，才会想听到他们的说法。而像刘文静这样，习惯在父母脸色下讨一口饭吃的人，却不敢求证，怕被揭穿，怕再次被伤害，甚至怕这件事打扰或惹怒父母。这样的人其实才是最卑微最可怜的。

童年的刘文静就这样小心翼翼地看着父母的脸色，用各种办法讨好他们，只求有一口饭吃。

刘文静一岁多，刘妈妈又怀孕了。这次，刘妈妈没办法在家里生了，只要她的肚子稍微显现出来，计生办的人就会到她家，强迫她打胎或引产。

刘妈妈和刘爸爸一起躲了出去，这一躲就是两三年。他们走的时候跟三个姑娘交代了，好好看家，等他们回来。

家里囤了些粮食，米面虽不多，但红薯干、红薯叶以及各种干野菜还是有些的。

刘文静实在太小了，又长期营养不良，走路都不稳当。每天早上，大姐帮她把衣服穿好，嘱咐她看门，便拎着篮子拉着二姐去山里挖野菜回家煮红薯吃。刘文静拖着鼻涕坐在门凳上，眼巴巴地等着两个姐姐回来。

穷人家的孩子身体通常不错，父母不在家的那两年，三姐妹都没怎么生过病，即使偶尔有些头疼脑热的小毛病，很快都自愈了。三姐妹也算是命大，没有父母的呵护，居然也都平平安安、健健康康地长大了。

刘文静的弟弟刘根儿出生之后，父母还在外面躲着。家徒四壁，回来日子也艰难，他们更担心孩子小，会不会真出了什么事儿——他们怕计生办抢走好不容易得来的、唯一的儿子。

然而他们生了儿子的消息，还是很快传到了村干部的耳朵里。一天早上，一群村干部和计生办的人浩浩荡荡赶到刘文静家，质问她父母在哪里。而这时，两个姐姐出门挖野菜还没有回来，只留下不到三岁的刘文静应付这几个凶神恶煞的大人。

无论他们利诱还是威胁，都没办法从刘文静嘴里套出话来。她实在太小了，刚刚能把话说明白，又哪里知道父母躲在哪儿呢？父母也未曾跟孩子们说过。刘文静太小，问多了就哭，哭得惊天动地，眼泪跟喷泉似的，止都止不住。又没有人愿意哄她，由着她，哭累了就不哭了。

村干部把家里翻了个底朝天，只搜出唯一一件值钱的家当——手电筒。村干部把手电筒拿走了，出门的时候，不知谁出了坏主意："把他们家门卸了，三个女儿没地方住，就不信那狠心的两口子还不回来。"

他们果然七手八脚上前准备卸门，刘文静又号哭起来，可惜她只有三岁，哭得再厉害也只能被忽略不计。

眼看着大门就要被卸下来了，刘文静不知怎的，突然扑到村主任的脚边——他看起来官最大，一直在指挥别人。刘文静扑到村主任脚边，跪下来，抱着他的腿，眼泪鼻涕蹭在他裤子上，边哭边号叫："不要拆我家的门！不要拆我家的门！"

村主任几次想要挣脱她，都没成功。这时候姐姐们回来了，见状立刻有了明确的分工，二姐跟刘文静一起跪在村主任面前，抱着他的另一条腿，苦苦哀求。大姐哭着拦正在拆门的人，恨不得一个个磕头过去，只求他们别拆门。

三姐妹的哭声太过于惨烈，磕头的动作太过于猛烈，引来了一群不明真相的人围观。大姐哭着说："你们要我们做什么都可以，就是别拆我们家的门！”她们从小总挨父亲的打，父母走时交代好让她们在家看门，门被拆了可如何是好？父母回来，三姐妹岂不是会被打死？

群众里面有心软的妇女跟着一块儿抹眼泪，村主任见状动了恻隐之心，指挥大家把拆了一半的门又给装好了……

“那是你第一次下跪吗？”我问。

“嗯，记事起印象最深的一次。”刘文静回答。

“你认为那次，是因为你们跪下了，才阻止了他们拆门吗？”我问。

“那次下跪，起到了很重要的作用。”刘文静说。

我想起上次，刘文静被耗子妈嫌弃，她想都没想直接跪下的举动，不知道是否受了三岁时对村主任下跪的影响。我突然很心疼，从背后抱住了她。

“后来呢？爸爸妈妈什么时候回来的？”我放开她问。

“又过了一年多吧。他们回来之后，大姐把这件事跟他们说了，我第一次得到了爸爸的表扬。”

我的心突然剧烈地颤动了一下。不负责任的大人留下了烂摊子给年幼的孩子们，她们用下跪的方式暂时替大人们解决了这件事，居然还因此得到了表扬。

这世上有些人根本不配做父母，可他们却生了一大群孩子。

二十岁之前，刘文静又跪了两次。一次是上小学时，学校为了跟县里其他小学保持一致，抽风让孩子们捐花盆。

五毛钱一个的小圆底花盘，每个学生至少要捐献两个，捐得多会得到表扬。不能不捐，这是学校的规定，每个学生都必须完成。

刘文静的大姐，小学读了两年就回家帮妈妈煮饭了。二姐也不过念到小学四年级，因为家里负担实在太重，就回家做了一个放牛娃。刘文静念书晚，十岁开始上小学，和刘根儿同班。父母之所以让她念书，多少存了让她照顾刘根儿的心思。这时候姐弟俩都上二年级了，他们共需要捐四个花盆。

刘家父母架不住刘根儿的哭闹，买了两个花盆，弟弟喜滋滋地交给了老师。刘文静从小总被爸爸打，她不敢哭也不敢闹，一个人默默着急，而她的父母居然忽略了和弟弟同班的她也需要捐花盆这个对刘文静来说迫在眉睫的问题。

学生捐的花盆里面种满了孩子们在山上挖的野花和在河沟边挖的水仙花。花盆整整齐齐地摆放在升旗台下面，不分班级，无人看管。但是，一到放学，学校就会把大门锁上。大门口住着退休的老教师，他同时肩负着看门的重任。

老师每天都在催问刘文静为什么不交花盆，弟弟都交了，她怎么还不交。刘文静被逼急了，有一天晚上，看妈妈饭还没做好，她悄悄摸到学校，打算去偷两个花盆，第二天好交差。

要顺利偷到花盆，她得翻院墙到学校去，并躲过老教师的眼睛。学校一放学，就锁了门，谁都不能再进去。刘文静只需要解决翻墙进学校偷花盆的问题，却并不担心花盆运不出去。因为不知哪一届的学生在围墙下面掏了个小洞，塞两个花盆出去还是很容易的。只是洞太小了，仅容花盆通过而已。学生想要通过，唯一的方式就是翻墙。

为了防止学生们翻墙，学校特意在围墙上面装了很多碎玻璃，这无形中挡住了很多放学后想要进学校玩要的孩子。

趁着夜色，刘文静很小心地翻过了围墙，拿了花盆准备从洞里塞出去。这时，退休老教师出现在她的身后。看见她的举动和她那慌张的眼神，老教师的眼睛里闪现出鄙夷和洞察一切的光芒。他并没有批评刘文静，只让她把花盆放回去。刘文静害怕极了，那一刻她甚至想到了自己会被全校点名通报，会被开除，爸爸会打死她的场景。

刘文静扑通一声给老教师跪下了，哭着说了很长时间的话，具体说了什么，她忘记了，无外乎是哀求老教师不要告诉学校，不要告诉她的父母，不然她会被打死的。没想到，听了她的哭诉，老教师只是叹了口气，居然把大门打开，放她走了，而那两个花盆也让她带了回去。

刘文静小心翼翼地把花盆里的花拔掉，土倒掉，又在河里洗得干干净净，把花盆藏好才回家。她不敢把花盆带回家，家里人太多，秘密不容易隐藏。好在农村的小孩子总有很多藏东西的地方，这些地方不太容易被大人们发现。

爸爸还是打了她一顿。翻墙的时候，她裤腿被玻璃划破了，流了很多血，废了一条裤子。刘文静家物质匮乏，孩子的衣裤都是由别人送的旧衣裤改做的。即使这样，由于孩子们长得太快，衣服还是不够穿。她身上的裤子是大姐穿过二姐穿，最后又淘汰给她的。给她的时候，已经有了无数个补丁。可是，这条裤子却是她为数不多的裤子里，相对比较好的一条。损坏了，当然要挨打。

刘根儿一直怀疑刘文静交上去的花盆是偷的学校的，他有证据：刘文静那天晚上莫名其妙消失了很长时间，回来腿破了，看着就像是玻璃划破的。刘文静死活不承认，学校里也没有通报过少了花盆。刘根儿悄悄跟老师告密，说刘文静偷花盆。老师却告诉他，是学校里一个老师帮刘文静买的。刘根儿没想到，那不起眼的、在家里总被他欺负的三姐，居然有老师肯罩着她。因为太惊讶，一段时间内，他不敢再找刘文静的碴儿了。

还有一次印象比较深的下跪，是快小学毕业时。

刘根儿跟村里几个不学好的人混，打了别人家孩子，伤得挺严重。人家父母找到他们家要医药费，刘文静的父母没钱给，母亲一直抹眼泪，父亲为了让那家人消气，抓起刘根儿就打，朝死里打——在农村，打孩子很多时候并不一定是父母认为孩子该打，或者父母真舍得打，仅仅只是为了打给别人看罢了。刘家父母自然舍不得打刘根儿，却不得不打他，他们付不起医药费。

刘根儿被打得鬼哭狼嚎，那家人始终僵持着不肯原谅。二姐“最聪明”，在僵持中忽然给他们跪下了。二姐一直磕头，磕得砰砰响，那家人明显吓着了。紧接着刘文静和大姐也跪下了，三个姑娘一起磕头，磕得砰砰响，二姐的额头还磕破了。刘爸爸让刘根儿也磕头，刘根儿还没跪下，就被拉了起来，那家人说算了。

就这样，他们用下跪的方式，省掉了不菲的医药费。

听了这几个故事，我不知道该说什么好。看样子，用下跪磕头作为解决事情的方法，是刘家的家风。虽然连续几次都无往而不利，却没想到在耗子妈那里折戟了。

“你父母回去之后，计生办的人没去找过吗？”我问刘文静。

“我小爹家住在山脚下，我家在半山腰上。每次村干部和计生办的人要来，我小爹抄近路先到我家，跟他们通风报信，他们抱着我弟弟就躲起来了。我和弟弟上学的时候，没交罚款不让报名，我爸妈就一直拖着不给我们报名，后来学校看不下去了，主动找到我们家，让我们去上学，说是必须给孩子实行义务教育。最后也没交罚款，我们就长大了。”

刘家父母就是用这样的方式，逃过了计划生育。

刘文静的童年很凄惨，这个是我早就料到的。她的原生家庭对她性格的形成产生了很大的影响，这个也是我早就料到的。

其实，从平时和她的接触中，从她的性格以及对一件事的看法，都能推导出她一部分的经历。可当她自己说出来的时候，我还是感觉很震惊，很心疼。

三观正常的父母教育出来的孩子，即使家庭贫穷，也不会轻易接受嗟来之食。

我理解了，为什么她总是以下跪的方式来解决眼前冲突。我也理解了，为什么她那么辛苦赚钱，却毫不犹豫把大部分的钱都补贴给家里。她从小被打压得太厉害，童年及青少年时期长达二十年的时间都在试图取悦父母，获得他们的认可。只因为是女孩，即使做得再好，也不能满足他们，而给钱，却能用最快的速度获得父母的感激和赞美，即使那感激和赞美都是违心的。

刘文静为了得到从来没有得到过的关爱和认可，才会误入歧途，才会被伤害得那么深，才会因为一点点甜言蜜语，让自己陷入恶性循环中。

亲情是割不断的，毕竟曾经一起生活过很多年，刘家父母实在是太穷了，刘文静走出来之后，见识了美好的生活，再回头想想父母的日子，特别是那个只肯吃菜汤泡饭的母亲所过的日子，非常心疼和难过，才迫不及待想把自己享用过的、看见过的好东西跟他们分享。眼看着家人因为自己的努力过上了越来越好的生活，那种满足感是什么都不能替代的。

刘文静的命实在是太苦了，她用尽所有力气取悦和讨好她的父母，却换来他们的致命一击。然而我明白，以她的性格，以她从小受到的教育，她不会像花花一样，一旦死心就放弃自己的父母。当刘文静看到她的父母在泥潭里挣扎时，她还是会心软，还是会忍不住救他们出来。这是很多农村出来的女孩子的宿命，她逃不掉。

创业

Chapter 8

01

跟我聊过之后，刘文静的情绪好了很多。我不在家的时候，她出去买菜，做好饭等我回来吃。我放在洗衣篓里的脏衣服，她也主动给洗了。我知道，她只是见我这样照顾她有些过意不去罢了，她想为我做点什么事情，以达到内心的平衡。

刘文静贫血，胃病始终没有断根，我建议她去看中医，试着养养胃。她不肯去，我只好打印了一份养胃养血的食谱，让她照着食谱做饭。

刘文静见我为她做了这些事，跟我说："血脉相承的家人坏起来，很多时候连朋友都不如。"

刘文静的母亲一定不知道，也想不到她会得出这样的经验。如果她母亲爱她，知道她这样想，真不知道会难过成什么样——或许是我多想了，也可能不难过呢！

我劝刘文静："你不要太把这件事放在心上，他们能伤害你，说明你站得还不够高。"

快开学了，刘文静要搬回寝室住了。我问她："接下来有什么打算？还有半年就毕业了，还会继续跑酒窖业务吗？还是像你的大部分同学一样，找个单位实习？"

刘文静说："这几年一门心思赚钱，功课落下好多，每次考试都勉强及格，这下子真要静下心来好好念书了。"

我微笑，如果她真肯把心思用在学习上，还真是一件好事。她那么聪明，一定能学得很好的。

刘文静突然说了句："如果到哪儿弄一大笔钱就好了，那我面临的所有困境都将迎刃而解。"

我心下一沉，刘文静这句话跟当初遇到梅大姐他们之前说的话多么像。我说："我也想去哪儿弄一大笔钱啊，可天上并不会掉人民币，我也不敢抢银行。"

刘文静沉默着，突然感叹："是啊，我们的胆子都太小了。"

就这样过了大半年，这大半年时间，一切都平平淡淡的，唯一相对比较爆炸的新闻是插销谈恋爱了，他的女友是个前台。

插销和女友交往将近一年了，最近才公布。因为曾经受过伤，心里对这份感情的归属并不确定。再加上，他曾经无数次当我们的面骂过女人，恨不得把女人当仇敌。现在又跟女人谈恋爱，再一次无底线地接受女人的指使，怕我们笑话他。他选择一年后才告诉我们，也是因为稳定下来，走到了谈婚论嫁的阶段。

插销的这个前台女友很漂亮，而且单纯，插销几乎没有费什么力气就追到手了。追她的时候，插销是公司的创意总监，女人大都迷恋事业有成的男人，如果头衔上有“总监”两个字，就更棒了。至于他手里的存款有多少，买了房子之后日子是不是过得紧巴，这是多巴胺指数严重下降之后才考虑的事情。

彼时，女孩才大学毕业，到插销公司应聘前台。按说，前台这个职位的面试，是人事部经理的事情。但那天，刚好人事部经理的孩子生病，她请假，委托插销帮忙面试。插销见她的第一眼，就对这个表情怯怯、眉眼清秀的女孩产生了好感。

等她进了公司之后，近距离接触，她的单纯、她的美好、她待人的热心，一点点打动了插销这颗被玫瑰伤透了的老心。他想过追求她，这样好歹能近水楼台。可毕竟在一个公司，他总担心万一两个人之间有点什么事儿，女孩子闹点小脾气，弄得全公司皆知，这样影响会很不好。在一次闲聊中，插销把这种想法跟老板说了，老板哈哈大笑：“这种事有什么好担心的？莫说我们公司并不限制男女员工谈恋爱，就算是限制，你跟我说一声，我把她调到我其他公司去做前台，还不是一样吗？”

插销的老板在上海一共有三家公司，一家广告公司，一家以拍微电影为主业务的影视公司，还有一家公司专门做药材。当他跟插销说可以把女孩调到别的公司做前台时，插销的眼睛立刻就亮了。他认为这个方案是最合适的。

插销约女孩出来表白，女孩很爽快就接受了。她对这个面试过她的高个子总监早就有了好感，只因为他职位相对比较高，她没敢主动罢了。对于插销提出的让女孩去老板别的公司上班这件事，她更没什么异议。

等她到了新公司，发了工资才发现，作为一个前台，她薪水翻了两倍还带个拐弯。女孩之前的工资是两千三，现在的工资是六千。这个工资虽然不算高，可对于才大学毕业不到半年的小前台，可以说是非常高了。

女孩很满意。插销也明白，老板之所以突然给女孩加薪，不过是笼络他的手段。插销现在是公司不可或缺的人才，给女孩加薪，也就是变相给插销加薪。插销现在薪水不低，加这几千块，未必能让他多感动，加给女孩就不一样了。女孩开心，插销自然开心。老板打得一手好算盘。

我担心玫瑰的事情再度发生，就苦口婆心地告诫插销："女人都太容易被宠坏。对她太好，她习惯了，就认为是理所当然。对女人，心里有十分爱，行动上最多表现出六分，言语上七分即可。"

插销哈哈大笑："你自己是个女人，还这样说女人。"

我笑着说："我宠不坏。"

插销说："婉铭人虽然单纯，却很拎得清。她没有那些不切实际的幻想，还好。"

原来这个女孩叫婉铭，还真是好名字。我看插销如此笃定，不由得失笑，我究竟在担心些什么？不幸的朋友找到自己的幸福，我应该为他高兴才对呀！

这半年，刘文静每周都会给我打个电话，她自己近来一切都好，每天按时吃饭，认真上课，闲暇泡图书馆，日子过得平静极了。她告诉我，不谈恋爱其实挺好的，不用花时间去陪男人，更不用花心思去取悦对方，每天要做的事情就是取悦自己——取悦自己才最快乐。

听她这样说我就放心了。她这个人，表面看起来很聪明，却极没有安全感，也因此总是不够独立。一直以来，她都是用取悦别人以及和不同的男人保持亲密关系的方式来获得安全感。她终于意识到，一个人要快乐首先就是学会取悦自己。这真是一件好事情。

然而我忽略了一件事——不折腾就不是刘文静。

花花告诉我刘文静最近的动向，让我大惊失色：刘文静带着弟弟和堂弟跑非洲去了。

她去非洲，不是带着单反去看狮子和羚羊，而是做生意去了。带着她一起做生意的，就是那个我们曾经见过两面的Tom。

在我们的印象中，Tom一直是以刘文静追求者的身份存在，但很可惜的是，每次刘文静都出于各种各样的理由没有考虑他。我私心里挺同情Tom的，这个千年备胎都快修炼成精了也没转正，真是够不容易的。

其实Tom人还是相当不错的，跟耗子放一起比，不知道比耗子优秀多少个段位。工作能力也强，刘文静认识他的时候，他就已经是那家外贸公司的经理。他人长得不错，又高又帅，唯一吃亏的地方在于家境不怎么样，就算做到了经理，但在高房价的映衬下，仍然只是个普通人。

这几年Tom跳了几次槽，薪水自然是水涨船高。他靠个人的努力，在嘉定的一个楼盘勉强付了首付，也算是在上海定了下来。随着年龄的增长，Tom看清楚自己和刘文静之间有缘无分，不再做强求之事，迅速谈了个比他小好几岁的姑娘，结了婚，生了个大胖小子。但那孩子出生不久就生病住院，花了很大一笔钱，几乎掏空了他们夫妻和双方老人所有的家底，才勉强治好病。

Tom合计着，打工赚不到多少钱，不如自己做。他利用这几年在服装外贸行业积累的经验和人脉，注册了个公司，一边在现有的公司上着班，一边寻找机会自己接业务。终于，机会来了，常合作的非洲的一个老板急需要一批布料，需要这边送货上门。Tom 瞒着公司请了病假，悄悄接了单，从国内弄了一集装箱布料到非洲，卖出去之后赚了二十万。

那个非洲国家相对比较乱，治安不是很好，更时不时有各种暴乱发生。送货上门的活儿，虽然赚得多，但一般公司都不太愿意接。Tom 也是养家的压力太大，才铤而走险。

从非洲老板提出要买布的想法开始，到赚这笔钱，前后不到一个月时间。这笔钱对于辛辛苦苦打工的职业经理人 Tom 来说，是天降横财，他迫不及待跟刘文静分享经历。刘文静问清楚前前后后的细节，兴趣更大了。她强烈要求，下次再有这样的机会一定要带上她。

Tom 一开始不愿意，那边乱着呢，刘文静一个娇滴滴的姑娘家，跟着去捣什么乱啊！

虽然已经结婚了，但在 Tom 的心里，他对刘文静还是有些想法的。在这样的心思下，架不住刘文静的苦苦纠缠，他答应了下次去带着她。只要求她去的时候朝脸上多涂点非洲女人专用的黑粉，打扮得越丑越好，以降低发生危险的概率。

Tom 手里有些老客户，隔三岔五会有些业务需求，于是刘文静也跟着他跑了几次。

刘文静跟 Tom 一起去非洲的第三次就出事了。卖完货回宾馆的路上，Tom 被流弹所伤，只能紧急送回国救治，那一次差点要了 Tom 的命。

经过两三个月的卧床休养，Tom 恢复了健康，再次生龙活虎。

这三次出去，有一次运气特别好，赚了差不多五十万。算下来，赚的钱，还掉房贷以及买完车之后，家里的压力没有那么大了，Tom在家人的强烈要求下，就没有继续做了。

刘文静虽然看到了做这种生意所要付出的代价，却同时也看到了利润，Tom不肯做，她想自己做。她实在太想要钱了，都快想疯了，为了高利润，她愿意铤而走险。

刘文静提出接手Tom的公司，或者成为合伙人，送货由她来，Tom只享受分成即可。但Tom需要把所有的客户信息跟她共享，要指点她做所有的事情。

Tom觉得刘文静这个女人简直是疯了，他从来没见过为了钱这么不要命的女人，而且还是个美女。Tom禁不住刘文静的苦苦哀求，还是答应了她。

跑非洲这件事，一个人去不了，Tom出去都带了好几个人呢！刘文静认识的人不过是一些朋友和同学，她自己也明白，在上海的朋友们是不会陪着她冒险的，反而还会极力劝阻她，所以她跟我们任何人都没说。

刘文静想来想去，发现身边唯一能帮她的，只怕就是刘根儿和那群她看不上的亲戚了。虽然之前发生的事情，让她对家里人极度厌恶，但血浓于水，刘根儿毕竟是她弟弟，做这件事利润这么高，她想第一时间跟刘根儿分享。刘根儿孔武有力，她出了事情，刘根儿想必也会第一时间帮她。

业务谈好之后，刘文静打电话把刘根儿叫上，还叫了几个村里人帮忙做搬运之类的活儿，一切筹备妥当就出发去了非洲。

不得不说，刘文静的运气真的很好，连续几次，都有惊无险地回来了。每次少则七八万，多则几十万，都赚到了钱。但好运气从来不会一直跟随一个人，在河边走久了总会湿鞋。有一天傍晚卖完货，刘文静和同伴们走在街上，迎面走来一个黑人醉汉，刘文静一行人已经尽量躲着他走了，却不料那醉汉在经过他们身边时突然回头，踉踉跄跄过来一把抱住刘文静，嘴巴里不干不净地说着话，手伸向了刘文静的胸脯……

黑人力气大，刘根儿和同伴们一起帮忙都没办法挣脱。刘文静自然是拼命反抗，眼看着衣服被醉汉撕裂了，刘文静一口咬在醉汉的胳膊上。醉汉吃痛放开她，却又转身扑了上去。为了安全，同伴们拿出随身带的钢管打向醉汉，醉汉却随手抽出了刀……

最后当然是成功逃脱了，毕竟他们人多，只可惜也付出了很大的代价，比如，刘根儿帮忙挡刀时被削掉了大拇指，堂弟胸膛上被划了一刀，刘文静的衣服被撕破，脸上还蹭伤了。

和 Tom 上次一样，刘文静这次也是无比狼狈地逃回国的。回国之后，刘文静简单包扎之后，就亲自把刘根儿和同伴们送回了家，除了之前谈好的出去一趟一人一万块以外，刘文静还每人多给了两万块。对这次出行受伤的同伴，更是多给了钱。至于少了一根大拇指的亲弟弟，刘文静给了十万块补偿。她跟刘妈妈说，如果弟弟真没有劳动能力了，她会想办法养家。

02

算了算，出去了几趟，把花掉的钱除去，把给 Tom 的分成除去，刘文静手里有了差不多好几百万。已经毕业了，刘文静想留在上海。她觉得能否在上海扎根，最关键是看能否在此拥有一套房子。我们基本上都比刘文静大，这几年，她眼看着我们一个个结婚或面临结婚，看着我们为房子、车子、孩子操心，深深地明白了，对于国人来说，房子才是所有开销里的大头，而对于家庭来说，房子是根，有了房子才能告别漂着的状态。她决定买套房子。她想买房子的这个想法，我们都很赞同。我们不像她，手里从来没有过几百万的资产，不知道一下子拿到几百万该怎么花，想来想去，也觉得买房最靠谱。

最终，刘文静在江苏路买了套很小的二手房。

刘文静第二次跑非洲的时候，我们就得知了这个消息，自然是劝她不要铤而走险。她冷笑："跟你们似的，毕业多年，还在单位看领导脸色，等工资一点点上涨，一年一年慢慢积累财富。不靠家里的话，想在上海好一点的位置买套房比登天还难。谈个恋爱结个婚，有了孩子两个人一起愁。恨不得把双方老人挂裤腰带上，为你们做牛做马一辈子，还得为你的孩子做牛做马。这样的一生有什么意思？"

我们哑然，原来她从来没有认同过我们的生活。

刘文静这样说，我们都没说什么。我们没经历过刘文静那么多事儿，对金钱的渴望没有她那么强烈。我们只是很反感她这样说我们。

我们没说什么，插销着急了："普通人的一辈子不都这样吗？人一辈子得遇到多少事儿，不就是求个平平安安、和和美美、健健康康，别人能过的日子你就不能过？"

插销这时候已经快要跟婉铭结婚了。我们都很喜欢婉铭，她像个不谙世事的孩子，六千块一个月的工资，她满意极了。她的小脑袋瓜里每天考虑最多的就是到哪儿吃饭，去哪儿玩，唯一的消遣是淘宝和唱K，她自己都说，这一辈子没什么大追求，工作就是为了打发时间。

看得出来，插销和婉铭很快乐。他们是要得少，才更容易快乐。

刘文静嘴唇动了动，想反唇相讥几句，最终却什么话都没有说。

什么样的马配什么样的鞍，插销和婉铭是绝配，而刘文静这样的女人，可不是随便什么样的男人都能驾驭得了的。

买了房子简单装了一下，刘文静就住了进去。此时她的手里还剩不到一百万，这对于一个年轻姑娘来说，真不是小数目，虽然是刀口上舔血换来的。

那段时间刘文静挺闲的，其实也不能称之为闲，主要是她不知道接下来该怎么走。已经毕业了，非洲是不打算再去了，当然自从弟弟失去大拇指之后，也没有人愿意跟她一起去冒险了。她没去找工作，主要是看不上应届毕业生一个月三千起的工资，但她又没有别的技能，又不想去辛苦跑销售，只好赋闲在家。

刘妈妈倒是经常跟她打电话，东拉西扯的。经历了王山鸡事件，以及弟弟帮她挡刀事件，刘文静对她的原生家庭有了更客观的认识。她不再用狂热的态度把父母背在肩上，也不恨他们，更没有了盲目愚蠢的热爱。她知道，他们是因为一辈子活得太卑微，才会见到任何人都忍不住弯下腰。他们是因为无法掌控命运，才试图掌控儿女。刘文静无法做到像花花一样受了伤害就“他是他，我是我”，她心软，对自己的父母有太多同情。那么，该来往还是来往，该帮还是帮，只是多留一个心眼儿罢了。

刘文静和她的父母、她的原生家庭是扯不断的。她来自那个小山村，她只是走出来了而已，根还留在那里。

刘妈妈最近打电话，除了问刘文静有什么打算以外，还告诉了她两件事。

一件事是，刘根儿在家里脾气特别坏，整天摔摔打打，像所有人都欠了他似的。不发脾气的时候，就坐在电脑前打游戏，一打就是一夜，什么活儿都不做，只在家吃闲饭。弟媳妇快生了，因为刘根儿脾气太坏，那个通情达理的儿媳妇哭了很多次。

第二件事是，刘文静的二姐刘想弟，终于还是离婚了。她那不成器的丈夫，在外面找了个女人，生了个儿子，不要她和两个女儿了。二姐只好带着两个女儿住在娘家。

刘妈妈说："别的倒还好，就是家里房子不算大，住我和你爸爸、根儿两口子，再加上想弟她们娘儿仨的话，还是挺挤的。等根儿媳妇生了，只怕是更挤了。想弟说，在家闲着不是办法，想去上海投奔你，看能不能帮她找个活儿干，也好养活两个姑娘。"

刘文静说："再等等吧，等我稳定下来再说。"

挂了电话，刘文静心里挺难受的。刘根儿的大拇指是因为她失去的。虽然她跑儿趟非洲，赚了些钱，但钱终究会花光，而刘根儿的大拇指，是再也不可能回来了。

后悔吗？刘文静还真不知道。几百万说多不多，说少不少，如果靠打工，刘文静不知道自己哪一年才能赚到这么多钱。至于刘爸刘妈和刘根儿，他们三个人加起来，拼一辈子，只怕也赚不到这么多。

几百万，换成一块钱的硬币堆起来，有一座小山那么高。这么多的钱，都是她刘文静的了。只可惜亲弟弟失去了一根手指，失去了就再也没有了。

刘文静能想象刘根儿在家里的态度。他本就没什么出息，却向来骄横。失去大拇指之后，生活会因此带来诸多不便，当伤口的疼痛和不便一起发作时，人的挫败感就会特别强，而这一切偏偏还是因为"别人"造成的，可以想象他恼怒成了什么样子。

然而刘文静很快就想明白了一个道理：有出息的人，就算是失去了一根大拇指，照样会有出息。刘根儿本就没什么出息，以前倒还好，怪不了谁，现在因为她失去了大拇指，只怕一辈子都会怪她，遇到任何挫折，都会怪到没有大拇指上面去。刘文静担心以后，刘根儿和这个家，可就真成了她的负担。

然而这也是没办法的事，谁让他的大拇指是因为她失去的呢！谁让她是他的亲姐姐呢！负担就负担吧，反正以前，也一直负担着。

刘文静那段时间跟Tom走得特别近，经过之前的非洲“游历”，她已经大致了解服装外贸市场的行情和利润。她始终有个想法，就是真正做这一行，做大一点，不必亲自送货，而是走海关，让别人来接货。只可惜这样相对容易的交易模式，基本都被大的外贸公司垄断了，刘文静他们能接的不过是些不怎么赚钱的小活儿，或者就像之前一样，需要铤而走险，亲自运送到危险地区的项目。

刘文静想做外贸，可她毕竟只看到了门槛，不比Tom在这个行业浸淫十几年。Tom想做成衣，成衣的利润比布匹更大，更好运作。但他有两方面的担心，一是担心成本问题；二是担心现在国内用人成本高，工厂逐渐朝东南亚转移，在国内做的话，会摊薄利润。

Tom的这些想法给了刘文静启发，她思考了很久，也查了很多资料，她问Tom：“做中高端市场怎么样？”Tom告诉她，中高端市场蛋糕基本已被分完，除非她能找到新客户，从几千块的小单子一点点做起来。

Tom给刘文静指了条路，就是去欧洲和迪拜拜访Tom前公司的客户，看能不能说动他们转投他俩的小公司。话是这样说，但Tom并不看好这件事，因为做起来真的很难。Tom 前公司的客户，生意都非常大，一般不会接小单子，更不会轻易信任小公司，然而刘文静初生牛犊不怕虎，却愿意去试一试。反正在国内也没什么事情，刘文静收拾好行装就出发了。她先去了一趟欧洲，又去了一趟迪拜，她要去拜访这些客户。

带着目的出发，却抵不住花花世界的诱惑，出去了两个月，花掉了三四十万，除了拿了些成衣板型回来，还买了两个大牌包和一堆大牌衣服。刘文静在形象上把自己包装得越发有名媛范儿了。

人很多时候就是这个样子，当经济实力还不能消费名牌的时候，会把名牌看得很高级，会觉得背十万包的人跟自己不一样，却又说不出究竟不一样在哪里。以前，刘文静相对比较贵的包都是别人送的，她只听到了数字，却没有更多的想法。但等她买得起，并不止买一个的时候，她才知道对于一个女人来说，背不背十万的包，差别真的很大。

这是刘文静的想法，我和花花却不这样想。这时候，我们的经济情况好了很多，却仍然舍不得买十万块的包。从这一点上来说，我们其实是有差距的——我和花花还是在大城市挣扎的普通人，而刘文静的眼界和社交圈层逐渐与我们不同了。

03

托了之前跑酒窖业务的福，刘文静的社交能力和推销能力得到了锻炼，她的脸皮也更厚了。出门两个月，她就接下来两个小单子，这一点让 Tom

非常佩服。回来之后，两个人就马不停蹄地找工厂加工制作。公司两个人合开，主要负责人却是刘文静，Tom 伤愈之后又找了一家公司上班，对两人合开的公司只给予技术指导和幕后支持。

这两个小单都是生产女式成衣，在 Tom 的鼎力协助下，非常顺利就交了货。虽然利润被压得极低，却仍然有的赚。

开头开得好，刘文静更有信心了。她鼓动 Tom 辞职全心全意创业。Tom 却有些犹豫，新公司毕竟才开始，刘文静还是个外行，而 Tom 的老婆在家带孩子没有上班，整个家庭的压力都在他身上，他不敢刚看到点甜头就贸然辞职。

既然不敢辞职，行动上便不自由。Tom 在新公司位置不算低，是负责海外市场的主管之一。公司生意还不错的时候，Tom 所管辖的某非洲市场发生暴乱，暴乱者在整条街打砸抢，这件事给中国同事的心理冲击非常大，有一个心理素质较差的女孩子死活闹着不肯待那边了，一定要回国。作为主管，Tom 需全权处理这件事，他带着替换的工作人员紧急去了非洲，他要过去救火。

走的时候，Tom 跟刘文静交代半个月就能回来，却不料暴乱一波接着一波，Tom 被滞留了整整两个月。

这两个月期间，刘文静又接了几个订单，Tom 不在，经常手机没信号，刘文静联系不上他，却又舍不得放弃即将到嘴的利润，便硬着头皮自己上。

可是做成衣哪里像卖布匹那么简单？里面涉及的面料和打板知识非常复杂，那些知识，刘文静很多都似懂非懂。

Tom 走后的第一单生意，交货之后被全部退回，对方说面料不对，跟要求不同。刘文静自己拿着对比，却怎么都看不出来问题出在哪里。打电话过去虚心求教，对方才告诉她，肩膀处用的那块辅料被以次充好。对方的语气非常不善，就差直接指责刘文静不讲诚信了。刘文静好说歹说，才说动对方让她重新返工，却因为时间推迟不得不支付一笔赔偿金。

去跟工厂交涉时，工厂试图抵赖，问刘文静全程监工，当时怎么没发现问题？工厂明摆着就是欺负刘文静外行，刘文静只好求了 Tom 交好的同事和她一起，还带了个律师，才把这件事搞定。

第二次刘文静学乖了，带着 Tom 同事一起，去盯每一个细节。这次是个非常大的单子，刘文静很兴奋，一再提醒自己，万万不能出错。在刘文静没日没夜住在工厂盯板的情况下，没出什么问题，可以按时交货。快要交货时，对方提出加倍付钱让他们送货，看在钱的分儿上，刘文静自然一百个愿意，又想着才做生意，送货上门是好服务的一种体现，却不料船在海上遇到了暴风雨，几十箱货都湿透了，又在路上耽搁了些时间，衣服基本都发了霉。

送过去之后，别人自然不肯接收，要求重做，反复交涉也没用。这时 Tom 已经回来，听说之后把刘文静大骂了一顿，说第一次面料问题是她不懂也就罢了，这次的问题他曾经强调过。他告诉过刘文静，成衣最多只能送到码头，由对方接收，而不是送过去，因为路上会出各种问题，而且她犯的最低级的错误是，出门前居然不看天气预报！

骂归骂，还是不得不承担损失。第一次付赔偿金，只亏损了一小笔钱，这次不仅把之前几次赚的钱全赔了进去，刘文静还自掏腰包赔了十多万。

做生意很多时候就是这样，赚的时候一次只能赚一点点，亏的时候一亏一大笔。

Tom 大骂刘文静，刘文静只能像只鹌鹑一样，低着头装柔弱，不敢有任何反驳，毕竟这两次都是她的错。毕竟，亏的不仅是她刘文静的钱，连 Tom 在公司里投的钱也一并亏了。

刘文静那么爱钱，还亏了钱，她的心里要多难受有多难受。Tom 回来之前，她已经躲在被子里哭了好几场。Tom 回来之后，大骂她一顿，她伤心难过之余，忍不住又哭了。

见刘文静哭了，Tom 自然不好再骂。他以前一直喜欢刘文静，只是苦追不上。现在虽然已经结婚，但他心里对刘文静还是很有好感，不然也不会答应跟刘文静这个空有热情却不专业的菜鸟合作。

Tom 见刘文静哭了，安慰了她几句，哪知她越哭越凶，根本劝不住，到后来干脆号啕起来。Tom 拿一个哭泣的女人没办法，只好搂着她哄，刘文静顺势趴在 Tom 的肩膀上大哭起来，眼泪鼻涕涂上了 Tom 的西装。

这是 Tom 第一次这么近距离靠近刘文静，嗅着她的发香，感受着她因为哭泣而带来的身体颤动。一不小心，刘文静的脸颊或者胸脯蹭到了 Tom 的衣服，Tom 的心里升起了异样的感觉。他颤抖着把手放在刘文静的头发上，见刘文静光顾着哭没什么反应，又忍不住在她的头顶摩挲起来。一定是魔鬼的力量驱使，他突然一把抱住刘文静的头，含住刘文静的嘴巴，把手伸向了刘文静的胸……

Tom 突然变身色狼，让刘文静万分诧异。她止住哭泣，愣了半秒，推开 Tom 就跑掉了。

生意上的合作伙伴有几种情况，两个人安安分分只谈生意，那么大家合作愉快；两个人狼狈为奸，生意也能继续下去；一个人对另外一个心生情愫，只要不表达出来，只要不影响彼此的生活，另外一个可以假装不知道，依然能继续合作。最怕的就是刘文静和 Tom 这种，一方无意，而另一方却动手动脚……

双方一旦撕破脸，再见面就尴尬，自然也没有办法再合作。

于是那个年轻的公司，就这样以一种戏剧性的姿态，结束了它的生命。

刘文静心里多少还是有些遗憾的，没有 Tom，没有了业内完全信任的人，她一个人玩不转服装行业，于是她只好再次赋闲在家。这次不同的是，因为亏了本，她手里的钱越来越少。

刘妈妈还是经常打电话给她，二姐刘想弟更是时不时在电话里提出，让她帮忙在上海找一份工作。从刘想弟和刘妈妈的言谈中，刘文静隐约了解到，刘想弟这样待在家里，跟刘根儿两口子以及父亲母亲同在一个屋檐下，多少还是遭了嫌弃。

特别是刘根儿，失去手指之后，脾气特别坏。弟媳妇快生了，不能受太多气，刘爸爸脾气也不好，刘妈妈动不动就抹眼泪，刘根儿的火大多数时候都朝着刘想弟发。再加上刘想弟的两个姑娘毕竟年龄小，有时候说话声音稍微大一点，调皮一点，都会遭到舅舅的一顿咆哮，这让刘想弟心里特别难过。

这次，刘想弟打电话跟刘文静说："一定要帮我找份工作，如果你找不到，我先去上海找你，你不是有房子吗？我先在你那儿住一段时间，我自己找工作，我就不信我年纪轻轻的，连份保姆的活儿都找不到。"

刘文静问二姐，是不是刘根儿又发难了。刘想弟说："他昨天跟我说，遇见他姐夫了。跟他姐夫说，让他接我回去，总住娘家不是个事儿。"

刘文静一听就怒了，这个姐夫就是刘想弟前夫。他打了刘想弟十几年，还把她们母女三人赶出了家门，刘根儿这样跟人家说，还嫌丢人丢得不够吗?

刘文静问:“根儿是喝多了吧?”

刘想弟说:“是喝得醉醺醺的,但这到底是他的心里话。这个家,我只怕是住不长久了。我要是能在外面赚点钱,不说别的,朝家里寄一点,他们可能还能给俩孩子好脸儿。”

刘文静说:“这件事我再想想办法。我跟根儿打个电话,告诉他家里的房子是我出钱买的,让他收敛点儿,别以为在农村爹妈的房子最终会传给儿子,他就能当这个家。”

刘文静有心帮刘想弟,可她实在不愿意二姐做保姆这样伺候人的工作。她不是看不起保姆这个工种,而是心疼自己的姐姐。刘想弟从小就特别聪明,亏就亏在没读过什么书,再加上嫁错了人,才会导致命运异常凄惨。当初刘想弟离婚,刘文静由衷地为刘想弟高兴,只是没想到,对一个离异带孩子的女人来说,娘家并不是久住之地。

她希望能帮刘想弟找一份事,最好能让她待在家乡,有足够的时间照顾两个孩子,免得她们成了留守儿童,同时,还能赚足够的钱,把两个女儿培养成人。

思来想去,刘文静决定回家乡县城盘个门面,给刘想弟开个店。考虑到刘想弟没房子住,租房没人帮忙看孩子,不太现实,还是得麻烦娘家。而刘根儿对失去手指这件事始终耿耿于怀,也得稳住他的情绪,还有那马上就要生产的弟媳妇,他们一家人,也没个进项……这些都是事儿,都得靠刘文静。刘文静最终决定开个店,刘想弟和弟媳妇一人一半。前期刘文静出钱,刘想弟一个人打理,等弟媳妇出了月子,两个女人一起操持。亏了算刘文静的，赚了的话，赚的钱刘想弟和弟弟一家平分。

考虑到服装行业门槛相对低，而刘文静毕竟在这个行业浸淫了一段时间，认识些供货商，拿货价相对低，再加上县城童装店少，她决定帮她们开一家童装店。

刘文静就是用这样的方式，把一家人绑在了一起。而这时，她也充分明白了当初我跟她说的："他们能伤害你，说明你站得还不够高。"她来自农村，骨子里永远无法抛却她的家人。他们即使对她再坏，像蝗虫一样啃噬着她，她对他们的感情，除了亲情之外，仍有同情。

现在的刘文静，不管在外面有多难，亏了钱，被占了便宜，也只能打落牙齿往肚里吞，依然事事处处照顾家里。当年，她用尽全力，也只能勉强改善他们的生活，而现在，顺手帮忙，就解决了一家人的生活问题。

虽然她还在赋闲，但与当初那个跑业务存钱帮家人买房的刘文静对比，已经有了很大不同。

04

赋闲了一段时间，刘文静还是没找到发展方向。

按她自己的话来说，上大学的时候不务正业，专业学得一般，找工作没什么信心，而且，确实不愿意按部就班做上班族，太无趣。当然最重要的一点是，现在的应届毕业生工资实在太低，她不是没见过钱的人，这点小钱她看不上，而她又很需要钱。所以，她得去做能赚大钱的事儿，哪怕现在做事，将来能赚大钱也好。

花花说："从哪里跌倒就从哪里爬起来，既然服装外贸行业有足够的利润，而你又是门外汉，自己做不了，那不如找家公司沉下来好好学一段时间，学习怎么做生意，从最基础做起。"

"你说得对，我心里也这样想，这段日子就把简历写好，投投看。"刘文静沉吟了一下，"对了，你们谁了解 MBA？我想去念 MBA，一方面确实是想扎扎实实学做生意，另一方面，想扩大圈子，拓展人脉。"

"是想多认识些男人吧？"花花开玩笑，我和薇薇笑而不语。

刘文静笑着推了花花一把："了解信息就告诉我，不了解就别废话。"

薇薇毕竟眼界宽广，她很好心地建议："MBA 有工龄限制的，应届毕业生不能念，而且我真心认为 MBA 学不到什么东西。花十几万去念这个，最大的作用是拓展人脉，积累资源，对现在正在做生意的人比较有用。如果你不做生意，去念这个，帮助不大的。当然如果为多认识些优秀男人，MBA 倒是个好去处。"

"工龄限制……我上大学的时候在酒窖公司做了四年业务员，连续三年都是年度销售冠军，这个算吗？"刘文静问。

"这我还真不知道呢，你可以去招生处问问。"薇薇说。

我倒是想起一个做生意的朋友。这个朋友是个传奇人物，他念完高中就出来工作，上班的同时还自考了本科。当他生意做大了，逐渐在行业内有了一定的名气时，想提升自己，就想到 MBA 了。但他没有走正规渠道去报名，而是经人介绍认识了 MBA 的讲师。他把讲师约出来吃饭，两人一聊，讲师说他水平挺高，可以去给 MBA 的学员上课，让他干脆别报名了，讲师跟领导说下他的事情，让他也去做讲师得了，别的讲师讲的课他去旁听，这样不仅不必掏学费，还有工资拿。他一听，靠谱！这事儿居然就成了，之后他就成讲师了。

听完这个传奇故事，刘文静对我这个朋友很有兴趣，她问我：“他现在还在做讲师吗？”

“不知道呢，他比较忙，联系相对较少，好久没有新消息了。”

“能把他的电话给我吗？我想跟他聊聊，再取点经。”刘文静说，“我问问关于 MBA 的事情。”

我给了刘文静电话，同时建议她：“如果你有强烈的意愿去念 MBA，就多想想办法，尽量让自己的条件符合，倒不必因为某些条件不符合就退缩。”

刘文静笑笑，露出一口白牙：“不会，我刘文静不是那种见了困难就逃避的人。”这我完全相信，她才跟耗子在一起时，初中学历就敢做假证冒充本科生，还有什么办法她想不出来呢！

正说着话，薇薇接到她爸爸的电话。薇薇爸爸说：“临时出差，刚到上海，约了人，你和你老公一起出来吃个饭吧。”

薇薇雀跃：“太子哥哥也在？实在太好了，我有大半年都没见过他了！我老公挺忙的，今天加班呢，就我能抽出时间陪你们吃饭。”

“太子哥哥”这种称呼在现实生活中实在太少见，我们忍不住都竖着耳朵听。

“你现在在干吗呢？我怎么听着挺吵，没上班吗？”薇薇爸爸问。

“今天调休，我跟朋友们逛街呢！”

“那叫上朋友一起出来吃饭吧！”

“不太好吧！”薇薇沉吟着说。

“就是你那几个闺密吧？叫花花、果子的，几年前不是见过吗？还一起吃过饭。那时候她们还是小姑娘呢！你一起带来，我也想见见她们。”薇薇爸爸说。

“我问问。”薇薇说。她捂着电话，问我们要不要一起去吃饭。我们齐摇头，别人的家宴，还有陌生人在场，我们去多不合适啊！

薇薇跟她爸爸说：“我待会儿打给你。”挂了电话又跟我们说：“一起去呗，老头子想见你们，你们不去，他又该说我没面子了。”

“‘太子哥哥’是谁？青梅竹马？”刘文静笑着问。

“嗯，还真是青梅竹马，比我大七八岁。我爸妈和他舅舅一心想把我们撮合成一对，只可惜我还没开窍的时候，他就明确表示了只拿我当妹妹。哎，没戏！”薇薇开玩笑。

不知道刘文静是不是想起了被薇薇“撬”走的海归，她沉默着没有说话。

“去不去啊？我还得跟老头子回话呢！”薇薇问我们。

“不去。”我们三人异口同声。

薇薇打给她爸爸，说：“她们都有事儿，去不了呢！”薇薇爸爸却让她把电话给我。他在电话里说：“果子吧？你好你好！好多年没有见到你了，也不知道你现在过得怎么样。这几年薇薇一个人在上海，也就你们这群好朋友陪着她。作为父亲，我心里对你们有着很多的感激，只是我这个老头子向来不擅长表达，也没主动给你们打过电话，现在刚好你们和薇薇在一起，那就一起出来吃个饭，就当给我这个老头子面子。”

薇薇爸爸说话太客气，我反倒不好意思起来：“叔叔，我们真有事儿。”

“有事儿也给我推掉。叔叔多少年没见过你们了，在叔叔心里，你们跟我自己的孩子没什么区别。我都来上海了，你们又刚好在一起，就不要推辞了，快点来，我订了个大包房。”薇薇爸爸说完就挂了电话。

薇薇爸爸强势而又温柔，偏又是长辈，擅长倚老卖老，我们不能不答应他。

我和花花几年前见过薇薇爸爸一次，那是一个特别精神的老人。年龄接近六十，头发依然黑亮，像钢钉一样竖在头上。又短又粗的眉毛颜色有些发灰，却极为醒目。他笑的时候声音特别响亮，还喜欢用粗大的手掌摸后脑勺，笑时眼角的皱纹很深，浑身上下散发出成熟男人的魅力。他年轻的时候是军人，直到现在，身上军人气质依然明显。

刚进包厢，就看见薇薇爸爸坐在正对门的位置。几年不见，他稍微胖了些，看起来却比以前多了些慈眉善目，更让人感觉亲近了。他的旁边坐的是个三十多岁的年轻人，一样黑油油的寸头、浓眉、刀刻般的唇线，眉目冷静，正低头跟薇薇爸爸说话，见我们进来，才停止说话，抬头看我们一眼，没有任何表情。

他的皮肤很黑，眼神有些冷，见到薇薇时，才稍微转暖，冲薇薇扯了扯嘴角。

薇薇撒娇着叫了声“老爸”，又笑眯眯过去坐到那个年轻人旁边叫“太子哥哥”。

那个叫“太子哥哥”的人笑着揉了揉薇薇的头发：“跟你说过多少次，叫哥哥就行。”

他的声音有些冷峻，配合着“哥哥”这种言情小说一般的称谓，不知怎的，我起了一身鸡皮疙瘩。

我们跟薇薇爸爸打过招呼之后，薇薇为太子分别介绍花花、刘文静和我。太子的眼睛在刘文静的脸上稍微停留了几秒钟，对着我们几个人，只冷冷地点了点头，又跟薇薇小声说起话来。

像上次见到薇薇爸爸一样，我和花花做足了温柔懂事的晚辈应该有的样子。刘文静和薇薇爸爸是第一次见面，薇薇爸爸客套着问了她一些问题，表示关心，并没有多说什么。刘文静跟薇薇爸爸没有我们熟，大多数时候只默默听我们说话，默默吃菜，默默玩手机。

现在的人，吃饭或应酬的时候，几乎没有不中途看手机的，我抽空也刷了一下微信。也就是这顿饭的工夫，太子用微信搜索附近的人，找到了刘文静，并加了她。

超越

Chapter9

01

太子其实是沪上某风投公司的小经理，他背后的家族来头很大。

他们家应该算是整个家族的旁支，家族百年前就在做生意。打仗那些年，盐铁矿、能源武器等等什么生意都做，发了大财。乱世之中，只有钱没有权很危险，当时家族的掌舵人很有远见，让家族两支分家，一支支持国民党，一支支持共产党。生意人所谓的支持，不过是捐钱、捐武器，然而这对军队来说却非常有必要。他们家钱实在多，同时支持两边居然还游刃有余。后来眼看着共产党要赢了，老爷子做了一个特别大胆的决定：将所有的家产全部捐给国家，因此得到一个“红顶商人”的称号，保了整个家族的平安。

那些年，家族里的“外交官”受到了国家领导人的接见，还作为红顶商人的代表见了些国外元首。后来，家族的晚辈们该移民的移民，该从政的从政，部分家族成员又做起了生意。主支那边基本都移民了，在内地却还有各种生意，来头都非常大。

太子家是旁支，基本也都移民了。太子爷爷是某连锁百货的掌舵人。据说，太子爷爷小的时候，还跟着老爷子参加过杜月笙的家宴，亲眼见过孟小冬。

我们不过是一群普通人，太子这样的来头，于我们来说，已经非常大了，大到不能简单地用“某代”来形容。

就拿太子和薇薇相比，薇薇是二代，但也仅仅只是稍有文化的富二代而已。太子家门庭过于显赫，说红二代或富二代，其实都不太准确。我们的圈子，和薇薇还能偶有交集，而和太子，完全就是一个天上、一个地下了。

太子是薇薇爸爸世交的孩子。这事儿怎么说呢？这关乎老一辈的名誉，我简单几句话带过好了。据说，当年薇薇爸爸喜欢太子妈妈，太子妈妈喜欢太子爸爸，太子外公从政，太子爷爷从商，两家老人做主让太子爸爸娶了太子妈妈。但是太子爸爸喜欢的却另有其人，太子出生后没几年就建了个外室，气死了太子妈妈，还跟外室生了两个孩子，对太子这个正室所出的孩子非常冷漠。太子有爹跟没爹没什么区别，小小年纪就养在爷爷身边。

这段话听起来挺绕的，我写着也觉得绕。总之一句话，太子虽出身豪门，但他本人从小就缺乏父母关爱，是个苦命人。

薇薇爸爸和太子舅舅是战友，两家感情很深。薇薇小时候被她爸爸带着跟太子舅舅以及太子见了很多次面，两人算是青梅竹马。薇薇爸爸和太子舅舅曾经想过促成这两个孩子，只可惜太子一直对薇薇不来电，而薇薇妈妈又嫌太子家太复杂，并对薇薇爸爸年轻时追求太子妈妈这件事儿一直心怀芥蒂。

太子家有多复杂呢？基本就是豪门恩怨录，详细写出来篇幅不会比这本书短。简单来说就是，太子爷爷有一个儿子、两个女儿，儿子也就是太子爸爸，因为婚姻的事情一直跟父亲怄气，对家族生意不闻不问。两个女儿，其中一个迅速嫁人遁到了国外，另一个快五十了还单身，目前帮太子爷爷掌管生意。按太子爷爷的想法，太子是唯一的嫡子，家里的生意将来肯定是太子继承，掌管生意的姑姑也是这么个想法。无奈太子爸爸一心向着后面生的儿子，帮后面的儿子夺权，逼得太子高中毕业就出去当了几年兵，回来之后才又上了大学。大学毕业后，太子怕爸爸和爷爷对着干，让爷爷为难，不肯进家族公司，反而一直给别人打着工。

而他之所以如此，除了避免家庭矛盾激化以外，还有一个很重要的原因：他心气儿高，不愿意随便就接受家族荫庇。

太子舅舅和薇薇爸爸转业之后，薇薇爸爸选择了从商，太子舅舅选择了从政。很多年之后，薇薇爸爸成了富商，而太子舅舅却成了上海某区的实权人物。

太子的舅舅一直很宠太子，比宠自己的儿子更甚。自从太子妈妈死了之后，舅舅恨不得拿太子当亲生儿子养。这让太子的身份，显得更为贵重。

这些说出来又是另外一个故事了。这篇故事的主角是刘文静，我们只说太子和刘文静的纠葛。

第一次见面，太子不动声色加了刘文静的微信，吃饭的时候就跟她有一搭没一搭地聊着天，问问菜喜不喜欢、夸她衣服搭配得好之类。

作为一个美女，刘文静经常被各种人搭讪，看得顺眼会聊两句，看不顺眼就不聊。太子这样的人，有着相对神秘的出身，本身气质、能力都不差，是一个非常有魅力的成熟男人，刘文静见他的第一眼就对他很有好感。

然而，此时的刘文静却收了以往不管不顾、横冲直撞的性子，在太子面前表现得相当矜持。太子倒也不介意，照样日日跟她联系着，刘文静也不冷不淡地跟太子保持着联系，却并不热络。

日子久了，连我们这群朋友都看出太子对刘文静不一般。我们问她，他们走到哪一步了。刘文静说："普通朋友呀！"

我们倒有些着急了，特别是薇薇，她比谁都更想知道刘文静怎么想的，让刘文静给个准话。太子那人，毕竟到那个岁数了，薇薇跟他从小就认识，更了解他的心意。逼急了，刘文静说："我还能怎么想？我这些年交往过的男人，除了李林，都比我当时的那个阶段要优秀。每一次，都是因为我们不相配，我被欺负、被甩。就连海归那样的男人都看不上我，太子他凭什么喜欢我呢？当他的热情散去，他又能喜欢我多久呢？"

这下子我们明白了，原来是自卑感在作祟。对此我们也不好说什么。我们都没有跨阶层恋爱的经验，给不了刘文静任何建议。我们也毕竟都不是小女生，灰姑娘的故事是童话，哪儿有那么多"霸道总裁爱上我"？听了刘文静的话，我们都沉默了，没有人鼓励刘文静去争取爱情，我们都不想她再次头破血流。更没有人劝她放弃，万一给了她错误的建议呢？

薇薇毕竟是和刘文静的故事纠葛最深的人，她见我们都沉默，便说："太子哥哥的婚事，他的家族一定会参与。太子哥哥喜欢你，他不会动用关系和势力调查你，他的家人未必不会这样做。你这一路，都是自己一个人打拼，太苦了。可是在别人的眼里，你所有受过的伤害、做过的错事、你的经历，都有可能会成为他们反对你的理由，特别是太子哥哥的爸爸，一定会拿这些事做文章。除非太子哥哥愿意为你不顾一切，否则，还是算了吧！"

刘文静自嘲地笑笑："我知道。"

自此，刘文静待太子就更冷淡了。他的微信她也经常不回复。太子见刘文静冷淡，便也一日日冷了下来。

好像有半个多月都没有联系了吧。在这一段时间里，刘文静去面试了几个公司。不知怎的，她始终没有找到工作，诸事不顺。就连MBA，她找了很多关系，都因为才毕业没能报上名。

有一天，太子突然打了刘文静的电话，约她出来吃饭。刚好那天刘文静来例假了，懒得动弹，便找了个借口拒绝了。她的借口是要在家里看书，免得课跟不上。太子沉默了一下，问："有约会？"

刘文静说："不是，是真的要看书。"

二人再无话，也就挂断了电话。不料，没过多长时间，太子突然出现在刘文静家门口。刘文静看见太子，惊讶地问："你怎么来了？"

"你拒绝我，我只好问薇薇你住在哪里。"太子的语气有些冷，"为什么非得拒绝我？"看着刘文静脸色苍白，手又按在小腹上，又问，"你怎么了？哪里不舒服？"

"没什么，肚子疼。"太子很高大，气场也冷，刘文静没来由地脸红了。

她这样一说，太子自然懂了，对刘文静说了声"进屋"就抬脚进门。刘文静的房子小，收拾得却很干净。太子问她有没有暖水袋，刘文静摇头，太子就转身出门去买，还顺便买了红糖姜茶和一些外卖。

刘文静有些不好意思："我刚也准备叫外卖的。"

两人安静地吃完午饭，刘文静还喝了红糖姜茶。

太子说："我不是第一次追女人，你倒是第一个因为我家里有钱，拒绝我的。"

刘文静没说话，她当然明白像太子这样的人，会有很多女人倒贴也要跟他在一起。她不知道是不是因为自己一直对他不冷不热，才勾起了他的好胜心，一定要把她追到手。她想着太子既然经历那么复杂，应该不是这样肤浅的人。

太子说："我得承认，我第一次被你吸引，是因为你漂亮。可漂亮姑娘那么多，有些姑娘，全身上下就只剩下漂亮了，反而没什么意思。仔细想来，你身上最吸引我的应该是气质，那种又孤单又疲惫的气质，看着你，就像看着我自己。我能理解你疏远我、抗拒我，可是我希望你能给我们彼此一个机会。"

02

太子居然还是个文艺青年，不然又怎么能说出这样一番话？这话说出来，刘文静还是很感动的，她迟疑了一下，说："好。"

然而就是这一迟疑，为他们的感情平添了很多阻力。

两个人这就算是确定了关系。在他们两个人之间，很明显太子为主，刘文静为次。

太子有时候单独约会刘文静，大多数时候是叫刘文静和他的朋友们一起玩。他的朋友们以"二代"居多，太子对刘文静的认真，大家都看在眼里，见着刘文静便张口叫大嫂。刘文静很不好意思，太子只笑笑不说话。有个嘴巴比较大的朋友说："没事儿，他带来的女人我们都叫大嫂，你不用尴尬。"

刘文静当时脸就绿了：他经常带不同的女人跟朋友们见面吗？那我又算什么呢？

太子注意到了，却没有理会刘文静的脸色，跟自己的朋友们继续笑着闹着，闹到最后，还叫了十来个小姐陪他们唱歌。唱到高兴处，太子打开他的包，哈哈笑着，拿出一沓钱，目测有两万左右，随手抽了几张就朝小姐们领口塞，到最后还剩下些没塞完，就全部给了唱歌最好听的那个姑娘。

送刘文静回去的路上，太子问她："刚刚你觉得挺俗吧？"

刘文静问："什么事儿啊？"

太子说："别跟我装糊涂！俗！我自己也觉得俗！其实我挺烦这样做的，但我身边就这么一群人，大家都习惯了用最直接的方式做事。出来找个乐子，高兴最重要。给小姐塞钱能让她们高兴，她们高兴了，我的哥们儿就高兴，气氛就好。这是游戏规则，我烦也会这样做。"太子说这话的时候抬头望天，看不清楚他的表情。刘文静咬咬嘴唇说："我能理解。"

刘文静跟我们描述这件事的时候说："你们不知道，当时我看他随便抽出一沓钱朝小姐领子里塞的时候，多想走过去跟她们站成一排，也给我塞点儿啊！那可是钱啊，红彤彤的一百块啊！你说刚毕业的小白领，早出晚归一个月也就挣几千块吧！他随手就塞别人领子里去了，每个人都塞，每个人！"

我们跟她一起笑，明白她不过是开个玩笑。在那种场合，太子真塞钱给她，哪怕不塞，掏出钱给她，无论给多少只怕她都不会接。心里无论多想要也不会接，说不定还会生气。

太子说："你既然选择了跟我在一起，就要习惯我的生活方式。我的社交场合并不全是鹅肝蜗牛配红酒，还有一些特别俗气肮脏的东西。我不介意把真实的自己展示给你看，你也不要介意看见真实的我。”

刘文静点点头。他说得这么认真，她懂，于是就又高兴起来。

刘文静一直很想知道，她之前的那些事儿，特别是和海归的那些事儿，薇薇有没有跟太子说过。她旁敲侧击地问薇薇，薇薇笑着说没有。刘文静有些放心了，薇薇却说：“你瞒不住他的。他迟早会知道，不如坦然点。”

刘文静点点头，没多说什么，然而她的心里却始终有些耿耿于怀。没跟太子在一起之前，她并不觉得自己的那些经历有什么不好。在一起之后，却总觉得自己以前的事儿难免太复杂了些。无论太子介意不介意，她总是介意的。刘文静从来没有像现在这样忐忑过。

和太子在一起之后，刘文静反而无数次想起和海归在一起的时光。她和海归分手，就是因为海归忌讳她从原生家庭里带出来的那些生活细节。她是一个好强的女人，和海归分手之后，那些毛病逐渐也改了。可是她不知道太子究竟忌讳什么，担心她身上还有什么特别不好的地方，让太子不满意。

她常常想起那句歌词：我是不是应该学会新的卖弄，才能长久地吸引你的眼球？

她不知道她该怎么做。

张爱玲说：“爱一个人，会把自己放得很低很低，低到尘埃里，从尘埃里开出花来。”

刘文静和太子在一起，她在尘埃里。倒不是说多爱他，而是，自惭形秽。

有一次，她跟我说，她很累。这份感情，表面看是太子追求她，而实际上，主动权在太子手里。太子要她的时候，她屁颠儿屁颠儿扑上来，扮演女朋友的角色。如果有一天，太子不要她了，她也只能收拾收拾自己破碎的心，灰溜溜地滚。

对于她这样的言论，我总觉得哪里不对，却不知道具体哪里不对，只好沉默，劝她不要这样想，自信点。

因着她的防备心理太重，她和太子虽都经过人事，但在一起之后，上床这件事却迟迟没有发生。

太子终究是男人，觉得这样不是个事儿，于是抽一个周末专门把刘文静带到江南某千年古镇，跟她说他家的发家史，以及当年在此处的房子，顺便带她去吃了古镇最地道的小吃，还告诉她："这个菜我们家厨子做得更好，我爷爷吃惯了这种口味。"

带着刘文静逛完吃完，气氛是有的，环境是有的，心情也是有的，晚上在古镇留宿，就顺理成章了。

但是，在那红绡帐暖、锦被翻腾之时，太子却突然停了下来，皱着眉头说："松的。"

刘文静听到这句话，非常惊愕，亦有些愤怒，更有很多慌乱。在多种情绪的交织下，她用力推开太子，坐起来，默默穿上了衣服。

太子一句话都没有说，点了根烟抽着，看刘文静穿好衣服鞋子，提上包。

刘文静本来都走出门了，却又转过来跟他说："这个点儿只怕没有回上海的车了，你带我来的，还得麻烦你送我回去。"

太子听到刘文静那略带颤音的话语，也觉得自己这样做有些过分，可这些，都是他计划好的。他什么话都没说，默默掐灭烟头，起身出门开车。

回上海的路上，刘文静一直低头默默玩手机，一副"我懒得与这个世界上任何生物沟通”的表情，太子也没说话。

到了刘文静家楼下，刘文静默默下了车，连句再见都没跟太子说。太子目送刘文静上楼，靠在车上抽了根烟，看着灯亮了，才踩灭烟头，开车走了。

太子走后，刘文静坐在床边发了会儿呆，眼看着天就要亮了，又困又累，去卫生间洗把脸，关了手机直接躺在床上睡觉。但是，翻来覆去睡不着，只觉得这一切都是场笑话。

不过眯了两三个小时，天也就大亮了，刘文静觉得有些饿，起床吃早餐，下了楼才看见太子靠在车头，等在她家楼下。

见着他，刘文静的血就往上涌，又羞又气，假装没看见他，快步往前走去。

太子追了上来，一把拉住刘文静：“我其实是故意的。”

见他这么厚颜无耻，刘文静恨不得直接给他一巴掌。可惜她打不过他，现在又被抓住了手，反抗的力气都没有了，只能一味挣扎，让他放开，还威胁说：“你若不放开，我就只能叫救命了。”

太子说：“你好好听我说话，我就放开你。”

迫不得已，刘文静只好点点头。

太子说：“我为什么要这么做呢？你想，咱们在一起也有一段时间了，可你总是别别扭扭的。一开始，我以为是我哪里做得不对，后来才知道，你有心结。我用了很多方法，想让你放下过去，全心全意跟我在一起，可是我发现我做不到。你心结太深了，自我保护的壳太厚，我打不破，你自己也没意愿打破，我只能置之死地而后生，用这种办法，先让你狠狠地伤心一次，你才能明白，有些事我真的一点都不在意。”

刘文静有些愕然，太子把她狠狠地抱在怀里。

03

花花告诉了我们一个好消息——她谈恋爱了。

花花掏出手机，一边给我们翻看那位的照片，一边介绍。“那位”叫张谷，是大学老师，书卷气重，头发黑白参半，看起来有些老，却非常有魅力。翻完照片，花花再次释放一个重磅消息——她和张谷就要结婚了。婚期定在半年后，这半年她要一个人搞定房子和结婚事宜，她需要我们做参谋。同时，花花邀请我们都去做她的伴娘。

刘文静说：“买房、装修、买婚纱、订酒店、订婚庆公司，这么重要的事情，我们的意见能起什么作用？这事儿还得男主角亲自来啊！”

花花笑着说：“他在外面兼了好几个职呢，挺忙的。他说，他负责搞定钱，我负责搞定事儿。”

我和薇薇异口同声：“这个分工靠谱。”

接下来，花花告诉我们第三个重磅消息——她辞职了，准备创业。

这个消息比前面那个要结婚的消息更惊人，我们连忙让她说说究竟怎么回事。

花花说：“我想做自有护肤品、化妆品品牌，这个想法几年前就产生了，只是条件一直不太成熟。你们知道，我这几年一直在国际知名化妆品公司工作，接触了一些代加工厂和代理商。去年，我还升任华东区总经理。这个已经是我能做到的最高职位了，往上走，基本上就不可能了。这个职位为我积累了一些人脉，我觉得，思路成熟了，可以做起来了。之前我帮文静卖东西开的那个淘宝店，后来专营化妆品，两年前就做到皇冠了，已经积累了一批忠实客户。我就想着，自有品牌可以先找工厂生产，在淘宝店卖起来，同时让相熟的代理商分销。我把我的想法跟张谷说了，他倒是蛮支持。最重要的是，他愿意支持我钱，让我一开始就做得稍微大一点，这样挺好的，说不定做出来还可以进商场呢！”

花花和张谷的相识相爱，是一件很有意思的事情。

花花自从被渣男经理伤透了心之后，就对男人这种生物产生了防备心理。当然，用她自己的话来说，是免疫力。

当她把所有心思都用在工作上的时候，工作自然会回报她。短短几年时间，她从普通的化妆品销售员升到了店长，又到经理，最后到华东区总经理，这个跨度非常大——化妆品销售员那么多，像花花这样的，完全是凤毛麟角，一万个人当中没有一个。因此，她在我的眼里，是一个和刘文静一样，拥有传奇人生的家伙。

当她做到一定高度的时候，自然不满足于继续给人打工，而是想方设法创业。她所谓的创业，不是做代理商或者开淘宝店这种相对起点较低的方式，而是打算做自有品牌。

当初她跟我沟通这件事情的时候，我其实并不看好，我说：“每个女人都有自己信任的化妆品品牌，一般不会轻易改变。毕竟是用在脸上的东西，大部分人会相对信任大品牌。”

听我这样说，花花就不再多说什么。然而我只看到了困难，没看到做好后可能会产生的效果。花花在化妆品行业浸淫日久，更了解这个行业以及顾客的真实想法。她在工作的同时，仍然积极跟厂家沟通，希望终有一日能实现心中所想。

张谷是某大学的化学老师，同时还是几个知名化妆品品牌的技术顾问。一次偶然间认识，花花跟他说了想法，他立刻便有一种英雄所见略同的感觉，不仅在内心深处认同花花的想法，更愿意在金钱和技术上提供支持。

张谷的说法是："任何新的品牌，只要推广力度够大，广告创意不错，就能吸引第一批新鲜客户。如果产品做得好，就能留住客户。当有了一批忠实的客户，口碑就做出来了，后期销售就不成问题。所以，基础是产品好，其次是营销好，再次是服务好，都做到了的话，想不成功也难。"

本来花花的想法是先从某几项产品做起，比如说，祛痘的或祛斑的，或者直接做精油，做成领袖品牌，再发展其他。张谷建议要做就做大点，各类基础护肤产品都研发一些，在某些专项上做精，反正他又不差钱——早些年房价便宜的时候，张谷父母在上海核心地段投资了几十套房子，现在老两口移民了，房子归张谷打理，每个月房租由张谷支配。这些钱，再加上张谷的工资收入、做技术顾问的收入，经过理财，已经相当可观。

张谷和花花，他们两个人，在工作的过程中，逐渐碰撞出了心灵的火花。沟通得越多，张谷越发现这个小个子女生，想法不简单，性格也够坚毅。而花花，也被张谷深邃的思想和精湛的专业能力所倾倒。张谷算是个技术宅男，情感经历相对较少，让花花这个在"情感老手"手里吃了大亏的人，感觉非常安心。于是，当张谷提出来"做我的女朋友吧"，花花一点都没有矫情，直接回答一个字："好！"

两人相视一笑，默契顿生。从恋爱到结婚，更是水到渠成。总而言之，言而总之，一切顺利得不像话，以至于花花经常会产生一种错觉：这不是真的。就是在这样的思维模式主导下，在确定结婚之前，花花甚至都不敢跟我们说这件事，她生怕这是一场梦。

当年，花花是因为新嫂子挤对、父母重男轻女，才离开家乡南昌，来到大上海。这些年，她的心里始终有根刺，不肯回家，不愿意面对他们。一年前，花花的母亲患子宫肌瘤，需要做手术，家里一个接一个电话打来，让花花回去陪她母亲，花花本来是不肯的，刘文静找她长谈一番，说了自己和家人的纠葛，她才最终决定回去。回去见着母亲，见她的头发白的比黑的多，几年不见越发苍老，虽心中仍然对他们偏心一事耿耿于怀，但还是很心疼母亲。再加上，她听说了母亲和嫂子之间的矛盾，一个屋檐下，母亲常常有些是非气受，她心里就更难过了。

母亲出院，花花回到上海，母亲要求她常回家看看，她却不肯。然而没多久，花花就在南昌八一公园附近买了套一百多平方米的精装房，房本上写着她自己的名字，买了些家具，就让父母搬进去住了，说是送给父母的礼物，等他们过世了再收回。

花花和张谷在一起之后，花花的母亲喜极而泣，跟张谷说："这是个犟孩子，十头牛拉不回来，你要对她好，不然一旦冷了她的心，就再也没有机会弥补。"

张谷点头答应。花花听着，忍不住掉下了眼泪。

04

刘文静就这样和太子和好了。这种治愈心理问题的办法，确实挺奇葩的，我倒是能理解，心理学上有个词叫“厌恶疗法”，跟太子的这种做法还蛮像的。

如果太子真像他自己所说的，一门心思为刘文静考虑，愿意去包容她所有的恶，那就太好了。

就算是谈恋爱，也得要生活。刘文静一直在投简历找工作，还真给她找到了。她成了某外贸服装公司的总经理助理，那总经理是个女的，刘文静很开心地去上班了。

为上班方便，刘文静买了辆车，奥迪 A4L，白色，在太子的帮助下很快上了个沪牌。有房有车，还有不错的工作，刘文静白富美的派头越发足了。

转眼就到了刘文静的生日，我们一起庆祝，当然各自都送了礼物，而最让刘文静激动的是太子的礼物——太子悄无声息地帮她办好了某 MBA 的入学手续。太子如此这般把刘文静的心愿放在心上，她感动极了，也越发觉得太子是真心待她。

刘文静其实是一个特别传统的姑娘，无论跟谁在一起，感情浓烈到一定程度，就心心念念想着要结婚，跟太子在一起也是如此。太子的朋友，刘文静基本都见过了，就旁敲侧击地提出想要见他的家人。太子总是嘴上答应，却没什么实际行动。刘文静也不好逼迫，只一个人默默着急。

插销嘴巴比较大，开玩笑说："文静，你即将嫁入豪门，是否感觉忐忑不安？豪门生活可没那么容易！据说有一个灰姑娘，嫁入豪门没几年就离婚了，原因是豪门虽光鲜，于灰姑娘来说，却如同牢笼。灰姑娘讲了一件事儿，每次参加晚宴，仆人都会拿来些闪闪发光的珠宝给她戴，但戴完就得还回去。因为家里的每一样首饰，除非是她老公送的，否则都要登记造册。豪门少奶奶，只有使用权，没有拥有权，下次想戴，还得登记……表面看着光鲜，实际上处处受限制，看婆婆脸色比看上司脸色还难受。灰姑娘受不了这样的生活，才离了婚。"

插销讲这件事的时候，我们都拼命打岔，让他不要再讲，但他还是坚持讲完。刘文静的脸色立刻变了，一言不发地走了。我们面面相觑，花花甚至使劲儿踢了插销一脚。

没过多久，我们就听说刘文静和太子分手了。这次，是太子甩了她，而且，太子还玩起了失踪。

事情是这样的，那天刘文静和我们聊完之后，心里就一直不舒服，见了太子，就闹着让他带自己见家人。太子也跟她交了底儿，两人现在的感情还没稳定到能一起面对所有暴风雨的地步，不是最适合见家长的时间。不如顺其自然，走到两个人之间只差一个领证的地步了再说。

太子这样说，是有原因的。他的家庭太复杂，他要面对的状况实在太多，压力实在太大。他太清楚，把刘文静带回去将要面临什么。爷爷、舅舅、姑姑，平时什么事儿都是站在他这边的，然而他却不敢保证，他带着刘文静回去时，他们还肯不肯坚定不移地支持他——即使他那个名义上的父亲，拿这件事做文章，他们仍然不遗余力地支持他。

其次，太子这阵子挺郁闷的。他的爷爷为了家族的事业，为了他的前程，介绍了一个姑娘给他。那姑娘的自身条件自不必说，比刘文静不知道要高出多少个段位。奈何刘文静先入为主，占据了太子的心。太子跟姑娘说清楚了，姑娘也足够通情达理，不再多纠缠。然而太子的爷爷和姑娘的家人不这样想，在他们看来，爱情是其次，利益才是永恒的。

他们倒也没刻意去逼迫太子，一定要和他们介绍的姑娘怎么样。可这无形中，也为刘文静进太子的家门增添了很多的阻力。

太子不肯带刘文静见他的家人，还有更重要的一个原因，就是太子所说的，两人的感情还没稳定到能一起面对暴风雨的地步。主要是刘文静，她的心理坚强程度、聪明程度以及对太子的爱，还没到那种无论遇到任何困难，都坚定不移站在太子身旁不离不弃的程度。

太子太了解刘文静，他知道，若是她真正去面对他家里的那些事情，遇到些困难或挫折，只怕会第一时间逃跑。

太子不希望在两个人感情还没足够稳定的时候，就带她去见他的家人，他想再等等，等刘文静在爱情上足够成熟，等她真正了解他究竟是什么人了之后，再一步步谋划。

太子私下也默默做着万一遇到最坏状况的准备。在他看来，最坏不过是家人不接受刘文静，而他坚持要跟她在一起，从而失去继承权。太子也想明白了，就算如此，他还是要和刘文静在一起。

太子悄悄在外面开了家公司，一家互联网公司。这个公司，是以朋友的名义开的，太子才是背后的掌舵人。这件事他瞒着家里，因为公司成立时间不长，他还没做成，不好现在就拿出来示人。最重要的是，他不愿意让爷爷或舅舅插手。他们一旦插手，就算事情做成了，也不是因为他的能力。

太子没告诉刘文静他有这样一家公司。刘文静只知道他是某风投公司的经理，是一家饭店的合伙人，手里有些股票罢了。那家互联网公司是太子最后的底牌，他不愿意这时候就拿出来跟女朋友分享。

太子一门心思为两人将来考虑，刘文静那边却出了状况。

刘文静见太子总是不愿意带她见家长，就以为他并没有真心想跟她结婚。他俩之间，主动权都握在太子手上，虽然太子待她还不错，嘘寒问暖，在工作上指点她，并告诉她很多自己家里的事情，但是她不能保证太子就愿意跟她结婚。

另外，太子和刘文静之前交往过的对象有一个很大的不同：他会处处为她考虑，却没怎么为她花过钱。

花钱虽不能衡量一个人的感情，却能表达一个人的感情。太子那么有钱，却没为刘文静花过多少钱，这让刘文静对这份感情始终有些不确定。再加上，太子不肯带刘文静见他家人，这让刘文静更加不确定了。

不确定就容易干蠢事。

太子的一个朋友，跟刘文静讲了这样一件事。太子舅舅管辖的某区某街道的户外道旗对外承包，刚好之前承包的那家广告公司合同到期了，而直接管这事儿的几个领导不想给那家做了。太子那个朋友跟刘文静算了笔账，若是能想办法承包下来，利润丰厚。刘文静不由得动了心思，她之前跑非洲，九死一生，才不过赚了几百万。若能签下这个合同，坐在家里，一年就有上千万到账。

就算是太子将来不跟她结婚，有了这些钱，干点儿什么不好呢？刘文静跃跃欲试，但想到这事儿太子只怕是不会同意，就有些兴味索然。

那个朋友看见刘文静眼里的欲望，跟她说："你不必亲自操作，我来运作，到时候分钱就行了。”

那人解释了一番，刘文静才明白，他只是要她在他对外宣布“太子未婚妻”这一身份时保持沉默，并适当地在某些场合亮个相就可以了。

刘文静本来是不愿意的，但在巨大的利润面前，又见那人信誓旦旦地保证，太子知道了这件事，顶多骂骂她，不会对她怎么样，也就同意了。

事情进展得非常顺利，很快，刘文静就拿到了第一笔钱。那笔钱数目不算小，刘文静起码要去五趟非洲，才能赚到。

刘文静本来还有些忐忑不安，但看着那些钱入账，也就心安理得了。

却不料，她也就只拿了第一次钱，这事儿就被太子知道了。

太子彻底怒了，他当机立断逼迫刘文静把钱还给了那个朋友，并非常高调地宣布和刘文静分手，之后就玩起了失踪。

这一切来得非常快，从太子知道这件事，到还钱、分手、失踪，不过也就一天工夫。

太子的反应，让刘文静有些措手不及。说好的在一起呢？说好的他爱她呢？不过就是利用他舅舅的职权赚了点钱而已，怎么态度就这么决绝了呢？

刘文静有些恨，也有些怨。怨他跑得太快，招呼都不打，恨他把她本来已经到手的钱，全还了去，一分都没给她留。

就这样怨恨了一阵子，等怨恨的情绪平复下来，刘文静才发现，她比自己想象的更爱太子。

是的，在一起的时候不觉得，他走了，她才知道，她爱他，她不愿意离开他。

刘文静想着，哪怕没有这些钱，能和他在一起也是好的呀！

可是，太子消失了，消失得无影无踪，刘文静根本就找不到他。

是的，刘文静反应过来她爱他之后，也不过稍微迟疑了一下，就到处去找他了。她打了无数遍他的电话，一直没打通——她被拉进黑名单了。刘文静去太子住的地方找，敲了半天门，只招来了保安；去他爷爷家找，那个小区，她根本进不去；打给他朋友，都说不知道。

没办法，刘文静只好求到了薇薇头上，而薇薇正等着刘文静找来呢，她有一肚子的话想要骂她。

05

薇薇见着刘文静，就没好气地说："你也好意思找来？"

刘文静谄笑着，只问她知不知道太子在哪里。

薇薇说："他好好地活在地球上，只是不愿意再见你。"

刘文静求薇薇，求她帮忙带个话，让太子再见她一面。

薇薇问："你是要道歉吗？"

"是的。"

"你还打着想要和好的主意吧？"

"是的。"

"想都不要想，你们不可能了。"

刘文静的眼泪瞬间流了下来。这个结局，她早已预料到，但由薇薇亲口说出来，却是那样的撕心裂肺。

薇薇说："你知道你的行为给他造成了多大的困境吗？他那个朋友一直就没安好心，那人的爸爸，是太子舅舅的手下，一直找机会想把太子舅舅拉下马。太子舅舅为官清廉，他找不到合适的机会，好不容易你这个蠢货出现了，那么爱钱，那么贪婪，是最佳的利用对象。好在太子发现得及时，并快速和你撇清了关系，不然，他们一家人只怕都要被你连累。"

刘文静如遭雷击，她根本没想到，她一念之差，险些酿成大错。

刘文静问："他好不好？"

薇薇说："好得很。他爷爷之前给他介绍了个对象，他们一起去法国旅游了。"

刘文静呆了呆，只好灰溜溜地走了。

刘文静走之后，我们都不知道该说什么好，只沉默着。薇薇突然就爆发了："我本来打算不理她的，怎么就跟她说话了呢？！像她这样不知好歹的女人，我怎么就跟她成了朋友呢？！"

我拍拍薇薇的背，以示安慰。薇薇突然就痛哭起来。这一次，花花破天荒地没有站在刘文静那边，反而跟我一起安慰起薇薇来。

薇薇和刘文静，两个人价值观从来相反，但大多数时候都能求同存异，就连薇薇嫁给了海归这件事，都能翻篇。唯独这次，刘文静为了钱，干出这种伤害到太子的事儿，让薇薇特别恼火。对此，我们也不好说什么，我们可以为刘文静的无脑找各种借口，但不得不承认，在我们内心深处，都认为刘文静这事儿干得太浑蛋了。

刘文静是太子选定的人，她还没摸着太子家的门在哪儿，就干了一件这么不上台面的事情。她不仅因为这件事失去了太子这个男朋友，还失去了薇薇这个闺密。

是的，她俩之前虽然经常不太对付，但内心深处，是拿对方当闺密的。太子舅舅是薇薇爸爸的战友，是薇薇很崇敬的长辈，刘文静被有心人利用，给太子舅舅的职业生涯安了个炸弹，换了谁，处于薇薇的位置都会生气。更何况，刘文静还伤了太子的心。

薇薇最清楚，太子对刘文静有多珍视。虽然一开始，薇薇并不看好太子和刘文静的感情，但因为太子珍视，薇薇也就接受了，并真心希望他们能幸福。可是刘文静并不珍惜太子对她的好，反而利用他对她的感情，背后捅他一刀，这事儿换了谁都会很生气。

薇薇跟刘文静发了一通火，又哭了一场之后，明显疏远了刘文静。

从此，聚会的时候，有刘文静出席的场合，薇薇一定不参加。突然遇到了，哪怕当时薇薇很开心，也会立刻板起脸，表示她不想见到这个人。大家都是聪明的，见两人成见这么深，从此，邀请薇薇的时候，也就不再邀请刘文静了。

朋友圈因为薇薇，几乎孤立了刘文静。

久了，刘文静自己主动不参加我们的聚会了，她可能是不好意思，也可能是有事要做，逐渐就跟我们断了联系。

然而花花毕竟和她交过心，刘文静得罪薇薇，并没有得罪我和花花，花花的婚前宴，还是邀请刘文静参加了。

刘文静到的时候，我们早已经到了，几个人坐在一个桌上。刘文静过来，笑着跟我们打招呼，我们都回应了，薇薇却头都没抬。我拉刘文静坐我旁边，刘文静看着薇薇，有些尴尬，笑着说：“花花今天给我安排了活儿，要我帮忙照顾好她家乡来的朋友，我到那边坐。”

刘文静似乎更加瘦了，脸色也更苍白，不知道她的胃病好了没有，我有些惭愧，因为那些事情，我和她逐渐也疏远了。

花花婚礼过后，我打了个电话给刘文静，问她过得好不好，她说还不错。我问是怎么个不错法，她说每天按时打卡上班，在公司待一天，回家洗衣做饭收拾屋子，MBA 有课就去上，没课就在家待着，日子过得还不错。

刘文静告诉我，她还资助了几个贫困学生，就在她出生的那个小山村，都是家里有了男孩之后不招待见的女孩子。她回去了一趟，买了些衣服和学习用品，答应每个月给那些女孩寄钱。

我有些唏嘘，她那么爱钱，那么没有安全感的人，能主动做这样的事情，还真是挺好的。

我约她出来喝咖啡，她答应了，还说要带个好东西给我看。

我很期待，见了才发现，不过是几本相册。

原来，刘文静和太子分手，薇薇痛骂她之后，她才明白，她究竟犯了多大的错误，只可惜，有些错误犯一次就再也没有机会了。

她在那一段时间想得特别多，突然想明白了，她身上最大的问题是对贫穷的害怕和对金钱的欲望。她明白若不克服这欲望，她这一辈子都将会成为金钱的奴隶，无论遇到多好的人，她内心的黑洞都会迫使她去犯错误，从而让她和太子之间的悲剧再次重演。

资助贫穷的女学生之后，她手里还是有不少钱的。她又用那些钱帮她父母和姐姐弟弟们买了商业保险——她不是没想过全部捐出去，比如说捐给希望工程或者是某些医疗项目，但是最后她没有这样做，她舍不得。

这么多年，除了从非洲回来那段时间，她一直都不敢乱花钱，总担心锅干碗净之后，日子过不下去，再回到童年时那个贫穷的自己。现在她跟自己说，她要学着花钱，学着不在乎钱，学着让钱成为她的奴隶。

无意中，她听说了一个摄影机构，立刻就对他们的项目产生了兴趣。

那个摄影机构，以 Cosplay 著称。比如说，某个电影或电视剧热播，摄影机构组织会员穿着主角的衣服，在同样的背景下，摆出跟主角一模一样的姿势拍照片。

这个摄影机构，不只让他们在上海拍照，还飞往全国各地——重庆、西安、南京、香港、澳门……拍一次，少则一万，多则几万。

刘文静那厚厚的一摞影集，说明她为这件事已经烧了不少钱。

我问她："钱都花完了？"

刘文静笑着说："没有。我突然发现，我这样的行为，挺着相的，就有些兴味索然了。"

我忍不住想笑："可是这些照片，真是美啊！"

"是的。"

"你看这组《甄嬛传》，你扮演的皇后娘娘可真是传神。"

"哈哈哈。"刘文静笑道，"我一直想演安陵容的，摄影师说我太漂亮了，演小家碧玉可惜，不如演大家闺秀。"

刘文静又说："你要不要拍照？我介绍他们给你。"

"你还拍吗？"我问。

"不了。"刘文静说，"钱烧得差不多了，该踏踏实实生活了。"

我看着她的笑脸，觉得真是好看极了。因为伤心，疯狂过一阵子，现在回归生活，挺好的。现在的刘文静，比任何时候都让我喜欢。

我问她："你跟薇薇之间，和好了吗？"

提起这个，刘文静有些黯然：“她还是不肯原谅我。”

然而，我却非常希望薇薇能见到刘文静现在的样子。现在的刘文静美丽依旧，气质却越发高贵迷人。她曾经做过错事，但能正确面对，一直向前，从不向生活妥协。她现在才是真正的白富美，一个顶天立地，用自己的双脚踏踏实实站在地上的白富美。

我说：“薇薇是个大气的姑娘，她的心结迟早会打开的。”

“随缘吧。”刘文静很明显不想提这一茬。

就在这一段时间，教授突然回来了。当初伤得那么深，抛弃了上海的一切，一个人跑外地疗伤，不过才一年多工夫，就又回来了，而这次，还带了个姑娘回来，也是打算要结婚的。

我们约在他家里小聚，谁都不许不出席。于是那天，薇薇和刘文静都到了，只是薇薇懒得搭理刘文静而已。

教授的新女朋友，眉眼温顺，却又很有主见，也是上海人，刚好在教授疗伤的那个城市工作。两个人看对眼，就顺理成章在一起了。他们之间的故事特别普通，不过就是女孩对他很好，知冷知热，帮他水杯里加水，帮他带早饭之类的。他突然觉得平平淡淡的感情、无欲无求的妻子才是最好的，于是在某一天吃饭的时候产生了以下非常平常的对话：

“客居他乡终究不是办法，要不我们回上海吧？”

“好。”

“你也该见见我爸爸妈妈了，他们应该都挺喜欢你的。”

“嗯。”

“我也想见见你爸爸妈妈，让他们评判下，当他们的女婿，我够不够格。”

“别担心，他们人都特别好。”

“那我们早点儿走。”

“好。”

“关于结婚，你有什么要求吗？”

“没有，两个人在一起就好了。”

多平淡的对话啊！于是从来没有牵过手的两个人就在一起了，在一起没几天就双双辞去工作回了上海。他们之间的故事，说起来简单，我们听着却特别感动。教授不容易，之前被娜娜小姐折磨成什么样子了，现在找了个什么事都说好的女朋友，真好！

教授的女朋友做得一手好菜，我们吃了个碗朝天。吃完饭后，花花去帮忙收拾，我们几个人在客厅玩桌游。刘文静有自知之明，知道薇薇不会跟她一起玩，很自觉地跑一边去逗教授两口子新养的萨摩耶。

花花洗完碗出来，看见刘文静抱着萨摩耶泪流满面，苦苦压抑着才没啜泣出来，连忙问她怎么了，刘文静一边哭一边说了句：“它的眼神看起来跟太子一模一样。”

我当时就被镇住了，想起《大话西游》里紫霞仙子的那句话：他好像条狗啊！

幸福的人看见失意的人，不了解他心里的悲伤，才会对自己的恋人说“他好像条狗啊”这样半撒娇半调皮的话，而一个失恋的人，看见一只狗都会想起曾经的恋人。

刘文静从来没跟我们说过她多喜欢太子。失恋之后，她自知做得不对，也从来没在我们面前提过太子，但是这一句话却出卖了她。

花花眼泪掉了下来，抱住了刘文静。我拿着纸巾去给她擦眼泪，几个男孩子也走了过来，就连薇薇，虽然没说话，却也远远地看着刘文静。

也就是这句话，薇薇对刘文静的心结稍微解开了些，从此她不再那么抵触刘文静，更不会动辄就拿话刺她了。

过了些天，刘文静突然跟我打了个电话，告诉我太子再次联系她了，而这一切都是薇薇的功劳。刘文静说："原来，在我思念太子的时候，他也在想念着我。"

太子家里的复杂状况依然存在，刘文静对豪门依然毫无概念。我不知道这次他们能走多长时间，可我相信只要心中有爱，只要一个人一直在朝变好的方向发展，终究会有一个好的结局。要知道，上天总是眷顾努力的人。

万一，该做的我都做了，还是不够好，你可以扶着我一起长大。

（全文完）

后记

《我的漂亮朋友》是我写的第一个长篇故事。感谢这个故事，它让我知道，原来我也会写长篇，而且，写得还不赖。

为什么我会认为我写得还不赖呢？作者，特别是第一次写小说的作者，对自己的作品通常是没有判断力的。他不知道自己写得究竟怎么样，他需要外界的肯定给自己树立信心。特别是我这种从小到大因为受了很多打击，而严重缺乏信心的人。我的运气不错，这个故事第一次在网络上连载的时候，就被大量阅读、转发、讨论，也很快引起了图书出版公司和影视公司的注意。这一切，都给了我信心。

这个故事，最初连载的时候，名字叫《她是怎样一步步成为白富美的》。这个名字适合在网络上发帖，却并不适合作为书名出版。现在的书名是我和当时的编辑苏辛、弓迎春反复讨论确定下来的。感谢苏辛女士、弓迎春女士，她们为这本书的出版付出了很多努力、很多心血。书出版出后，就是我内心期待的样子。

笔歌影视的总裁黎宛冰女士也很喜欢这个故事，写作的过程中，她给了我很多建议。故事写完交给她，她更是亲自执笔担任编剧。最初是打算拍电影的，后来又决定以电视剧的形式率先呈现。剧本完成之后的每一个环节，黎总都亲自把关。可以说，没有她，就没有即将播出的同名电视剧。

感谢黎总，感谢笔歌影视，感谢所有为了这本书的出版、为了这部剧的播出付出努力的人。很多人，我没有亲自打过交道，我只辗转听过他们的名字。还有些人，我甚至没有听过名字。但我知道，他们都做过什么样的努力。这是我的作品，同样也是他们的。

另外要感谢的是，为这本书的再版做出努力的火星女频网站，网站的编辑云美人、小辣条，以及再版的图书策划公司星文文化和我的编辑曹若飞。

这些年，我反复重读这个故事，每次读，都觉得当初的文笔太过于稚嫩。人设虽然还过得去，却并没有被我完成得很好。我就想着，若有机会再版，一定要好好地，重新把这个故事完善起来，以对得起喜欢这个故事的所有人。再版真正修改的时候，我放弃了这个想法。是的，的确很稚嫩，却饱含热情。几个主角的选择，看起来很傻，却符合他们的年龄和经历，也符合我当初的年龄和心境。现在的我，若重写这个故事，可能语句会更通顺，段落更流畅，我却不能保证，可以写出当初的执拗和清丽。

我放弃了重写，甚至连大的修改都没有，只改了些病句，或特别幼稚、特别中二的对白。这个故事，还是最初的那个样子。刘文静，还是那个一头扎进大上海，摸着石头过河跌跌撞撞的刘文静。

因为在写作之初，我就跟读者说过，这个故事是有真实人物原型的。这些年，每隔一段时间就有读者在微博上问我，刘文静究竟怎么样了？她和太子结婚了吗？她过得怎么样？有没有再次做出什么让人担心的事情？我知道，他们之所以这样问，是出于关心。这进一步说明，刘文静这个人物确实很好，很深入人心。虽然在我看来，一个故事结束了，就是真的结束了。我们知道她在故事里的样子就可以了，其他的都是留白，可以想象，却不必打听清楚。给人物留足空间，亦是给自己留足空间。所以每一次，收到这样的私信，我都会语焉不详地说，还好，以她的性格，她会过得很好。

网上这样回复，一般不会引来再次追问，现实生活中就不一样了。现实中，那些看过这本书的朋友们问我，刘文静怎么样了？结婚了吗？是太子吗？她丈夫是个什么样的人？她生小孩了吗？是男孩儿还是女孩儿？每当这个时候，我都会很尴尬，我不知道该怎么回答。

刘文静是我的朋友，亦是我笔下的人物，我没办法做到像八卦明星一样去八卦她。在内心深处，我对她是非常珍视的。她选择了在人群中隐藏自己，过平凡的、平静的生活，我愿意尊重她。可读者的好奇心亦不能不满足，那么，在这里，在这本书再版的后记里，我统一回复一下：她很好，她结婚了，不是太子，只是一个对她很好的普通男人。她生了小孩儿，是个女儿。她很宠爱她的女儿，宠爱到什么程度呢？有求必应、严格要求、认真培养，仿佛要把自己缺失的童年，全部都在女儿的身上弥补回来。她的女儿也很漂亮，或许若干年后，我可能会以她的女儿为主角，重新写一个故事。至于刘文静本人，依然很聪明，依然很漂亮，但整个人，就像婚后的黄蓉一样，逐渐地泯于众人。

这很可惜，却是她心中所求。

我知道这个答案，很多人会不甘心。英雄式的人物，要么继续英雄下去，要么干脆死了还好些。泯于众人，是读者心中最差的结局。我若不是作者，大概也不会满意。

那么，看剧好了。

剧本相对于书来说，要完善很多。影视化的呈现，使得这个故事更加丰满，也更迷人。剧本不错，选角也很好，希望正式上映的时候，喜欢这个故事的你们，能跟我说出一样的话：“这就是我心中刘文静真正的样子呀！”

陈果

写于 2019 年 6 月 6 日